"En una fascinante historia de aventuras, una continuación digna de su obra maestra *La Profecía Celestina*, James Redfield ha escrito un libro que no se puede soltar, lleno de emoción, intriga y sabiduría espiritual. ¡Usted tiene que leer LA DÉCIMA REVELACIÓN!"

—Brian Weiss, M.D., autor de *Only Love Is Real*
y *Many Lives, Many Masters*

"LA DÉCIMA REVELACION no sólo capta las aventuras de esta vida sino también la verdadera esencia espiritual de lo que estamos intentando a alcanzar."

—Dannion Brinkley, autor de *Saved by the Light*
y *At Peace in the Light*

"James Redfield ha logrado lo que han ansiado los narradores más importantes de todos los tiempos y de todas las culturas. Ha tejido una parábola que todos podemos comprender...un mapa extraordinario para el viaje de maduración que nació con *La Profecía Celestina*."

—Michael Murphy, presidente, Esalen Institute, y autor de
Golf in the Kingdom* y *The Future of the Body

"James Redfield ha destilado las enseñanzas espirituales de todas las épocas en una aventura emocionante con ritmo rápido...para ayudar a la humanidad."

—Joan Borysenko, autor de *Fire in the Soul*

JAMES REDFIELD vive con su esposa, Salle, y su gato, Meredith en Florida y Alabama.

LA
DÉCIMA
REVELACIÓN

SOSTENER LA VISIÓN

James Redfield

Traducción:
CRISTINA SARDOY

WARNER BOOKS

A Time Warner Company

Edición de Warner Books
Copyright © 1996 por James Redfield
Todos los derechos reservados.

Esta edición de Warner Books se publica en colaboración Editorial Atlántida, S.A., Azopardo 579, Buenos Aires, Argentina

Warner Books, Inc., 1271 Avenue of the Americas, New York, NY 10020

 A Time Warner Company

Impreso en los Estados Unidos de America
Primera trade edición en los Estados Unidos: marzo 1997
10 9 8 7 6 5 4 3 2 1

Library of Congress Cataloging-in-Publication Data

Redfield, James.
    [Tenth insight. Spanish]
    La décima revelación: sostener la visión / James Redfield ; translated by Cristina Sardoy.
        p.   cm.
    ISBN 0-446-67301-3
    1. Manuscripts—Collectors and collecting—Peru—Fiction.
2. Spiritual life—Fiction. 3. Millennialism—Fiction. I. Sardoy, Christina. II. Title.
  PS3568.E3448T4618 1996
813'.54—dc20   96-26520
                                                     CIP

Para mi mujer e inspiración
Salle Merrill Redfield

LA
DÉCIMA
REVELACIÓN

AGRADECIMIENTOS

Mi más profundo agradecimiento a todos los que participaron de alguna manera en este libro, sobre todo a Joann Davis de Warner Books, por su incesante consejo; a Albert Gaulden por su oportuno asesoramiento; a Ro y Herchiel Meadows y Bob y Joy Kwapien, quienes nos permitieron invadir su cabaña del lago durante años y nos dieron su apoyo constante. Y, por supuesto, a mis amigos de las Blue Ridge Mountains, que mantienen siempre encendido el fuego de un refugio seguro.

NOTA DEL AUTOR

Esta segunda parte es, al igual que *La Novena Revelación*, una parábola de aventura, un intento por ilustrar la transformación espiritual continua que está produciéndose en nuestro tiempo. Mi esperanza con los dos libros fue transmitir lo que yo llamaría un cuadro de consenso, un retrato vívido de las percepciones, sentimientos y fenómenos nuevos que vienen a definir la vida cuando estamos a punto de entrar en el tercer milenio.

Nuestro principal error es, en mi opinión, pensar que la espiritualidad humana ya está comprendida y establecida. Si algo nos dice la historia, es precisamente que la cultura y el conocimiento humano evolucionan de manera constante. Sólo las opiniones individuales son fijas y dogmáticas. La verdad es más dinámica y la gran alegría de la vida radica en que nos dejemos llevar, en que encontremos la verdad especial que nos corresponde reconocer y, luego, observemos la sincronicidad con la cual la verdad evoluciona y adquiere una forma más clara, justo cuando hace falta para hacer impacto en la vida de alguien.

Juntos, estamos yendo a alguna parte; cada generación construye sobre los logros de la anterior, destinada a un fin que apenas podemos recordar vagamente. Todos estamos en el proceso de despertar y abrirnos a quiénes somos en realidad y qué venimos a hacer, lo cual constituye en general una tarea sumamente difícil. No obstante, estoy convencido de que si integramos siempre lo mejor de las tradiciones que encontramos antes que nosotros y tenemos presente el proceso, cada desafío a lo largo del camino, cada irritación interpersonal puede superarse con un sentido de destino y de milagro.

No quiero minimizar los enormes problemas que todavía enfrenta la humanidad, sino sólo sugerir que cada uno de nosotros, a su modo, está involucrado en su solución. Si nos mantenemos atentos y reconocemos el gran misterio que es esta vida, veremos que hemos sido colocados en el lugar indicado, exactamente en la posición correcta... para cambiar el mundo.

J.R.
Primavera, 1996

...Miré, y observé,

se abrió una puerta en el cielo:

y la primera voz que oí fue... una trompeta

que dijo: "Ven aquí y te mostraré

cosas que habrá en lo sucesivo".

Y, de inmediato, yo estaba en el espíritu,

y observé un trono instalado en el cielo...

Y había un arco iris que rodeaba el trono,

visible como una esmeralda, y alrededor del trono

había cuatro y veinte asientos. Y en los asientos

vi cuatro y veinte ancianos sentados, vestidos de blanco...

Y vi un nuevo Cielo y una nueva Tierra:

pues el viejo Cielo y la vieja Tierra habían muerto...

REVELACIÓN

ÍNDICE

LAS IMÁGENES
DEL CAMINO

Caminé hasta el borde saliente de granito y miré en dirección norte la escena que se desplegaba más abajo. Frente a mis ojos se extendía el valle de los Apalaches, de una belleza asombrosa, con sus diez u once kilómetros de largo y ocho de ancho. A lo largo del valle corría un riacho meandroso que serpenteaba entre trechos de praderas abiertas y bosques densos y coloridos: bosques viejos, con árboles de varios metros de alto.

Observé el rudimentario mapa que tenía en mis manos. En el valle todo coincidía exactamente con el dibujo: el cordón empinado donde yo estaba parado, el camino que bajaba, la descripción del paisaje y el río, los pies de los montes a lo lejos. Ése tenía que ser el lugar que Charlene había bosquejado en la nota hallada en su oficina. ¿Por qué lo había hecho? ¿Y por qué había desaparecido de repente?

Ya había pasado un mes desde la última vez que Charlene se había comunicado con sus socios de la empresa de investigaciones donde trabajaba y, cuando Frank Carter, su compañero de oficina, pensó en llamarme, ya estaba muy alarmado.

—Tiene sus excentricidades, pero nunca había

desaparecido durante tanto tiempo —dijo—, y de ningún modo teniendo reuniones ya fijadas con clientes de mucho tiempo. Algo anda mal.

—¿Cómo se le ocurrió llamarme? —pregunté.

Me respondió describiendo parte de una carta, hallada en la oficina de Charlene, que yo le había enviado unos meses antes en la que hacía una crónica de mis experiencias en Perú. Me dijo que, al lado, había una nota garabateada con mi nombre y mi número de teléfono.

—Estoy llamando a todas las personas que tienen alguna relación con ella —agregó. —Hasta el momento, nadie parece saber nada. A juzgar por la carta, usted es amigo de Charlene. Esperaba que supiera algo de ella.

—Lo lamento —le dije—. Hace cuatro meses que no hablo con ella.

Mientras lo decía, me parecía mentira que hubiera pasado tanto tiempo. Al recibir mi carta, Charlene me había llamado por teléfono y había dejado un mensaje en el contestador en el que me hablaba de su entusiasmo respecto de las Revelaciones y me comentaba la rapidez con que parecía estar difundiéndose su conocimiento. Recordé que había escuchado el mensaje de Charlene varias veces, pero que había dilatado mi llamado, pensando que me comunicaría más tarde, tal vez al día siguiente o el otro, cuando me sintiera dispuesto a hablar. En aquel momento sabía que hablar con ella me forzaría a recordar y explicar los detalles del Manuscrito y me decía a mí mismo que necesitaba más tiempo para pensar, para digerir lo que había ocurrido.

La verdad era, obviamente, que algunas partes de la profecía todavía se me escapaban. Sin duda había retenido la capacidad para conectarme con una energía espiritual interior, un gran consuelo para mí teniendo en cuenta que con Marjorie todo había terminado y ahora pasaba muchísimo tiempo solo. Y era más consciente que nunca de pensamientos intuitivos y los sueños y la luminosidad de una habitación o un paisaje. Sin embargo, al mismo tiempo, la naturaleza esporádica de las coincidencias había pasado a ser un problema.

Me cargaba de energía, por ejemplo, discernía la cuestión más importante de mi vida, y en general tenía un presentimiento claro respecto de qué hacer o adónde ir para buscar la respuesta; no obstante, después de hacer algo relacionado con la situación eran muchísimas las veces en que no ocurría nada importante. No encontraba ningún mensaje, ninguna coincidencia.

Esto sucedía sobre todo cuando la intuición tenía que ver con buscar a alguien que ya conocía en alguna medida, un viejo conocido quizas, o alguien con quien trabajaba en forma rutinaria. De vez en cuando esa persona y yo encontrábamos algún punto de interés nuevo, pero con igual frecuencia mi iniciativa, pese a mis esfuerzos por enviar energía, era totalmente rechazada o, peor aún, empezaba de una manera estimulante sólo para desviarse, descontrolarse y al fin morir en medio de un torrente de irritaciones y emociones inesperadas.

Durante el proceso, esa incapacidad no me había amargado, pero me di cuenta de que algo me faltaba cuando quería vivir las Revelaciones a largo plazo. En Perú yo procedía siguiendo un impulso y actuaba a menudo con una especie de fe nacida de la desesperación. Al regresar a casa y enfrentar de nuevo mi medio habitual, rodeado muchas veces de escépticos manifiestos, sentía que perdía la expectativa entusiasta o la firme creencia de que mis corazonadas realmente me conducían a alguna parte. En apariencia había olvidado alguna parte vital del conocimiento... o tal vez aún no la había descubierto.

—No sé muy bien qué hacer —había señalado el socio de Charlene—. Ella tiene una hermana, creo que en Nueva York. ¿Usted no sabe cómo contactarla? O tal vez conozca a alguien que sepa dónde está.

—Lo lamento, pero no lo sé —dije—. En realidad, Charlene y yo estamos reviviendo una vieja amistad. No recuerdo ningún pariente y no sé qué amigos tiene ahora.

—Bueno, creo que voy a hacer la denuncia a la policía, salvo que usted tenga alguna idea mejor.

—No, creo que eso sería lo más prudente. ¿Hay algún otro indicio?

—Sólo una especie de dibujo que podría ser la descripción de un lugar. No lo sé con exactitud.

Más tarde me envió por fax toda la nota que había encontrado en la oficina de Charlene, incluido el boceto rudimentario de líneas cruzadas y números con marcas vagas en los márgenes. Y, sentado en mi estudio, comparando el dibujo con los números de ruta en un atlas del sur, descubrí la que en apariencia podía ser la localización real. A partir de ese momento empecé a experimentar una imagen vívida de Charlene en mi mente, la misma imagen que había percibido en Perú cuando me hablaron de la existencia de la Décima Revelación. ¿Su desaparición estaba conectada de alguna manera con el Manuscrito?

Una brisa rozó mi cara y volví a estudiar la vista que se desplegaba más abajo. Más lejos, a la izquierda, donde terminaba el valle al oeste, se distinguía una hilera de techos. Ése debía de ser el pueblo que Charlene había indicado en el mapa. Guardé el papel en el bolsillo de mi chaqueta, volví a la ruta y subí a mi rural.

• • •

El pueblo en sí era pequeño, de dos mil habitantes, según el cartel que había junto al único semáforo. La mayoría de los edificios comerciales se alineaban sobre una sola calle que corría junto a la orilla del río. Pasé la luz, divisé un motel cerca de la entrada del Bosque Nacional y avancé hasta el estacionamiento que había frente a un restaurante y bar. En ese momento entraban varias personas, entre ellas un hombre alto de tez oscura y pelo negro azabache, que cargaba una mochila grande. Se volvió y por un instante hicimos contacto visual. Me bajé, cerré el auto y decidí, como por una corazonada, entrar en el restaurante antes de ir al motel. En el interior, las mesas estaban casi vacías: apenas unos pocos excursionistas en el bar y algunas de las personas, que habían entrado antes que yo, en un apartado. La mayoría ignoró mi mirada, pero mientras seguía escudriñando el local mis ojos volvieron a cruzarse con el hombre alto que había visto antes; iba caminando hacia el fondo del salón. Esbozó una débil sonrisa, mantuvo el contacto visual otro segundo y se dirigió a la salida de atrás.

Lo seguí. Estaba parado, a unos seis metros, inclinado sobre su mochila. Vestía jeans, camisa vaquera y botas, y aparentaba tener unos cincuenta años. Detrás de él, el sol del atardecer dibujaba largas sombras entre los árboles altos y el pasto y, a unos cincuenta metros, pasaba el río, que iniciaba allí su viaje hacia el valle.

Sonrió con entusiasmo y levantó la vista.

—¿Otro peregrino? —preguntó.

—Estoy buscando a una amiga —dije—. Tuve el presentimiento de que usted podía ayudarme.

Hizo un gesto afirmativo con la cabeza, mientras

estudiaba con atención los contornos de mi cuerpo. Se acercó, se presentó como David Lone Eagle y me explicó, como si fuera algo que tal vez necesitara saber, que era descendiente directo de los americanos nativos que habitaron originalmente ese valle. Por primera vez noté que tenía en la cara una cicatriz delgada que iba desde el borde de su ceja izquierda y bajaba a lo largo de toda la mejilla, dejando libre sólo el ojo.

—¿Quiere café? —preguntó—. Tienen buena bebida ahí adentro, pero el café es malo. —Señaló un área cerca del río donde se alzaba una carpa pequeña entre tres sauces grandes. Docenas de personas caminaban por el lugar, algunas por un camino que cruzaba un puente y conducía al Bosque Nacional. Todo parecía seguro...

—Sí —respondí—. Buena idea.

En el campamento, encendió un pequeño calentador de gas, llenó la pava de agua y la colocó sobre la llama.

—¿Cómo se llama su amiga? —preguntó al fin.

—Charlene Billings.

Hizo una pausa y me miró, y mientras nos observábamos, con la mirada de mi mente vi una imagen clara de él en otro tiempo. Era más joven y estaba vestido con calzones de piel de ante, sentado frente a una gran fogata. Trazos de pintura de guerra adornaban su cara. A su alrededor se desplegaba un círculo de gente, en su mayoría americanos nativos, pero entre ellos había también dos blancos, una mujer y un hombre muy robusto. La discusión era acalorada. En el grupo había quienes querían la guerra; otros deseaban la reconciliación. Él se interponía y ridiculizaba a los que consideraban la idea de la paz. ¿Cómo podían ser tan ingenuos, les decía, después de tanta traición?

La mujer blanca parecía comprender pero le rogaba

que la escuchara. La guerra podía evitarse, sostenía, y era posible proteger perfectamente el valle si el remedio espiritual era lo bastante bueno. Él rechazaba de plano su argumento y después de increpar al grupo montaba en su caballo y partía. La mayoría lo seguía.

—Su instinto es bueno —dijo David, apartándome de repente de mi visión. Extendió entre nosotros una manta tejida a mano y me invitó a sentarme. —He oído hablar de ella.

Me miró con expresión interrogante.

—Estoy preocupado —dije—. Nadie ha tenido noticias de ella; lo único que quiero es cerciorarme de que se encuentra bien. Y tenemos que hablar.

—¿Sobre la Décima Revelación? —preguntó, sonriendo.

—¿Cómo sabía?

—Una suposición. Muchos de los que llegan a este valle no vienen sólo por la belleza del Bosque Nacional. Vienen para hablar de las revelaciones. Piensan que la Décima está por acá. Algunos afirman incluso saber qué dice.

Se volvió y puso un filtro lleno de café en el agua caliente. Algo en el tono de su voz me hizo pensar que estaba poniéndome a prueba, tratando de verificar si yo era quien decía ser.

—¿Dónde está Charlene? —pregunté.

Con el dedo señaló hacia el este.

—En el bosque. No hablé nunca con su amiga pero oí cuando la presentaron una noche en el restaurante y desde entonces la vi algunas veces. Hace varios días volví a verla; iba caminando sola por el valle y, a juzgar por la forma en que iba equipada, diría que es probable que todavía siga ahí.

Miré en esa dirección. Desde ese ángulo el valle parecía enorme y se extendía hacia la lejanía.

—¿Adónde cree que se dirigía? —pregunté.

Me miró un instante.

—Tal vez hacia el cañón Sipsey. Es allí donde se encuentra una de las aberturas. —Estudió mi reacción.

—¿Las aberturas?

Esbozó una sonrisa misteriosa.

—Eso es. Las aberturas dimensionales.

Me incliné hacia él, recordando mi experiencia en las Ruinas Celestinas.

—¿Quién está al tanto de esto?

—Muy pocos. Hasta ahora son sólo rumores, fragmentos de información, intuición. Ni un alma ha visto el Manuscrito. La mayoría de los que vienen aquí buscando la Décima sienten que fueron conducidos aquí de manera sincrónica y tratan de vivir auténticamente las Nueve Revelaciones, si bien se quejan de que las coincidencias los guían durante un tiempo y de pronto se interrumpen. —Rió entre dientes. —Pero en eso estamos todos, ¿no? La Décima Revelación tiene que ver con la comprensión de toda esa cuestión: la percepción de las coincidencias misteriosas, la conciencia espiritual cada vez mayor de la Tierra, las desapariciones de la Novena Revelación... todo desde la perspectiva más elevada de la otra dimensión, para que podamos entender por qué está ocurriendo todo esto y participemos de manera más plena.

—¿Usted cómo lo sabe? —pregunté.

Me miró con ojos penetrantes, enojado de pronto.

—¡Yo sé!

Durante un momento más su cara permaneció seria, luego su expresión volvió a suavizarse. Alargó el brazo, sirvió café en dos jarros y me entregó uno.

—Mis antepasados vivieron cerca de este valle durante miles de años —continuó—. Ellos creían que este bosque era un lugar sagrado a mitad de camino entre el mundo superior y el mundo intermedio, aquí en la Tierra. Mi pueblo ayunaba y entraba en el valle en busca de visiones, para encontrar sus dones específicos, su medicina, el camino que debían recorrer en esta vida.

"Mi abuelo me habló de un chamán que vino de una tribu lejana y enseñó a nuestro pueblo a buscar lo que llamaba un estado de purificación. El chamán les enseñó que partieran de este preciso lugar, llevando sólo un cuchillo, y que caminaran hasta que los animales les dieran una señal, para seguir luego hasta alcanzar lo que llamaban la abertura sagrada al mundo superior. Les dijo que si eran dignos, si habían purificado las emociones más bajas, podían ser autorizados a atravesar la abertura y encontrarse directamente con sus antepasados donde podían recordar no sólo su propia visión, sino la visión del mundo en su totalidad.

"Obviamente, todo terminó cuando llegó el hombre blanco. Mi abuelo no pudo recordar cómo hacerlo y yo tampoco puedo. Tenemos que averiguarlo como todos los demás.

—Usted está aquí buscando la Décima, ¿no? —inquirí.

—Por supuesto... Por supuesto. Pero al parecer lo único que hago es esta penitencia de remisión. —Su voz volvió a endurecerse, y de pronto parecía hablar más consigo mismo que conmigo. —Cada vez que trato de avanzar, una parte mía no puede superar el resentimiento y la rabia por lo que le ocurrió a mi pueblo. Y eso no mejora. Cómo es posible que nos robaran la tierra, que nuestra forma de vida fuera avasallada, destruida. ¿Por qué fue posible algo así?

—Ojalá no hubiera sucedido —dije.

Miró para abajo y de nuevo se rió entre dientes.

—Lo creo. Pero de todos modos siento rabia cada vez que pienso en el mal uso que se hace de este valle. —¿Ve esta cicatriz? —preguntó señalándose la cara—. Podría haber evitado la pelea en la que me la hice. Fueron *cowboys* de Texas que habían bebido demasiado. Podría haberme ido, pero fue esta ira que arde dentro de mí.

—¿Acaso la mayor parte de este valle no está protegida dentro del Bosque Nacional? —pregunté.

—Sólo la mitad, más o menos, al norte del río, pero los políticos siempre amenazan con venderla.

—¿Y la otra mitad? ¿De quién es?

—Durante mucho tiempo esta zona fue propiedad de distintos individuos, pero ahora hay una sociedad extranjera registrada que trata de comprarla. No sabemos quién está atrás, pero a algunos de los propietarios les ofrecieron cantidades enormes para que vendan.

Miró para otro lado por un momento y luego dijo:

—Mi problema es que desearía que los tres siglos anteriores hubieran sido distintos. Estoy resentido por el hecho de que los europeos empezaran a radicarse en este continente sin tener en cuenta a la gente que ya estaba aquí. Fue criminal. Me gustaría que nada de eso hubiera sucedido, como si fuera posible cambiar el pasado de alguna manera. Nuestra forma de vida era importante. Aprendíamos el valor de recordar. Ése era el gran mensaje que los europeos podrían haber recibido de mi pueblo si se hubieran detenido a escuchar.

Mientras hablaba, mi mente se deslizó con lentitud hacia otro ensueño. Dos personas —otro americano nativo y la misma mujer blanca— conversaban a la orilla de un riacho. Detrás de ellos se alzaba un bosque tupido.

Después de un rato, otros americanos nativos se agolparon en torno de ellos para oír su conversación.

—¡Podemos remediarlo! —decía la mujer.

—Me temo que todavía no sabemos lo suficiente —respondía el americano nativo, con una expresión que demostraba mucho respeto por la mujer—. La mayoría de los otros jefes ya se fueron.

—¿Por qué no? Piense en las discusiones que tuvimos. Usted mismo dijo que con fe suficiente podíamos remediarlo.

—Sí —respondía—. Pero la fe es una certeza que deriva de saber cómo deberían ser las cosas. Los ancestros saben, pero no somos muchos los que hemos alcanzado ese saber.

—Pero tal vez podamos alcanzar ese saber ahora —rogaba la mujer—. ¡Debemos intentarlo!

Mis pensamientos se interrumpieron al ver a varios oficiales del Servicio Forestal que se acercaban a un hombre mayor en el puente. Tenía el pelo canoso con un corte muy prolijo; llevaba puestos pantalones de vestir y una camisa impecable. Al caminar parecía renquear un poco.

—¿Ve a ese hombre con los oficiales? —preguntó David.

—Sí —respondí—. ¿Qué pasa con él?

—Hace dos semanas que lo veo por acá. Su nombre es Feyman, creo. No he oído el apellido. —David se inclinó hacia adelante y por primera vez me dio la impresión de que confiaba plenamente en mí. —Mire, está pasando algo muy extraño. En las últimas semanas el Servicio Forestal parece controlar a los caminantes que entran en el Bosque. Nunca lo habían hecho y ayer alguien me dijo que cerraron por completo el extremo este. Hay lugares en esa zona que están a dieciséis kilómetros de la autopista más cercana. ¿Sabe las pocas personas que se aventuran tan lejos? Algunos hemos empezado a oír extraños ruidos en esa dirección.

—¿Qué clase de ruidos?

—Una especie de disonancia. La mayoría de la gente no la oye.

De repente se incorporó y echó abajo su carpa.

—¿Qué hace? —le pregunté.

—No puedo quedarme aquí —respondió—. Tengo que ir al valle.

Después de un rato interrumpió su trabajo y volvió a mirarme.

—Mire —dijo—. Hay algo que debe saber. Ese hombre que le señalé, Feyman. Vi a su amiga con él varias veces.

—¿Qué hacían?

—Hablaban, pero le digo que acá pasa algo raro. —Continuó empacando.

Lo observé en silencio durante un momento. No sabía qué pensar de la situación, pero tenía la sensación de que no era descabellado que Charlene estuviera en algún lugar del valle.

—Déjeme buscar mi equipo —dije—. Me gustaría ir con usted.

—No —se apresuró a decir—. Cada persona debe experimentar el valle sola. No puedo ayudarlo ahora. Debo encontrar mi propia visión. —Su expresión parecía apenada.

—¿Puede decirme dónde queda exactamente ese cañón?

—Siga el río unos tres kilómetros. Llegará a otra pequeña ensenada que se mete en el río desde el norte. Siga esa ensenada otros dos kilómetros. Lo llevará directamente a la boca del cañón Sipsey.

Asentí y me volví para irme, pero él me tomó del brazo.

—Mire —dijo—, puede encontrar a su amiga si eleva su energía a otro nivel. En el valle hay sitios específicos que pueden ayudarlo.

—Las aberturas dimensionales —pregunté.

—Sí. Allí puede descubrir la perspectiva de la Décima Revelación, pero para encontrar esos lugares debe comprender la verdadera naturaleza de sus intuiciones y cómo mantener esas imágenes mentales. Observe también los animales y empezará a recordar qué está haciendo en este valle... por qué estamos todos juntos aquí. Pero tenga mucho cuidado. No deje que lo vean entrar en el bosque. —Reflexionó un instante. —Hay alguien allí, un amigo mío, Curtis Webber. Si ve a Curtis, dígale que habló conmigo y que me pondré en contacto con él.

Sonrió débilmente y envolvió su carpa.

Quería preguntarle qué significaba eso de la intuición y de observar los animales, pero él evitaba el contacto visual y se mantenía concentrado en su trabajo.

—Gracias —dije.

Me hizo un ligero saludo con la mano.

Cerré despacio la puerta del motel y salí a caminar bajo la luz de la luna. El aire fresco y la tensión hicieron estremecer todo mi cuerpo. ¿Por qué estaba haciendo eso?, pensé. No había ninguna prueba de que Charlene siguiera en el valle, o de que la sospecha de David fuera, por lo demás, correcta. Sin embargo, las vísceras me decían que en realidad algo andaba mal. Pasé varias horas pensando si debía o no llamar al comisario. Pero,

¿para decirle qué? ¿Que mi amiga había desaparecido y que la habían visto entrando en el bosque por su propia voluntad, pero que tal vez se hallaba en problemas, todo sobre la base de una nota vaga hallada a cientos de kilómetros de distancia? Recorrer el lugar requeriría cientos de personas, y yo sabía que no iban a montar semejante operativo sin algo más sustancial.

Hice un alto y miré la luna casi llena que se alzaba sobre los árboles. Mi plan consistía en cruzar el río hacia el este del puesto de los guardabosques y luego seguir por el camino principal hasta el valle. Contaba con que la luna alumbraría mi camino, pero no pensaba que estaría tan brillante. La visibilidad era por lo menos de cien metros.

Pasé por el bar y llegué a la zona donde había acampado David. El lugar estaba totalmente despejado. Hasta había desparramado hojas y ramas de pino para quitar cualquier indicio de su presencia. Para cruzar por donde yo había pensado, debía caminar unos cuarenta metros a la vista del puesto de los guardabosques, que no podía divisar con mucha claridad. A través de la ventana lateral del puesto había dos oficiales que conversaban animadamente. Uno se levantó de su silla y tomó el teléfono.

Agazapado, cargué mi mochila sobre los hombros, caminé hasta el borde arenoso del río y al final hasta el agua misma, donde me topé con montones de piedras lisas y tuve que saltar varios troncos caídos. A mi alrededor estalló una sinfonía de ranas y grillos de los árboles. Volví a mirar a los guardabosques; seguían charlando, indiferentes a mi incursión. En su punto más profundo, el agua moderadamente tranquila me llegaba hasta el muslo, pero en apenas segundos había cruzado el torrente de tres metros y me encontraba en una playa de pinos pequeños.

Avancé con mucho cuidado hasta que encontré una huella que llevaba al valle. Hacia el este, la huella desaparecía en la oscuridad, y al mirar en esa dirección más dudas invadieron mi mente. ¿Qué era ese ruido misterioso que preocupaba tanto a David? ¿Con qué podía tropezar en la oscuridad?

Ahuyenté el miedo. Sabía que debía seguir adelante, pero como concesión me interné sólo unos ochocientos metros en el bosque antes de apartarme bien de la huella, en una zona muy boscosa, para armar la carpa y pasar la noche, contento de quitarme las botas mojadas y ponerlas a secar. Sería mucho más prudente continuar a la luz del día.

A la mañana siguiente, me desperté al alba pensando en la observación críptica de David respecto de sostener mis intuiciones, y mientras estaba acostado en mi bolsa de dormir, revisé mi comprensión de la Séptima Revelación, en especial la conciencia de que la experiencia de sincronicidad sigue una estructura determinada. Según esta Revelación, una vez que superamos nuestros dramas pasados, todos podemos identificar algunas cuestiones que definen nuestra situación de vida particular, cuestiones relacionadas con nuestra carrera, nuestras relaciones, el lugar en el que debemos vivir o la manera en que debemos avanzar por nuestro camino. Entonces, si nos mantenemos conscientes, los sentimientos viscerales, las corazonadas, las intuiciones nos proporcionan impresiones que nos dicen adónde ir, qué hacer o con quién hablar para buscar una respuesta.

Después, obviamente, se supone que debe producirse una coincidencia que revela la razón por la que fuimos llevados a seguir ese rumbo y que suministra nueva información relacionada de alguna manera con nuestra cuestión que nos hace avanzar en nuestras vidas. ¿Cómo ayudaba el hecho de sostener la intuición?

Salí de mi bolsa de dormir, aparté la cortina de la carpa y observé qué pasaba afuera. Como no noté nada raro, enfrenté el aire fresco del otoño y caminé hasta el río para lavarme la cara en el agua fría. Después, empaqué y volví a dirigirme hacia el este, mordisqueando una barra de cereales y manteniéndome oculto todo lo posible en medio de los árboles altos que bordeaban el río. Tras recorrer unos cinco kilómetros, una ola perceptible de miedo y nerviosismo invadió todo mi cuerpo y de inmediato me sentí cansado, de modo que me senté y me recosté contra un árbol tratando de concentrarme en lo que me rodeaba y adquirir energía interna. El cielo estaba totalmente despejado y el sol de la mañana danzaba entre los árboles y en el suelo, a mi alrededor. Noté una plantita verde con pimpollos amarillos a unos tres metros y me concentré en su belleza. Envuelta por completo por la luz del sol, de pronto parecía más brillante; sus hojas, de un verde más rico. Una ráfaga de perfume llegó hasta mi conciencia junto con el olor mohoso de las hojas y la tierra negra.

Al mismo tiempo, proveniente de los árboles más alejados que se alzaban hacia el norte, oí los gritos de varios cuervos. La riqueza del sonido me asombró pero, curiosamente, no podía distinguir su ubicación exacta. Escuché con más atención y tomé conciencia de docenas de otros sonidos individuales que formaban el coro matutino: cantos de pájaros en los árboles que se alzaban sobre mí, un abejorro entre las margaritas silvestres de la orilla del río, el agua que gorgoteaba alrededor de las rocas y las ramas caídas... y algo más, apenas perceptible, un sonido inarticulado, bajo y disonante. Me puse de pie y miré en derredor. ¿Qué era ese ruido?

Levanté mi mochila y seguí caminando hacia el este. Debido al crujido que generaban mis pasos sobre las hojas caídas, debía detenerme y aguzar mucho el oído para seguir escuchando el sonido inarticulado. Pero allí estaba. Más adelante, el bosque terminó y entré en una gran pradera colorida con flores silvestres y un pasto denso de unos sesenta centímetros de alto que parecía continuar un kilómetro. La brisa barría las puntas del pasto como en oleadas. Cuando ya casi había llegado al borde de la pradera, vi un pedazo de tierra donde crecían moras junto a un árbol caído. Los arbustos me parecieron increíblemente bellos y caminé para verlos más de cerca, imaginándolos llenos de moras.

Al hacerlo, experimenté una intensa sensación de *déjà vu*. Los alrededores me parecieron de pronto muy familiares, como si ya hubiera estado en ese valle y hubiera comido esas moras. ¿Cómo era posible? Me senté en el tronco de un árbol caído y despacio consumí las moras. En ese momento, en lo más recóndito de mi mente surgió la imagen de una laguna clara como el cristal y varias hileras de cascadas en el fondo, un lugar que, tal como lo imaginaba, me resultaba igualmente familiar. Me sentí otra vez ansioso.

De pronto me sobresaltó un animal que salió corriendo del terreno de las moras en dirección al norte y que a unos seis metros se detuvo de golpe. La criatura se ocultó entre el pasto alto y yo no tenía idea de qué era pero podía seguir su paso por la hierba. Al cabo de unos minutos retrocedió unos metros hacia el sur, permaneció inmóvil durante unos segundos y volvió a avanzar unos metros hacia el norte para detenerse de nuevo. Supuse que era un conejo, aunque sus movimientos parecían muy peculiares.

Me quedé cinco o seis minutos observando el área donde se había movido por última vez el animal y caminé con lentitud en esa dirección. Cuando se hallaba más o menos a un metro y medio, de pronto se precipitó de nuevo hacia el norte. En un momento, antes de desaparecer en la distancia, divisé la cola blanca y las patas traseras de un conejo grande.

Sonreí y continué de nuevo hacia el este, siguiendo la huella hasta llegar por fin al límite de la pradera, donde ingresé en una zona de bosque muy denso. Allí divisé una pequeña ensenada, de acaso un metro de ancho, que se metía en el río por la izquierda. Por desgracia, no había camino en esa dirección y, peor aún, el bosque que se extendía a lo largo de la ensenada era un enredo de arbustos espesos y llenos de púas. No podía pasar; tendría que retroceder hasta la huella de la pradera para encontrar un rodeo.

Retrocedí hasta el pasto y caminé por la orilla del bosque buscando un claro en el tupido sotobosque. Para mi gran sorpresa, di con el rastro que había dejado el conejo en el pasto y lo seguí hasta volver a vislumbrar la misma ensenada. Allí la vegetación baja cedía un poco, lo cual me permitió avanzar hasta una zona de árboles más grandes y viejos que me dejaban seguir la ensenada hacia el norte.

Después de continuar otro kilómetro y medio, vi que a ambos lados de la ensenada se alzaba una hilera de colinas. Más adelante me di cuenta de que esas colinas formaban empinadas paredes de cañón y que arriba, más adelante, estaba lo que parecía ser la única entrada.

Al llegar me senté junto a un nogal y observé el panorama. A unos cien metros a ambos lados de la ensenada, las colinas colindaban con unos cerros de piedra de quince metros de alto que se inclinaban hacia afuera hasta perderse en la distancia, formando un cañón semejante a una gran cuenca de más de tres kilómetros de ancho por seis de largo como mínimo. El primer kilómetro era escasamente arbolado y estaba cubierto de pasto. Pensé en el sonido inarticulado y escuché con atención durante cinco o diez minutos, pero parecía haber cesado.

Luego busqué en mi mochila y saqué un pequeño calentador de gas, encendí el mechero, llené una pequeña sartén con agua de mi cantimplora, vacié el contenido de un sobre de guiso de verduras en el agua y coloqué la sartén sobre la llama. Durante unos instantes observé cómo las hilachas de vapor serpenteaban hacia arriba y desaparecían en medio de la brisa. En mi ensueño volví a ver la laguna y la cascada con el ojo de mi mente, sólo que esta vez parecía estar allí, avanzando, como saludando a alguien. Sacudí la imagen en mi cabeza. ¿Qué pasaba? Las imágenes se tornaban más vívidas. Primero David en otra época; ahora estas cascadas.

Un movimiento en el cañón atrajo mi atención. Miré la ensenada y luego, más lejos, vislumbré un árbol que había perdido la mayoría de sus hojas. Ahora se hallaba cubierto de algo así como cuervos grandes; varios volaron hacia el suelo. Se me ocurrió que debían de ser los mismos cuervos que había oído antes. Mientras miraba, de pronto volaron todos y formaron un círculo sobre el árbol. En ese mismo momento volví a oír su graznido, mas, igual que antes, el nivel de sus gritos no coincidía con la distancia; sonaban mucho más cerca.

Gorgoteo de agua y vapor silbando volvieron mi atención al calentador del campamento. El guiso se derramaba sobre la llama. Tomé la sartén con un repasador y con la otra mano apagué el gas. Cuando cedió el hervor, volví a colocar la sartén en el quemador y miré de nuevo el árbol a la distancia. Los cuervos se habían ido.

Comí el guiso a toda prisa, limpié todo y guardé los aparejos para dirigirme luego hacia el cañón. En cuanto pasé los riscos noté de inmediato que los colores se habían intensificado. El pasto parecía increíblemente dorado y vi, por primera vez, que estaba sazonado con cientos de flores silvestres, blancas, amarillas y anaranjadas. Desde los acantilados la brisa traía el aroma de azaleas silvestres.

Pese a continuar siguiendo la ensenada que iba hacia el norte, no apartaba la mirada del árbol alto situado a mi izquierda que los cuervos habían rodeado. Cuando quedó justo del lado oeste, vi que la ensenada de pronto se ensanchaba. Avancé entre algunos sauces y espadañas y me di cuenta de que había llegado a una pequeña laguna que no sólo alimentaba la ensenada que yo seguía, sino una segunda ensenada que formaba ángulo más lejos, hacia el sudeste. Al principio pensé que la laguna era la que había visto en mi mente, pero no tenía cascadas.

Más adelante me esperaba otra sorpresa: hacia el norte de la laguna la ensenada había desaparecido por entero. ¿De dónde venía el agua? Al fin se me ocurrió que la laguna y la ensenada que había seguido se alimentaban de un enorme manantial subterráneo que salía a la superficie en ese lugar.

A mi izquierda, a unos quince metros, vi un suave promontorio sobre el cual se alzaban tres sicómoros, cada uno con un diámetro de más de sesenta centímetros: un lugar perfecto para reflexionar durante un momento. Caminé hasta allí y me instalé entre ellos, sentado y con la espalda apoyada en el tronco de uno de los árboles.

Desde mi perspectiva, los dos árboles restantes estaban a unos dos o tres metros de mí, y podía mirar a la izquierda y ver el árbol de los cuervos y a la derecha para observar el manantial. La cuestión ahora era: ¿adónde ir desde allí? Podía vagar durante días sin ver ninguna pista de Charlene. ¿Y qué sentido tenían las imágenes?

Cerré los ojos y traté de recuperar la imagen anterior de la laguna y las cascadas, pero por mucho que luchaba, no podía recordar los detalles exactos. Al final me di por vencido y miré de nuevo el pasto y las flores silvestres y luego los dos sicómoros que tenía justo enfrente. Sus troncos eran un *collage* escamado de corteza gris oscuro y blanco, salpicada con pinceladas de alquitrán y múltiples matices de ámbar. Al concentrarme en la belleza de la escena, los colores parecieron intensificarse y adquirir un aspecto más iridiscente. Respiré hondo una vez más y miré en dirección a la pradera y las flores. El árbol de los cuervos parecía particularmente iluminado.

Levanté mi mochila y caminé hacia el árbol. De inmediato cruzó mi mente la imagen de la laguna y las cascadas. Esta vez traté de recordar toda la imagen. La laguna que veía era grande. El agua que fluía en ella llegaba de atrás, deslizándose por una serie de terrazas empinadas. Dos cascadas más pequeñas caían sólo unos cinco metros, pero la última caía por un risco más largo, de unos diez metros, hasta la laguna. Otra vez, en la imagen que surgió en mi mente, sentía que caminaba hacia ese lugar y me encontraba con alguien.

El ruido de un vehículo a mi izquierda me hizo detener. Me arrodillé detrás de varios arbustos. Desde el bosque hacia la izquierda, un jeep gris cruzó la pradera en dirección al sudeste. Esperaba ver alguna insignia del Servicio Forestal en la puerta del vehículo, pero, curiosamente, no tenía ninguna marca. Cuando estaba justo frente a mí, a unos cincuenta metros, el vehículo se detuvo. A través del follaje pude distinguir una figura sola en el interior; vigilaba la zona con binoculares, de modo que me recosté y me oculté por completo. Sabía que el Servicio Forestal prohibía a los vehículos privados internarse tanto en la espesura. ¿Quién era esa gente?

El vehículo volvió a arrancar y se perdió de vista con rapidez entre los árboles. Me di vuelta y me senté, tratando de escuchar el sonido inarticulado. Nada. Pensé en volver al pueblo, de encontrar otra forma de buscar a Charlene. Pero en mi fuero íntimo sabía que no había alternativa. Cerré los ojos y pensé otra vez en el consejo de David de sostener mis intuiciones; al fin volví a llevar a los ojos de mi mente la imagen completa de la laguna y las cascadas. Cuando me levanté y emprendí de nuevo el camino hacia el árbol de los cuervos, traté de mantener los detalles de la escena en el fondo de mi mente.

De pronto oí el grito agudo de otro pájaro, esta vez un halcón. A mi izquierda, habiendo dejado atrás el árbol, apenas podía distinguir su forma. Surcaba el aire en dirección norte. Aceleré el paso, al tiempo que trataba de mantener el pájaro a la vista todo el tiempo posible.

La aparición del pájaro parecía haber aumentado mi energía y aun después de que hubo desaparecido en el horizonte seguí avanzando en la dirección de su vuelo. Caminé unos dos kilómetros más por una serie de colinas rocosas. En la cima de la tercera colina volví a paralizarme al oír otro sonido a lo lejos, un sonido muy semejante a agua que corre. No, era agua que caía.

Con cuidado bajé por la pendiente y atravesé una garganta profunda que me hizo evocar otra experiencia de *déjà vu*. Escalé la siguiente colina y allí, más allá de la cima, estaba la laguna con cascadas, tal como las había imaginado, sólo que la zona era mucho más grande y más bella de lo que pensaba. La laguna en sí tenía casi una hectárea y albergaba en una cuna de pedrejones y salientes enormes su agua cristalina de un azul resplandeciente bajo el cielo de la tarde. Hacia la izquierda y la derecha había varios robles grandes, rodeados a su vez por un conjunto de arces más pequeños y árboles de caucho y sauces.

La orilla más alejada de la laguna era una explosión de rocío blanco y bruma, con la espuma acentuada por la agitación que generaban las dos cascadas más chicas que había en lo alto del cordón. Me di cuenta de que no había salida de la laguna. Desde allí el agua fluía bajo tierra, haciendo un recorrido silencioso hasta emerger como manantial de la gran vertiente junto al árbol de los cuervos.

Mientras admiraba la belleza del paisaje, la extraña sensación aumentaba. Los sonidos, los colores, la escena desde la colina… todo me resultaba de lo más familiar. Yo ya había estado en ese lugar. Pero, ¿cuándo?

Bajé hasta la laguna y luego caminé por toda la zona hasta el borde, para probar el agua, pasando por las cascadas, para sentir el rocío de cada una de las cascadas hasta llegar a la cima de las grandes salientes, donde pude tocar los árboles. Quería sumergirme en el lugar. Por último, me recosté en una de las rocas más chatas, a seis metros de la laguna, y me volví hacia el sol de la tarde con los ojos cerrados, sintiendo sus rayos en la cara. En ese momento, otra sensación familiar invadió mi cuerpo: un calor especial y un afecto que no había sentido en meses. De hecho, hasta ese instante había olvidado su emoción y su carácter especiales, pese a que ahora me resultaba perfectamente reconocible. Abrí los ojos y me di vuelta, seguro de que estaba a punto de ver a alguien.

LA REVISIÓN
DEL VIAJE

En una roca situada más arriba, medio escondido por un borde que sobresalía, estaba parado Wil, con las manos apoyadas en las caderas y una amplia sonrisa. Lo veía ligeramente fuera de foco, de modo que parpadeé con fuerza y me concentré hasta que su cara de alguna manera se volvió más nítida.

—Sabía que estarías aquí —dijo. Bajó ágil del borde y saltó hacia donde estaba yo. —Te esperaba.

Lo miré incrédulo y me apretó en un abrazo; su cara y sus manos tenían un brillo luminoso, pero excepto eso parecía normal.

—No puedo creer que estés acá —balbucée—. ¿Qué pasó cuando desapareciste en Perú? ¿Dónde has estado?

Me hizo un gesto para que me sentara frente a él en una roca cercana.

—Te contaré todo —dijo—, pero primero debo saber algo de ti. ¿Qué circunstancias te trajeron a este valle?

Le conté con todo detalle lo de la desaparición de Charlene, el mapa del valle y el encuentro con David. Wil quería saber más de lo que David había dicho, de modo que le conté todo lo que recordaba de la conversación.

Wil se inclinó hacia mí.

—¿Te dijo que la Décima tenía que ver con la comprensión del renacimiento espiritual en la Tierra a la luz de la otra dimensión? ¿Y con el aprendizaje de la verdadera naturaleza de las intuiciones?

—Sí —le dije—. ¿Es así?

Durante un instante pareció reflexionar y luego me preguntó:

—¿Cuál ha sido tu experiencia desde que entraste en el valle?

—Enseguida empecé a ver imágenes —respondí—. Algunas eran de otras épocas históricas, pero después empecé a ver visiones reiteradas de esta laguna. Vi todo: las rocas, las cascadas, incluso que alguien estaba esperando aquí, aunque no sabía que eras tú.

—¿Dónde te ubicabas tú en la escena?

—Era como que me acercaba y lo veía.

—O sea que era una escena de futuro potencial para ti.

Lo miré de reojo.

—No sé si puedo seguirte.

—Como dijo David, la primera parte de la Décima tiene que ver con la comprensión más plena de nuestras intuiciones. En las primeras nueve revelaciones experimentamos las intuiciones como corazonadas fugaces o presentimientos vagos. Pero a medida que nos familiarizamos con estos fenómenos podemos captar con mayor claridad la naturaleza de estas intuiciones. Acuérdate de Perú: ¿acaso las intuiciones no se te presentaban como imágenes de lo que iba a ocurrir, imágenes de ti mismo y de otros en un lugar específico, haciendo determinadas cosas, llevándote a ir allí? ¿No fue ésa la forma en que supiste cuándo ir a las Ruinas Celestinas?

"Aquí, en el valle, ha estado pasando lo mismo. Recibiste una imagen mental de un hecho potencial: dar con las cascadas y encontrarte con alguien. Y pudiste vivirlo, provocando la coincidencia de descubrir de veras el lugar y encontrarme. Si hubieras ahuyentado la imagen o perdido la fe en buscar las cascadas, habrías perdido la sincronicidad y tu vida habría seguido siendo chata. Pero tomaste en serio la imagen; la mantuviste en tu mente.

—David dijo algo referido a aprender a "sostener" la intuición —comenté.

Wil asintió.

—¿Y las otras imágenes —pregunté—, las escenas de épocas anteriores? ¿Y estos animales? ¿La Décima Revelación habla de todo esto? ¿Viste el Manuscrito?

Con un gesto de la mano Wil minimizó mis preguntas.

—En primer lugar, déjame hablarte de mi experiencia en la otra dimensión, lo que yo llamo la dimensión de la Otra Vida. Cuando pude mantener mi nivel de energía en Perú —empezó—, aun cuando todos ustedes sintieron miedo y perdieron su vibración, me vi en un mundo increíble de belleza y forma clara. Estaba allí, en el mismo lugar, pero todo era distinto. El mundo era luminoso y asombroso a un extremo que todavía no puedo describir. Durante mucho tiempo caminé por ese mundo increíble, vibrando aún más arriba, y luego descubrí algo muy sorprendente. Podía trasladarme a cualquier lugar del planeta, simplemente imaginando un destino en mi mente. Viajé por dondequiera que se me ocurría, buscándolos a ti y a Julia y los otros, pero no pude encontrar a nadie.

"Por fin empecé a detectar otra capacidad. Imaginando sólo un campo blanco en mi mente, podía salir del planeta y entrar en un lugar de ideas puras. Allí podía crear todo lo que quería, sólo imaginándolo. Hice océanos y montañas y paisajes fantásticos, imágenes de personas que se comportaban como yo quería, toda clase de cosas. Y cada una de las cosas era tan real como en la Tierra.

"No obstante, al final me di cuenta de que un mundo tan construido no era un lugar gratificante. El hecho de crear de manera arbitraria no me daba una satisfacción interior. Después de un tiempo volví a casa y empecé a pensar qué quería hacer. En ese entonces todavía podía volverme lo bastante compacto como para hablar en su mayor parte con personas de una conciencia superior. Podía comer y dormir, aunque no tenía por qué hacerlo. Por último me di cuenta de que había olvidado la emoción de evolucionar y experimentar coincidencias. La sensación de flotar era tan grande que creía errónea-mente que por dentro seguía manteniendo mi conexión interior, pero de hecho me había vuelto demasiado controlador y había perdido mi camino. Es muy fácil perder el rumbo en este nivel de vibración, porque crear con la propia voluntad resulta muy simple e instantáneo.

—¿Qué pasó entonces? —pregunté.

—Me concentré en mi interior buscando una co-nexión más elevada con la energía divina, de la misma forma en que siempre lo hemos hecho. Era todo lo que hacía falta; mi vibración se elevó aún más y empecé a recibir otra vez intuiciones. Vi una imagen tuya.

—¿Qué estaba haciendo?

—No lo veía con exactitud; la imagen era borrosa. Pero al pensar en la intuición y sostenerla en mi mente empecé a ingresar en una nueva era de Otra Vida en la cual podía ver realmente otras almas, grupos de almas en realidad, y si bien no podía hablar con ellas, sí podía captar en forma vaga sus pensamientos y su conocimiento.

—¿Pudieron mostrarte la Décima Revelación? —pregunté.

Tragó y me miró como si estuviera a punto de arrojar una bomba.

—No. La Décima Revelación no se escribió nunca.

—¿Qué? ¿No forma parte del Manuscrito original?

—No.

—¿Existe siquiera?

—Ah, sí, existe. Pero no en la dimensión terrenal. Esta revelación todavía no entró en el plano físico. Este conocimiento existe únicamente en la Otra Vida. Sólo cuando un número suficiente de personas sientan en la Tierra esta información de manera intuitiva, podrá volverse real en la conciencia de todos como para que alguien lo escriba. Eso es lo que ocurrió con las primeras nueve revelaciones. De hecho, es lo que pasó con todos los textos espirituales, incluso nuestras más sagradas escrituras. Se trata siempre de información que existe primero en la Otra Vida y luego es captada con suficiente claridad en la dimensión física como para manifestarse a través de alguien que supuestamente la escribe. Por eso estos escritos se consideran de inspiración divina.

—¿Entonces por qué llevó tanto tiempo que alguien captara la Décima?

Wil me miró perplejo.

—No lo sé. El grupo de almas con el que me comunicaba parecía saberlo, pero yo no lo entendía muy bien. Mi nivel de energía no era lo bastante elevado. En cierto modo, tiene que ver con el miedo que surge en una cultura que pasa de una realidad material a una visión del mundo espiritual transformada.

—¿Entonces crees que la Décima ya está lista para llegar?

—Sí. Los grupos de almas vieron que la Décima está llegando ahora, poco a poco, a todo el mundo, a medida que vamos adquiriendo una perspectiva más elevada proveniente de un conocimiento de la Otra Vida. Pero debe ser captada por cantidades suficientes de personas, igual que las nueve primeras, para superar el miedo.

—¿Sabes de qué trata el resto de la Décima?

—Sí. Al parecer, conocer las primeras nueve no basta. Debemos comprender cómo cumpliremos ese destino. Dicho conocimiento deriva de captar la especial relación entre la dimensión física y la Otra Vida. Debemos comprender el proceso del nacimiento, de dónde venimos, el panorama más amplio de lo que la historia humana trata de realizar.

De pronto me vino una idea a la mente.

—Espera un momento. ¿No pudiste ver el texto de la Novena Revelación? ¿Qué decía de la Décima?

Wil se agachó.

—Decía que las primeras nueve revelaciones describían la realidad de la evolución espiritual, tanto personal como colectiva, pero que en verdad, llevar a la práctica esas revelaciones, vivirlas y cumplir este destino requiere una comprensión más plena del proceso, una Décima Revelación. Esta Revelación nos mostrará la realidad de la transformación espiritual de la Tierra no sólo desde la perspectiva de la dimensión terrenal sino también desde la perspectiva de la dimensión de la Otra Vida. Decía que comprenderemos con mayor plenitud por qué estamos uniendo las dos dimensiones, por qué los seres humanos deben cumplir con este propósito histórico, y esta comprensión, una vez integrada a la cultura, asegurará su resultado final. También mencionaba al Medio, diciendo que al mismo tiempo que va emergiendo una nueva conciencia espiritual, una polarización reactiva surgiría en temible oposición, tratando de controlar en forma intencional el futuro con diversas tecnologías nuevas, tecnologías aún más peligrosas que la amenaza nuclear, que ya se descubrieron. La Décima Revelación resuelve esta polarización.

Se detuvo bruscamente y miró hacia el este.

—¿Oíste eso?

Intenté escuchar pero lo único que oía eran las cascadas.

—¿Qué? —pregunté.

—Ese sonido inarticulado.

—Ya lo había oído antes. ¿Qué es?

—No sé. Pero también se oye en la otra dimensión. Las almas que vi parecían muy perturbadas al respecto.

Mientras Wil hablaba, vi con claridad la cara de Charlene en mi mente.

—¿Crees que el sonido inarticulado se relaciona con esta nueva tecnología? —pregunté, como distraído.

Wil no respondió. Noté que tenía una mirada perdida.

—¿La amiga que estás buscando tiene pelo rubio? —preguntó—. ¿Y ojos grandes... una mirada muy inquisidora?

—Sí.

—Acabo de ver una imagen de su cara.

Lo miré.

—Yo también.

Se volvió y contempló las cascadas por un instante. Yo seguí su mirada. La espuma y el rocío blancos daban un marco majestuoso a nuestra conversación. Podía sentir cómo crecía la energía en mi cuerpo.

—Todavía no tienes energía suficiente —advirtió—. Pero como este lugar es tan poderoso, creo que si yo colaboro y los dos nos concentramos en la cara de tu amiga, podemos pasar del todo a la dimensión espiritual y tal vez descubramos dónde se halla y qué está sucediendo en este valle.

—¿Estás seguro de que puedo hacerlo? —dudé—. Podrías irte, quizás, y yo te esperaría aquí.

Su cara iba saliéndose lentamente de foco.

Wil me tocó la parte inferior de la espalda para darme energía, otra vez sonriendo.

—¿No ves lo significativo que es el hecho de que estemos aquí? La cultura humana empieza a entender la Otra Vida y captar la Décima. Creo que tenemos una oportunidad de explorar juntos la otra dimensión. Sabes que esto es como un destino.

En ese momento oí el ruido inarticulado en el fondo, aun por sobre el ruido de las cascadas. De hecho, lo sentía en mi plexo solar.

—El sonido inarticulado aumenta —dijo Wil—. Tenemos que irnos. ¡Charlene podría encontrarse en problemas!

—¿Qué hacemos? —pregunté.

Wil se acercó un poco más, sin dejar de tocar mi espalda.

—Debemos recrear la imagen que recibimos de tu amiga.

—¿Sostenerla?

—Sí. Como te dije, estamos aprendiendo a reconocer nuestras intuiciones y a creer en ellas en un nivel superior. Todos queremos que las coincidencias se presenten de manera más consecuente, pero para la mayoría de nosotros esta conciencia es nueva y estamos rodeados de una cultura que todavía actúa mucho según el viejo escepticismo. De ahí que perdamos la expectativa y la fe.

No obstante, empezamos a darnos cuenta de que cuando prestamos plena atención e inspeccionamos los detalles del futuro potencial que nos es mostrado y sostenemos expresamente la imagen en el fondo de nuestras mentes, creyendo en forma intencional, todo lo que imaginamos tiende a ocurrir de una manera más fácil.

—Entonces, "queremos" que ocurra?

—No. Recuerda mi experiencia en la Otra Vida. Allí puedes hacer que pase cualquier cosa sólo deseándola, pero esa creación no es plenificadora. Lo mismo pasa con esta dimensión, aunque todo se mueve a un ritmo más lento. Podemos querer y crear casi todo lo que deseamos, pero la verdadera plenitud aparece sólo cuando nos armonizamos por primera vez con nuestra dirección interior y nuestra guía divina y vemos la intuición. Recién entonces usamos nuestra voluntad para avanzar hacia los logros que recibimos. En este sentido, nos convertimos en cocreadores con el principio divino. Ya ves de qué manera este conocimiento inicia la Décima Revelación. Estamos aprendiendo a usar nuestra visualización de la misma forma en que se usa en la Otra Vida, y al hacerlo nos alineamos con la otra dimensión, y eso contribuye a acortar la distancia entre el Cielo y la Tierra.

Asentí, comprendiendo totalmente. Después de respirar hondo varias veces, Wil ejerció una mayor presión sobre mi espalda y me instó a recrear los detalles de la cara de Charlene. Durante un momento no pasó nada, y de pronto sentí una ráfaga de energía que me sacudía hacia adelante e imprimía en mí una aceleración desenfrenada.

Avanzaba a velocidades fantásticas por una especie de túnel multicolor. Por entero consciente, me preguntaba por qué no tenía miedo, pues lo que en realidad experimentaba era una sensación de reconocimiento, dicha y paz, como si hubiera estado allí antes. Cuando el movimiento paró, me vi envuelto en una luz cálida y blanca. Busqué a Wil y me di cuenta de que se hallaba de pie a mi izquierda, algo más atrás.

—Ya está —dijo, sonriente. Sus labios no se habían movido pero podía oír su voz con toda claridad. Vi entonces la apariencia de su cuerpo. Parecía exactamente el mismo, sólo que una luz lo iluminaba por completo desde adentro.

Estiré el brazo para tocar su mano y noté que mi cuerpo lucía igual. Cuando lo toqué, lo que sentí fue un campo, alejado varios centímetros del brazo que veía. Empujé pero me di cuenta de que no podía penetrar en esa energía; lo único que lograba era alejar su cuerpo de mí.

Wil estaba cerca, lleno de regocijo. De hecho, su expresión era tan divertida que yo también me reí.

—¿Sorprendente, no? —preguntó.

—Esta vibración es más elevada que la de las Ruinas Celestinas —respondí—. ¿Sabes dónde estamos?

Wil guardó silencio y miró en derredor. Daba la impresión de que nos encontrábamos en un medio espacial y teníamos algún sentido de arriba y abajo, pero estábamos suspendidos inmóviles en el aire y no había horizontes. La luz blanca era una pista constante en todas las direcciones.

Por fin, Wil dijo:

—Éste es un punto de observación; estuve aquí brevemente. Cuando imaginé tu cara, había otras almas.

—¿Qué hacían?

—Observaban a las personas que habían venido después de la muerte.

—¿Cómo? ¿Quieres decir que aquí vienen las personas justo después de morir?

—Sí.

—¿Por qué estamos acá? ¿Le pasó algo a Charlene?

Se volvió directamente hacia mí.

—No, no creo. Recuerda qué me pasó cuando empecé a proyectar tu imagen. Pasé por muchos lugares antes de que al final nos encontráramos en las cascadas. Es probable que debamos ver algo antes de poder encontrar a Charlene. Esperemos y veamos qué ocurre con estas almas. —Hizo un gesto en dirección a nuestra izquierda, donde varias entidades de tipo humano se materializaban directamente frente a nosotros, a una distancia de unos nueve metros.

Mi primera reacción fue desconfiar.

—Wil, ¿cómo sabemos que sus intenciones son amistosas? ¿Y si quieren poseernos o algo por el estilo?

Me miró con expresión seria.

—¿Cómo sabes si en la Tierra alguien trata de controlarte?

—Lo captaría. Podría decir que la persona se muestra manipuladora.

—¿Qué más?

—Supongo que me quitarían energía. Sentiría una disminución de mi sentido de la sabiduría, de mi orientación.

—Exacto. No seguirían las Revelaciones. Todos estos principios funcionan de la misma forma en ambas dimensiones.

Hasta tanto las entidades no se formaron del todo, yo seguí desconfiando. Pero por fin, sentí que de sus cuerpos emanaba una energía afectiva y solidaria que parecía contenida en una luz blancuzca y ámbar que danzaba y se agitaba enfocándose y desenfocándose. Las caras tenían características humanas pero no podían mirarse en forma directa. Yo ni siquiera podía saber cuántas almas había. En un momento me pareció que había tres o cuatro delante de nosotros; luego parpadeé y había seis, después tres otra vez, todas apareciendo y desapareciendo. En general tenían el aspecto de una nube ámbar vacilante y animada sobre el fondo blanco.

Después de varios minutos, una nueva forma empezó a materializarse junto a las otras, sólo que esta figura estaba más nítidamente en foco y aparecía en un cuerpo luminoso semejante a Wil y a mí. Vimos que era un hombre de mediana edad; miraba desesperado alrededor, luego vio el grupo de almas y empezó a relajarse.

Para mi gran sorpresa, cuando lo enfoqué de cerca capté lo que sentía y pensaba. Miré a Wil, que me confirmó con un movimiento de cabeza que él también sentía la reacción de esa persona.

Volví a enfocarla y observé que, pese a cierto desapego y cierto sentido de amor y solidaridad, se hallaba en estado de *shock* por haber descubierto que había muerto. Apenas unos minutos antes, había estado corriendo como lo hacía de costumbre, y mientras trataba de subir una larga pendiente sufrió un infarto masivo. El dolor duró apenas unos segundos y de pronto se deslizó fuera de su cuerpo, mientras observaba cómo un montón de transeúntes corrían a ayudarlo. Muy pronto llegó un equipo de paramédicos que trabajó febrilmente para reanimarlo.

Por último, mientras iba sentado junto a su cuerpo en la ambulancia, oyó horrorizado que el jefe del equipo lo declaraba muerto. Frenético, trató de comunicarse, pero nadie lo oía. En el hospital, un médico confirmó al resto del equipo que su corazón había literalmente explotado, que nadie habría podido hacer nada por salvarle la vida.

Una parte de él trataba de aceptar el hecho; la otra se resistía. ¿Cómo podía estar muerto? Por último llamó pidiendo ayuda, y al instante se vio en un túnel de colores que lo había traído adónde se encontraba ahora. En ese instante parecía tomar una mayor conciencia de las almas y se acercaba a ellas, saliéndose cada vez más de nuestro foco para parecerse más a ellas.

Entonces, bruscamente, se precipitó hacia nosotros y en seguida quedó dentro de una especie de oficina, llena de computadoras, diagramas en las paredes y gente que trabajaba. Todo parecía de lo más real, sólo que las paredes eran semitransparentes, de modo que podíamos ver qué ocurría adentro; sobre la oficina el cielo no era azul sino de un extraño color verdoso.

—Está autoengañándose —explicó Wil—. Recrea la oficina donde trabajaba en la Tierra, tratando de convencerse de que no murió.

Las entidades se acercaron y aparecieron otras hasta que hubo docenas de ellas, todas entrando en foco y saliendo bajo la luz ámbar. Parecían enviarle al hombre amor y algún tipo de información que yo no entendía. Poco a poco, la oficina construida empezó a desvanecerse y al final desapareció por completo.

El hombre tenía ahora una expresión de resignación y volvió a ponerse en foco con las entidades.

—Vamos con ellas —oí que decía Wil. En ese preciso instante sentí su brazo, o más bien la energía de su brazo, presionando mi espalda.

En cuanto accedí internamente, se produjo una ligera sensación de movimiento y las entidades y el hombre empezaron a definirse mejor. Las entidades tenían ahora caras resplandecientes, en gran medida como Wil y yo, pero sus manos y pies, en vez de estar claramente formados, eran meras radiaciones de luz. Ahora podía enfocar las entidades hasta cuatro o cinco segundos antes de perderlas y tener que parpadear para encontrarlas otra vez.

Me di cuenta de que el grupo de almas, al igual que el individuo muerto, observaban un punto intenso de luz brillante que avanzaba hacia nosotros. Se expandió hasta convertirse en un haz masivo que cubrió todo. Incapaz de mirar la luz directamente, me volví, de modo que sólo podía ver la silueta del hombre, que observaba el haz sin dificultad aparente.

De nuevo pude captar sus pensamientos y emociones. La luz lo llenaba con un sentido de amor y una perspectiva de serenidad inimaginables. Al tiempo que esta sensación lo invadía, su punto de vista y su perspectiva se expandieron hasta que logró ver con claridad la vida que acababa de vivir desde un ángulo vasto y sorprendentemente detallado.

Vio de inmediato las circunstancias de su nacimiento y su vida familiar temprana. Nació como John Donald Williams, hijo de un padre que era intelectualmente lento y una madre muy desapegada y ausente debido a su participación en distintas actividades sociales. Como consecuencia de ello, había crecido iracundo y desafiante, con un perfil de interrogador ansioso por probar al mundo que era un hombre de éxito y brillante que podía dominar la ciencia y la matemática. Obtuvo un doctorado en física en el Instituto Tecnológico de Massachusetts a los veintitrés años y enseñó en cuatro universidades prestigiosas antes de ingresar en el Ministerio de Defensa y luego en una empresa de energía privada.

Obviamente, había asumido este último cargo con un

abandono total y sin tener en cuenta para nada su salud. Después de años de mala alimentación y una falta total de gimnasia, le diagnosticaron una afección cardíaca crónica. Inició una rutina de ejercicios demasiado agresiva, que le resultó fatal. Había muerto en toda la fuerza de la edad, a los 58 años.

En ese momento, la conciencia de Williams se desvió y empezó a sentir un hondo arrepentimiento y un dolor emocional fuerte en cuanto a la forma en que había llevado adelante su vida. Se dio cuenta de que su infancia y su familia inmediata habían servido de marco perfecto para exponer lo que ya era la tendencia de su alma a utilizar el desafío y el elitismo para sentirse más importante. Su principal herramienta había sido ridiculizar y minimizar a los demás criticando sus capacidades, su ética de trabajo y su personalidad. No obstante, ahora podía ver que había tenido todos los profesores adecuados para ayudarlo a superar esta inseguridad. Todos habían llegado en el momento indicado para mostrarle otro camino, pero él los había ignorado.

Había continuado en cambio con su visión hasta el final. Había tenido ante sus ojos todos los signos necesarios para elegir su trabajo con más cuidado, para disminuir su aceleración. Montones de implicaciones y peligros inherentes a su investigación se le habían pasado por alto. Había permitido que sus empleados lo alimentaran con nuevas teorías y hasta principios físicos desconocidos, sin cuestionar siquiera su origen. Estos procedimientos daban resultado y eso era todo lo que le había preocupado, porque llevaban al éxito, la gratitud, el reconocimiento. Había sucumbido a su necesidad de "reconocimiento"... una vez más. "Dios mío —pensó— fallé igual que antes."

Su mente se trasladó con brusquedad a otra escena, una existencia anterior. Estaba en los Apalaches del sur, a comienzos del siglo XIX, en un puesto militar. En una gran carpa varios hombres estudiaban un mapa. Unas antorchas vacilantes iluminaban desde las paredes. Se había llegado a un acuerdo entre los oficiales de campo presentes; ya no había ninguna esperanza de paz. La guerra era inevitable y principios militares categóricos dictaban un rápido ataque.

Como uno de los dos ayudantes superiores del general, Williams se había visto obligado a coincidir con los otros. No existía otra alternativa; el desacuerdo habría traído aparejado el fin de su carrera. Además, no habría podido disuadir a los demás aunque lo hubiera deseado. La ofensiva se habría llevado a cabo, tal vez la última batalla importante en la guerra del este contra los nativos.

Un centinela los interrumpió con una comunicación para el general. Una espía quería ver de inmediato al comandante. Mirando a través de la cortina de la carpa, Williams había visto la desesperación en los ojos de la frágil mujer blanca, de unos treinta años. Más tarde descubriría que era la hija de un misionero que traía el mensaje de una nueva posible iniciativa de paz de los nativos de esa tierra, un llamado que ella misma había negociado corriendo un gran riesgo.

Mas el general se negó a verla y permaneció en la carpa mientras ella le gritaba, hasta que al fin ordenó que la sacaran del campamento, apuntándola, sin conocer el contenido de su mensaje, sin querer conocerlo. Nuevamente Williams guardó silencio. Sabía que su comandante estaba muy presionado pues ya había prometido que la región se abriría a la expansión económica. La guerra era necesaria si se quería concretar la visión de los agentes del poder y sus aliados políticos. No bastaba con dejar que los colonizadores y los indios crearan su propia cultura fronteriza. No; en su opinión, el futuro debía moldearse, manipularse y controlarse para favorecer los intereses de los que hacían el mundo seguro y abundante. Era demasiado aterrador y a la vez irresponsable dejar que decidieran los humildes.

Williams sabía que la guerra complacería a los magnates del ferrocarril y el carbón, así como los intereses recién surgidos del petróleo; naturalmente, aseguraría también su futuro personal. Lo único que debía hacer era mantener la boca cerrada y seguir el juego. Y lo haría, bajo una protesta silenciosa... a diferencia del otro ayudante del general. Recordó haber mirado a su colega, un hombre pequeño que renqueaba un poco. Nadie sabía por qué renqueaba; no tenía nada en la pierna. Era incondicional a ultranza. Sabía qué planeaban los carteles secretos y le encantaban, los admiraba, quería ser parte de ellos. Y había algo más.

Este hombre, al igual que el general y los demás controladores, tenían miedo a los americanos nativos y querían sacarlos de en medio, no sólo debido a su ferocidad en la guerra o la fuerza de su número, ni siquiera debido a su desconocimiento de la economía industrial en expansión que estaba destinada a invadir sus tierras. Temían a los nativos debido a algo más profundo, una idea aterradora y transformadora conocida en su totalidad sólo por algunos ancianos, pero que envolvía toda su cultura y exigía que los controladores cambiaran, que recordaran otra visión.

Williams había descubierto que la misionera había convencido a los grandes jefes hechiceros de que se reunieran en un último intento por coincidir en este conocimiento y hallar las palabras para compartirlo: una última posibilidad de explicarse para establecer su valor frente a un mundo que se volvía con rapidez contra ellos. Williams sabía, en lo profundo de sí mismo, que tendrían que haber escuchado a la mujer, pero en definitiva permaneció callado, y con un gesto rápido el general descartó la posibilidad de reconciliación y ordenó que comenzara la batalla.

Mientras observábamos, el recuerdo de Williams se trasladó a una garganta situada en los bosques, escenario de la futura batalla. La caballería apareció sobre un peñasco en un asalto sorpresivo. Los americanos nativos se defendieron tendiendo una emboscada a la caballería desde los riscos de ambos lados. A poca distancia de allí, un hombre robusto y una mujer estaban agazapados entre las rocas. El hombre era un joven académico, una especie de veedor, aterrado por hallarse tan cerca de la batalla. Estaba mal, todo estaba mal. Su interés era económico; él no tenía nada que ver con la violencia. Había llegado allí convencido de que el hombre blanco y el indio no tenían por qué vivir en conflicto, de que el creciente auge económico de la región podía adaptarse, evolucionar e integrarse de manera de incluir a ambas culturas.

La mujer que se encontraba a su lado en las rocas era la joven misionera que había visto antes en la carpa militar. En ese momento se sentía abandonada, traicionada. Sabía que su esfuerzo podría haber dado resultado si los que ocupaban el poder hubieran escuchado lo que era posible. Pero estaba decidida a no darse por vencida, no hasta poner fin a la violencia. Decía sin cesar: "¡Puede remediarse! ¡Puede remediarse!".

De pronto, en la pendiente que había detrás de ellos,

dos hombres de la caballería se abalanzaron sobre un jefe nativo solo. Me esforcé por ver quién era hasta que reconocí al hombre como el jefe enojado que se había mostrado tan vehemente contra las ideas de la mujer blanca. Mientras observaba, se volvió con rapidez y arrojó una flecha al pecho de uno de sus perseguidores. El otro soldado saltó de su caballo y cayó sobre él. Los dos lucharon con furia hasta que al fin el cuchillo del soldado se hundió en la garganta del hombre más oscuro. La sangre regó el suelo desgarrado.

Al ver los hechos, el economista aterrado instó a la mujer a correr, pero ella le hizo señas de que no se moviera y mantuviera la calma. Por primera vez, Williams vio a un viejo hechicero al lado de un árbol situado junto a ellos y su forma por momentos era más definida y por momentos se salía de foco. En ese instante, otro soldado de la caballería escaló el peñasco, se apostó por encima de ellos y empezó a disparar de manera indiscriminada. Las balas desgarraron tanto al hombre como a la mujer. Con una sonrisa, el indígena mantuvo su actitud desafiante y fue asimismo destruido.

En ese momento, el foco de Williams pasó a ser una colina que dominaba toda la escena. Otro individuo observaba allí la batalla. Estaba vestido con calzones de ante y llevaba una mula de carga: un hombre de montaña. Volvió la espalda a la batalla y bajó por la colina en la dirección opuesta; dejó atrás la laguna y las cascadas y se perdió de vista. Me quedé helado; la batalla se desarrollaba precisamente en el valle, justo al sur de las cascadas.

Cuando mi atención volvió a Williams, éste revivía el horror del odio y el derramamiento de sangre. Sabía que el hecho de no actuar durante las guerras contra los americanos nativos había cimentado las condiciones y esperanzas de su vida más reciente, pero, igual que antes, no había actuado, no había despertado. Nuevamente había estado con el hombre robusto asesinado con la mujer misionera, y Williams supo que debía primero recordar y luego ayudar a su amigo más joven a despertar. Los vio parados juntos en una colina, debatiendo el proceso. Se suponía que debían encontrar a otros cinco en el valle, formando un grupo de siete. El grupo reunido debía contribuir a disipar el Miedo.

La idea pareció sumergirlo en una reflexión más profunda. El miedo había sido el gran enemigo a lo largo de la tortuosa historia de la humanidad, y al parecer él sabía que la cultura humana actual estaba polarizándose, dando a los controladores de este tiempo histórico una última oportunidad de capturar el poder, de explotar las nuevas tecnologías para sus propios fines.

Se estremeció de angustia. Tomó conciencia de lo importantísimo que era que su grupo se reuniera aunque él no pudiera estar. La historia estaba destinada a esos grupos y sólo si se formaba un número suficiente de ellos, y sólo si un número suficiente de ellos entendía el Miedo, dicha polarización podría conjurarse y los experimentos en el valle terminarían.

Muy despacio, tomé conciencia de que me hallaba otra vez en el lugar de la luz blanca y suave. Las visiones de Williams habían terminado y tanto él como las demás entidades se habían desvanecido. Después experimenté un veloz movimiento de retroceso que me dejó mareado y distraído.

Vi que Wil estaba a mi derecha.

—¿Qué pasó? —pregunté—. ¿Adónde se fue?

—No lo sé —respondió.

—¿Qué le pasaba?

—Experimentaba una Revisión de la Vida.

Asentí con un movimiento de cabeza.

—¿Sabes exactamente qué es?

—Sí —respondí—. Sé que las personas que han tenido experiencias de vida después de la muerte cuentan muchas veces que toda su existencia se despliega ante sus ojos. ¿A eso te refieres?

Wil me miró pensativo.

—Sí, pero la conciencia ampliada de este proceso de revisión está teniendo un gran impacto en la cultura humana. Es otra parte de la perspectiva superior que da el conocimiento de la Otra Vida. Miles de personas han tenido experiencias de vida después de la muerte y sus historias se relatan y comentan; la realidad de la Revisión de la Vida está volviéndose parte de nuestra realidad cultural. Sabemos que después de la muerte debemos volver a mirar nuestras vidas; y que vamos a sufrir por cada oportunidad perdida, por cada circunstancia en la que no actuamos. Este conocimiento está reafirmando la determinación de respetar todas las imágenes intuitivas que vienen a nuestra mente y mantenerlas firmemente en la conciencia. Estamos viviendo la vida de una manera más deliberada. No queremos perder ni un solo hecho importante. No queremos sufrir el dolor de mirar para atrás, más adelante, y darnos cuenta de que estuvimos mal, de que no tomamos las decisiones correctas ni actuamos de la manera adecuada.

De pronto Wil hizo una pausa e irguió la cabeza como si oyera algo. Al instante sentí otra sacudida en mi plexo solar y volví a oír el sonido inarticulado. El sonido se desvaneció al poco tiempo.

Wil miraba en derredor. El medio blanco sólido era atravesado por haces intermitentes de un gris apagado.

—¡No sé qué pasa, pero está afectando también esta dimensión! —exclamó—. No sé si podemos mantener nuestra vibración.

Mientras esperábamos, los haces grises disminuyeron en forma gradual y se restableció el fondo blanco sólido.

—Recuerda la advertencia acerca de la nueva tecnología en la Novena Revelación —agregó Wil—. Y lo que Williams dijo sobre los atemorizados que tratan de controlar dicha tecnología.

—¿Y ese grupo de siete que viene? —pregunté—. ¿Y esas visiones que Williams tenía de este valle en el siglo XIX? Wil, yo también las tuve. ¿Qué crees que significan?

La expresión de Wil se volvió más grave.

—Creo que es lo que se supone que debemos ver. Y creo que tú formas parte de ese grupo.

De pronto el sonido inarticulado empezó a aumentar otra vez.

—Williams dijo que primero debíamos entender ese Miedo —enfatizó Wil—, para poder contribuir a disiparlo. Eso es lo que debemos hacer ahora; tenemos que encontrar la manera de comprender ese Miedo.

Wil acababa apenas de terminar su idea cuando un sonido estruendoso irrumpió en mi cuerpo y me impulsó hacia atrás. Con la cara distorsionada y fuera de foco, Wil quiso asirme. Yo traté de aferrarme a su brazo pero de repente se había ido y yo caía hacia abajo, fuera de control, en medio de un paisaje de colores.

SUPERAR EL MIEDO

Una vez liberado del vértigo, me di cuenta de que me encontraba de nuevo en las cascadas. Frente a mí, debajo de una saliente rocosa, estaba mi mochila exactamente donde la había puesto antes. Miré a mi alrededor; no había ningún indicio de Wil. ¿Qué había pasado? ¿Adónde se había ido?

Según mi reloj, había pasado menos de una hora desde que Wil y yo habíamos ingresado en la otra dimensión, y mientras reflexionaba acerca de la experiencia, me impactó recordar cuánto amor y cuánta calma había sentido, y qué poca ansiedad... hasta ahora. Ahora, todo lo que me rodeaba parecía opaco y como en sordina.

Agotado, fui a recoger mi mochila, con un nudo de miedo en el estómago. Sintiendo que estaba demasiado expuesto en las rocas, decidí regresar a las colinas del sur hasta decidir qué haría. Llegué a la cima de la primera colina y cuando empecé a bajar por la pendiente divisé a un hombre menudo, de unos cincuenta años quizá, que subía por la derecha. Era pelirrojo, tenía perilla y vestía ropa de expedición. Antes de que pudiera esconderme, me vio y caminó hacia mí.

Cuando llegó, sonrió con cautela y dijo:

—Me parece que llevo un rato dando vueltas. ¿Podría orientarme para volver al pueblo?

Le di las indicaciones generales hacia el sur del manantial y después le dije que siguiera el río hacia el oeste hasta llegar a la estación de los guardabosques.

Hizo un gesto de alivio.

—Me encontré con alguien al este de aquí, hace un rato, y me indicó cómo volver pero seguramente tomé el camino al revés. ¿Usted también va para el pueblo?

Miré con más atención la expresión de su cara y me pareció captar cierta tristeza y cierta ira en su personalidad.

—No creo —contesté—. Estoy buscando a una amiga que anda por acá. ¿Qué aspecto tenía la persona que encontró?

—Era una mujer de pelo rubio y ojos brillantes —respondió—. Hablaba muy rápido. No entendí su nombre. ¿A quién busca usted?

—A Charlene Billings. ¿Recuerda algo más de la mujer que vio?

—Dijo algo sobre el Bosque Nacional que me hizo pensar que podía ser uno de esos exploradores que andan dando vueltas por acá. Pero no sé. Me aconsejó que abandonara el valle. Me dijo que debía recoger sus cosas y que después también se iría. Parecía pensar que algo anda mal por acá, que todos corremos peligro. En realidad, se mostró muy reservada. Yo sólo salí a dar una caminata. Con franqueza, no sabía de qué me hablaba.

—Su tono indicaba que estaba acostumbrado a hablar de una manera frontal.

Con toda la simpatía posible, dije:

—Me da la impresión de que la persona que encontró podría ser mi amiga. ¿Dónde la vio exactamente?

Señaló hacia el sur y me dijo que se había topado con ella unos ochocientos metros más atrás. Iba caminando sola y de ahí se había dirigido hacia el sudeste.

—Caminaré con usted hasta el manantial —dije.

Recogí mi mochila y mientras bajábamos la pendiente preguntó:

—Si era su amiga, ¿adónde cree que iba?

—No lo sé.

—¿A algún lugar místico, quizá? Buscando la utopía. —Sonreía con cinismo.

Me di cuenta de que me tendía un anzuelo.

—Tal vez —repuse—. ¿Usted no cree en la posibilidad de la utopía?

—No, por supuesto que no. Eso es un pensamiento neolítico. Ingenuo.

Lo miré. El cansancio empezaba a abrumarme, de modo que traté de poner fin a la conversación.

—Una simple diferencia de opinión, supongo.

Se rió.

—No. Es un hecho. No hay ninguna utopía por venir. Todo está empeorando, no mejorando. En el aspecto económico, las cosas están descontrolándose y a la larga esto va a explotar.

—¿Por qué dice eso?

—Demografía lisa y llana. Durante la mayor parte de este siglo ha habido una clase media grande en los países occidentales, una clase que promovió el orden y la razón y sostuvo la creencia general de que el sistema económico podía ser para todos.

"Pero esta fe empieza a claudicar. Puede verlo en todas partes. Cada día son menos los que creen en el sistema o juegan de acuerdo con las reglas. Y esto ocurre porque la clase media se tambalea. Debido al desarrollo tecnológico, el trabajo pierde valor y divide la cultura humana en dos grupos: los que tienen y los que no tienen; los que hacen inversiones y poseen el manejo de la economía, y los que están confinados a trabajos menores y de servicio. Sume a esto el fracaso de la educación y podrá ver el alcance del problema.

—Suena espantosamente cínico —señalé—.

—Es realista. Es la verdad. Para la mayoría de la gente, sobrevivir requiere un esfuerzo cada vez más grande. ¿Ha visto las encuestas sobre el estrés? La tensión es desmedida. Nadie se siente seguro, y lo peor todavía no empezó. La población explota y, a medida que vaya expandiéndose cada vez más la tecnología, aumentará la distancia entre los instruidos y los no instruidos, y los que tienen controlarán cada vez más la economía global en tanto que las drogas y el crimen seguirán creciendo entre los que no tienen.

"¿Y qué cree usted que les pasará a los países subdesarrollados? —preguntó Joel—. Gran parte de Medio Oriente y África ya están en manos de fundamentalistas religiosos cuyo objetivo es destruir la civilización organizada, a la que consideran un imperio satánico, para reemplazarla con alguna especie de teocracia perversa, donde los líderes religiosos estén a cargo de todo y tengan poder reconocido para condenar a muerte a los que consideren herejes en cualquier parte del mundo.

"¿Qué clase de gente consentiría este tipo de carnicería en nombre de la espiritualidad? Sin embargo, cada día son más. China todavía practica el infanticidio de las mujeres, por ejemplo. ¿No le parece increíble?

"Desde ya se lo digo: la ley y el orden y el respeto a la vida humana están en vías de extinción. El mundo degenera hacia una mentalidad criminal, regido por la envidia y la venganza y dirigido por unos charlatanes astutos, y tal vez ya sea demasiado tarde para frenarlo. Pero, ¿sabe algo? En realidad, a nadie le importa. ¡A nadie! Los políticos no van a hacer nada. Lo único que les preocupa son sus bienes personales y cómo mantenerlos. El mundo está cambiando demasiado rápido. Nadie puede seguir ese ritmo, y eso nos hace tratar de ser los primeros y conseguir lo que sea lo más rápido que podamos, antes de que sea demasiado tarde. Este sentimiento invade toda la civilización y todos los grupos ocupacionales.

Joel tomó aliento y me miró. Me había parado sobre la cima de una de las colinas para ver el atardecer inminente, y nuestros ojos se cruzaron. Parecía darse cuenta de que se había dejado arrastrar por su diatriba y en ese momento empezó a resultarme muy familiar. Le dije mi nombre y él me dijo el suyo, Joel Lipscomb. Nos miramos un rato pero él no mostraba signos de conocerme. ¿Por qué nos habríamos encontrado en el valle?

En cuanto me formulé esta última pregunta en la mente, supe la respuesta. Estaba expresando la visión del Miedo que había mencionado Wil. Me sacudió un estremecimiento. Se suponía que esto debía pasar.

Lo miré con renovada seriedad.

—¿De veras cree que las cosas están tan mal?

—Sí, absolutamente —respondió—. Soy periodista y esta actitud se nota muy bien en nuestra profesión. Antes, por lo menos tratábamos de hacer nuestro trabajo con ciertos criterios de integridad. Pero ya no. Todo es publicidad y sensacionalismo. Ya nadie busca la verdad ni trata de presentarla de la manera más exacta. Los periodistas buscan la primicia, la perspectiva más monstruosa, toda la basura que pueden desenterrar.

"Aunque algunas acusaciones particulares tengan una explicación lógica, las informan de cualquier manera, por su impacto en las mediciones de audiencia y las tiradas. En un mundo donde la gente está embotada y distraída, lo único que vende es lo increíble. Y lo terrible es que ese tipo de periodismo se perpetúa a sí mismo. Un periodista joven ve esa situación y piensa que para sobrevivir en la actividad tiene que jugar ese juego. Si no lo hace, cree que lo dejan atrás, arruinado, lo cual lleva a que los informes de investigaciones se falseen en forma intencional. Sucede todo el tiempo.

Habíamos seguido avanzando hacia el sur y bajábamos por el terreno rocoso.

—Es algo que también padecen otros grupos profesionales —continuó Joel—. Mire a los abogados. Tal vez en una época ser miembro de un tribunal significara algo, cuando las partes de un proceso compartían un común respeto por la verdad y la justicia. Pero ya no. Piense en los recientes juicios a celebridades transmitidos por televisión. Ahora los abogados hacen todo lo que pueden para corromper a la justicia, adrede, tratando de convencer a los jurados de que crean lo hipotético cuando no hay pruebas, sino hipótesis que los abogados saben que son mentiras, para hacer salir libre a alguien. Y otros abogados comentan los procedimientos como si estas tácticas fueran una práctica común y por completo justificada en nuestro sistema jurídico, cosa que no es cierta.

"En nuestro sistema, toda persona tiene derecho a un juicio justo. Pero los abogados son responsables de asegurar la justicia y la corrección, de no distorsionar la verdad y menoscabar la justicia simplemente para sacar libre a su cliente a toda costa. Gracias a la televisión, al menos hemos podido ver esas prácticas corruptas por lo que representan: mero oportunismo, por parte de los abogados de los juicios, para aumentar su fama y así pedir honorarios más altos. La razón por la cual son tan desvergonzados es que creen que a nadie le importa y obviamente es así. Todos los demás hacen lo mismo.

"Estamos recortando costos, maximizando los beneficios a corto plazo en vez de planear a largo plazo, porque en nuestro fuero íntimo, de manera consciente o inconsciente, no creemos que nuestro éxito pueda durar. Y lo hacemos aunque debamos acabar con el espíritu de confianza que tenemos con los demás; mejoramos nuestros intereses a expensas de otro.

"Muy pronto, todos los supuestos y los acuerdos sutiles que mantienen unida a la civilización estarán subvertidos del todo. Piense en lo que ocurrirá una vez que el desempleo llegue a cierto nivel en las ciudades del interior. El crimen quedará fuera de control. Los policías no van a seguir arriesgando sus vidas por un público que de todas maneras no lo nota. ¿Qué tal si termina en el estrado dos veces por semana interrogado por un abogado que de cualquier modo no se interesa en la verdad, o peor todavía, retorcido de dolor mientras se desangra en el piso de algún callejón oscuro, cuando a nadie le importa? Mejor mirarlo del otro lado y cumplir con sus veinte años de servicio lo más calladito posible, tal vez incluso haciendo algunos sobornos, además. Y la cosa sigue. ¿Qué puede frenarla?

Hizo una pausa y lo miré mientras caminábamos.

—¿Supongo que usted cree que algún renacimiento espiritual va a cambiar todo esto? —preguntó.

—Claro que lo espero.

Trepó con dificultad a un árbol caído para alcanzarme.

—Escuche —continuó—, durante un tiempo yo me tragué eso de la espiritualidad, esta idea del propósito, el destino y las Revelaciones. Veía incluso que ocurrían algunas coincidencias interesantes en mi vida. Pero decidí que era todo una locura. La mente humana puede imaginarse todo tipo de estupideces; ni siquiera nos damos cuenta de que lo hacemos. Analizándolo bien, todo esto de la espiritualidad no es más que retórica fantasiosa.

Empecé a retrucar su argumento pero cambié de idea. Mi intuición me indicaba que primero lo escuchara.

—Sí —dije—. Supongo que eso es lo que parece a veces.

—Mire, por ejemplo, lo que oí decir sobre este valle —continuó—. Ése es el tipo de insensatez que solía escuchar. Esto no es nada más que un valle lleno de árboles y arbustos como miles de otros. —Al pasar, tocó un árbol grande con la mano. —¿Cree que este Bosque Nacional va a sobrevivir? Olvídelo. Viendo la forma en que los seres humanos contaminan los océanos y saturan el ecosistema con carcenogénicos producidos por el hombre, amén de consumir papel y otros productos de la madera, este lugar va a convertirse en un basurero, igual que todos los demás. De hecho, en este momento a nadie le preocupan los árboles. ¿Cómo cree que se las arregla el Estado para construir rutas a expensas de los contribuyentes y después vender la madera por debajo del valor de mercado? ¿O para cambiar las zonas mejores y más lindas por tierra arruinada en alguna otra parte, simplemente para contentar a los promotores inmobiliarios?

"Tal vez usted crea que algo místico está ocurriendo en este valle. ¿Y por qué no? A todos les encantaría que hubiera algo místico en la existencia, en especial si se tiene en cuenta la inferior calidad de vida. Pero el hecho es que no pasa nada. Sólo somos animales, criaturas lo bastante desdichadas y lo bastante vivas como para imaginarnos que estamos vivos y que vamos a morir sin conocer nunca propósito alguno. Podemos fingir todo lo que queramos y podemos desear todo lo que queramos, pero ese hecho existencial subsiste: no podemos saber.

Volví a mirarlo.

—¿Usted no cree en ningún tipo de espiritualidad?

Se rió.

—Si Dios existe, debe de ser un dios monstruoso, en extremo cruel. ¡De ninguna manera podría obrar aquí una realidad espiritual! ¿Cómo podría? ¡Mire el mundo! ¿Qué clase de Dios podría concebir un lugar tan devastador, donde los niños mueren horriblemente a causa de terremotos, crímenes absurdos y hambre, cuando los restaurantes tiran toneladas de comida todos los días?

"Aunque —agregó—, tal vez sea así como debe ser. Tal vez sea ése el plan de Dios. Es posible que los estudiosos de "los últimos tiempos" tengan razón. Ellos creen que la vida y la historia son sólo una prueba de fe para ver quién va a ganar la salvación y quién no, un plan divino para destruir la civilización con el fin de separar a los creyentes de los réprobos. —Esbozó una sonrisa pero ésta se desvaneció enseguida cuando se sumergió en sus pensamientos.

Aceleró el ritmo para caminar a la par de mí. Volvíamos a entrar en la pradera y vi el árbol de los cuervos a unos cuatrocientos metros.

—¿Sabe qué cree esta gente de los "últimos tiempos" que está pasando en realidad? —preguntó—. Hace unos años hice un estudio sobre ellos; son fascinantes.

—¿De veras? —dije, indicándole con un gesto que continuara.

—Estudian las profecías ocultas en la Biblia, sobre todo en el libro de las Revelaciones. Creen que vivimos en lo que llaman los "últimos días", el tiempo en que todas las profecías se hacen realidad. En esencia, lo que creen es esto: la historia ya está lista para el retorno de Cristo y la creación del reino celestial en la Tierra. Pero para que esto pueda ocurrir, la Tierra debe sufrir una serie de guerras, desastres naturales y otros hechos apocalípticos anunciados en las Escrituras. Y conocen cada una de esas predicciones, de modo que se pasan el tiempo observando muy atentamente los hechos del mundo, esperando el próximo acontecimiento de la agenda.

—¿Cuál es el próximo acontecimiento? —pregunté.

—Un tratado de paz en Medio Oriente que permitirá la reconstrucción del Templo en Jerusalén. Al poco tiempo, según ellos, se producirá un éxtasis masivo entre los verdaderos creyentes, sean quienes fueren, y serán arrebatados de la faz de la Tierra y conducidos al cielo.

Me detuve y lo miré.

—Creen que esas personas van a empezar a desaparecer.

—Sí, está en la Biblia. Después viene la tribulación, que abarca un período de siete años que serán un infierno para todos los que queden en la Tierra. Supuestamente, va a derrumbarse todo: terremotos gigantes destruirán la economía; crecidas de los mares destruirán muchas ciudades; además habrá disturbios y criminalidad y todo el resto. Y entonces surgirá un político, probablemente en Europa, que propondrá un plan para volver a encauzar las cosas si, desde luego, le confieren poder supremo.

Esto incluye una economía electrónica centralizada que coordina el comercio en la mayoría de los lugares del mundo. No obstante, para participar en esta economía y sacar ventaja de la automatización hay que prometer lealtad a este líder y permitir que a cada uno le implanten en la mano un chip, a través del cual es posible documentar todas las interacciones económicas.

"Este anticristo al principio protegerá a Israel y facilitará un tratado de paz; luego atacará, empezando una Guerra Mundial que a la larga involucrará a los países islámicos y luego a Rusia y China. Según las profecías, en el momento en que Israel esté a punto de caer, los ángeles de Dios ganarán la guerra para luego instalar una utopía espiritual que durará mil años.

Carraspeó y me miró.

—Entre en alguna librería religiosa de vez en cuando y mire un poco; hay comentarios y novelas sobre estas profecías en todas partes, y constantemente aparecen más.

—¿Cree que estos estudiosos de los "últimos tiempos" están en lo cierto?

Sacudió la cabeza.

—No creo. La única profecía que se manifiesta en este mundo es la de la ambición y la corrupción del hombre. Podría surgir algún dictador y tomar el poder, pero será porque vio alguna manera de sacar provecho del caos.

—¿Cree que eso va a suceder?

—No sé, pero le diré algo. Si continúa el deterioro de la clase media, y los pobres se vuelven más pobres y el crimen sigue invadiendo el centro de las ciudades y se difunde hacia los suburbios, y entonces, coronando todo eso, experimentamos, digamos, una serie de grandes desastres naturales y toda la economía se derrumba por un tiempo, habrá hordas de vagabundos hambrientos que atacarán a las masas y por doquier cundirá el pánico. Ante esta clase de violencia, si alguien aparece y propone una manera de salvarnos, de enderezar las cosas, pidiendo sólo que cedamos algunas libertades civiles, no me cabe ninguna duda de que lo haremos.

Nos detuvimos y bebimos agua de mi cantimplora. A unos cincuenta metros estaba el árbol de los cuervos.

Me trepé; a lo lejos distinguí un débil eco del sonido inarticulado.

Joel entrecerró los ojos en un gesto de concentración y me miró con más atención.

—¿Qué está escuchando?

Me volví y le dije directamente:

—Es un ruido extraño, un sonido inarticulado que ha estado sonando. Creo que podría tratarse de algún experimento que se desarrolla en el valle.

—No oí comentar nada. ¿Qué clase de experimento? ¿Quién lo dirige. ¿Por qué yo no puedo oírlo?

Estaba por decirle algo más cuando nos interrumpió otro sonido. Escuchamos con atención.

—Es un vehículo —dije.

Otros dos jeeps grises se acercaban por el oeste y se dirigían hacia nosotros. Corrimos a escondernos detrás de los brezos altos; pasaron a unos cien metros, sin parar, rumbo al sudeste siguiendo el mismo camino que el jeep anterior.

—Esto no me gusta nada —dijo Joel—. ¿Quiénes eran?

—Bueno, no son del Servicio de Forestación, y se supone que nadie puede conducir por aquí. Creo que debe de ser gente relacionada con el experimento.

Me miró horrorizado.

—Si quiere —propuse—, puede tomar un camino más directo para volver al pueblo. Diríjase al sudoeste hacia aquel cerro que se ve a lo lejos. Después de un poco más de un kilómetro se encontrará con el río y desde ahí puede seguirlo hacia el oeste hasta el pueblo. A lo mejor llega antes de que oscurezca demasiado.

—¿Usted no viene?

—Ahora no. Yo iré directamente al sur hasta el río y allí esperaré un rato a mi amiga.

Tensó la frente.

—Esta gente no puede estar haciendo un experimento sin que lo sepa alguien del Servicio Forestal.

—Ya sé.

—No creerá que puede hacer algo al respecto, ¿no? Esto es algo grande.

No respondí; sentí una oleada de angustia.

Se quedó escuchando un momento más y después emprendió la marcha por el valle, caminando rápido. Se volvió una vez y meneó la cabeza.

Yo lo observé hasta que cruzó la pradera y desapareció del otro lado, en el bosque. Caminé a toda prisa hacia el sur, pensando otra vez en Charlene. ¿Qué hacía ahí? ¿Adónde iba? No tenía ninguna respuesta.

Me apuré y llegué al río en unos treinta minutos. El sol ya estaba totalmente oculto detrás de las nubes agolpadas en el horizonte y la luz del atardecer teñía los bosques de ominosas tonalidades grises. Yo me sentía cansado y sucio y sabía que escuchar a Joel y ver los jeeps habían afectado mi ánimo. Tal vez ya tenía pruebas suficientes para recurrir a las autoridades; tal vez era ésa la mejor manera de ayudar a Charlene. En mi cabeza daban vueltas varias opciones que parecían justificar mi regreso al pueblo.

Como la vegetación de ambos lados del río era poco densa, decidí avanzar y abrirme camino por el bosque más tupido del otro lado, pese a saber que esa zona era propiedad privada.

Una vez del otro lado, me detuve bruscamente al oír otro jeep; eché a correr. Unos quince metros más adelante la tierra se elevaba en una serie de piedras grandes y afloramientos de unos seis metros de alto. Alcancé la cima a toda velocidad y aceleré el paso; luego salté sobre una pila de rocas grandes con la intención de brincar al otro lado. Cuando mi pie tocó la roca de arriba, la gran piedra rodó, perdí pie y toda la pila empezó a moverse hacia adelante. Reboté una vez sobre mi cadera y aterricé en una pequeña hondonada en tanto que la pila seguía rodando hacia mí. Varias de las piedras, de sesenta o noventa centímetros de diámetro, se tambaleaban y estaban a punto de desplomarse sobre mi pecho. Apenas tuve tiempo para rodar sobre mi lado izquierdo y levantar los brazos, pero no pude salir del medio.

Entonces, por el rabillo del ojo, vi que algo pequeño y blanco se movía frente a mi cara. En el mismo instante vino a mí el conocimiento excepcional de que esas enormes rocas de alguna manera iban a eludirme. Las oí estrellarse a ambos lados. Con lentitud abrí los ojos y espié entre el polvo en tanto me quitaba la suciedad y los pedazos de roca de la cara. Las rocas yacían a mi lado. ¿Cómo había pasado semejante cosa? ¿Qué era esa forma blanca?

Por un momento miré el paisaje circundante y entonces, detrás de una de las rocas, vi un leve movimiento. Muy despacio, un cachorro de gato montés se acercó y me miró fijo. Sabía que era lo bastante grande como para tener que escapar, pero se demoraba y no dejaba de mirarme.

El ruido cada vez más fuerte de un vehículo que se acercaba hizo que al final el gato montés saliera corriendo y se internara en el monte. Me incorporé y corrí varios pasos más hasta que tropecé torpemente con otra roca. Una onda de dolor punzante atravesó toda mi pierna cuando mi pie izquierdo cedió. Caí al suelo y me arrastré los últimos dos metros hasta los árboles. Rodé hasta ubicarme detrás de un roble inmenso cuando el vehículo se acercó al río, bajó la velocidad unos minutos y luego volvió a acelerar hacia el sudeste.

Mientras el corazón me latía a toda máquina, me senté y me quité la bota para inspeccionar mi tobillo. Ya empezaba a hincharse. ¿Por qué esto? Al recostarme para estirar la pierna, vi que a unos nueve metros había una mujer que me miraba. Cuando empezó a acercarse, me quedé paralizado.

—¿Se encuentra bien? —preguntó, con voz preocupada pero cautelosa. Era una mujer alta y negra, de unos cuarenta años quizá, vestida con ropa de algodón suelta y zapatillas de tenis. Sobre las sienes le caían hebras de pelo oscuro desprendidas de su cola de caballo que se agitaban con el viento. En la mano tenía una pequeña mochila verde.

—Estaba sentada ahí y lo vi caer —dijo—. Es su día de suerte; soy médica. ¿Quiere que lo examine un poco?

—Se lo agradecería —dije, un poco mareado, sin llegar a creer en la coincidencia.

Se arrodilló a mi lado y me movió el pie con suavidad, vigilando al mismo tiempo la zona que rodeaba la ensenada.

—¿Está solo por aquí?

Le mencioné brevemente que estaba buscando a Charlene, pero no dije nada más. Me dijo que no había visto a nadie que respondiera a esa descripción. Se presentó como Maya Ponder y cuanto más me hablaba más me convencía de que era absolutamente digna de confianza. Le dije mi nombre y dónde vivía.

Cuando terminé, me dijo:

—Yo soy de Asheville, aunque tengo un centro de salud, con un socio, a unos kilómetros al sur de aquí. Es nuevo. También somos dueños de veinte hectáreas del valle que lindan justo aquí con el Bosque Nacional. —Señaló la zona donde nos hallábamos sentados. —Y otras veinte hectáreas subiendo por el cerro hacia el sur.

Abrí el cierre del bolsillo de mi mochila y extraje mi cantimplora.

—¿Quiere un poco de agua? —pregunté.

—No, gracias, tengo. —Revisó su propia mochila, sacó una cantimplora y la abrió. Pero en lugar de beber empapó una toallita y envolvió mi pie, cosa que me hizo retorcer de dolor.

Se volvió, me miró a los ojos y dijo:

—Obviamente, se torció el tobillo.

—¿Cuán grave es? —pregunté.

Vaciló.

—¿Usted qué cree?

—No lo sé. Déjeme probar si puedo caminar.

Traté de ponerme de pie, pero ella me detuvo.

—Espere un momento —dijo—. Antes de tratar de caminar, analice su actitud. ¿Qué grado de gravedad considera que tiene su herida?

—¿A qué se refiere?

—Me refiero a que, muchas veces, su tiempo de recuperación va a depender de lo que usted piense, no de lo que piense yo.

Me miré el tobillo.

—Creo que podría estar muy mal. Si es así, tengo que volver al pueblo de alguna forma.

—¿Y entonces?

—No sé. Si no puedo caminar, voy a tratar de encontrar a alguien que busque a Charlene.

—¿Se le ocurre por qué este accidente se produjo ahora?

—En realidad, no. ¿Por qué es importante?

—Porque, nuevamente, muchas veces su actitud respecto de por qué se produjo un accidente o una enfermedad afecta su recuperación.

La miré con atención, con absoluta conciencia de mi resistencia. Una parte de mí sentía que no tenía tiempo para discutir eso en aquel momento. Parecía algo muy comprometido para la situación. Si bien el sonido inarticulado había cesado, debía suponer que el experimento continuaba. Todo parecía muy peligroso y era casi de noche... y Charlene podía hallarse en serios apuros a pesar de todo.

Asimismo, tenía conciencia de un profundo sentimiento de culpa hacia Maya. ¿Por qué habría de sentirme culpable? Traté de librarme de esa emoción.

—¿Qué clase de médica es usted? —pregunté, y bebí un poco de agua.

Me sonrió y por primera vez vi aumentar su energía. Ella también había decidido confiar en mí.

—Le hablaré de la medicina que practico —dijo—. La medicina está cambiando, y rápido. Ya no creemos que el cuerpo es una máquina con piezas que a la larga se gastan y deben repararse o reemplazarse. Empezamos a comprender que la salud del cuerpo es determinada en gran medida por nuestros procesos mentales: lo que pensamos de la vida y en especial de nosotros mismos, tanto en el nivel consciente como en el inconsciente.

"Esto representa un vuelco fundamental. Con el viejo método, el médico era el experto y el sanador, y el paciente, el receptor pasivo que esperaba que el médico tuviera todas las respuestas. Pero ahora sabemos que la actitud interior del paciente es crucial. Un factor clave es el miedo y el estrés y la forma en que los manejamos. A veces el miedo es consciente, pero en muchos casos lo reprimimos totalmente.

"Es la actitud fanfarrona y machista: negar el problema, ahuyentarlo, conjurar actitudes heroicas. Adoptar una perspectiva positiva es muy importante para mantenerse sano, pero para que esta actitud resulte efectiva, debemos comprometernos con ella de manera plenamente consciente, utilizando el amor, no el machismo. Yo creo que nuestros miedos no expresados crean bloqueos u obstáculos en el flujo de energía del cuerpo, y son estos bloqueos los que a la larga derivan en problemas. Los miedos se manifiestan en grados cada vez más altos hasta que los abordamos. Los problemas físicos constituyen el último paso. En principio, estos bloqueos deberían tratarse con prontitud, de una manera preventiva, antes de que se desarrolle la enfermedad.

—¿Entonces usted considera que la enfermedad, en definitiva, puede prevenirse o curarse?

—Sí, estoy segura de que nos toca una mayor o menor duración de la vida; tal vez eso dependa del Creador, pero no tenemos por qué estar enfermos, y no tenemos por qué ser víctimas de tantos accidentes.

—¿De modo que para usted esto se aplica tanto a un accidente, como mi torcedura, como a las enfermedades?

Sonrió.

—Sí, en muchos casos.

Me sentía confundido.

—Mire, en este momento realmente no tengo tiempo. Estoy muy preocupado por mi amiga. ¡Debo hacer algo!

—Lo sé, pero tengo el pálpito de que esta conversación no va a llevar mucho tiempo. Si usted sale corriendo y no tiene en cuenta lo que le diga, es posible que se le pierda el significado de algo que es obviamente una coincidencia. —Me miró para ver si había captado su referencia al Manuscrito.

—¿Usted sabe lo de las Revelaciones? —pregunté.

Asintió con la cabeza.

—¿Qué me sugiere que haga, exactamente?

—Bueno, la técnica con la cual tuve mucho éxito es la siguiente: primero, tratamos de recordar la naturaleza de sus pensamientos exactamente antes del problema de salud, en su caso, el esguince. ¿En qué estaba pensando? ¿Qué miedo le revela este problema?

Medité un momento y dije:

—Tenía miedo, me sentía ambivalente. La situación en este valle parecía mucho más siniestra de lo que pensaba. No me sentía capaz de manejarla. Por otro lado, sabía que Charlene podía necesitar ayuda. Estaba confundido y dividido en cuanto a lo que debía hacer.

—¿Entonces se torció el tobillo?

Me incliné hacia ella.

—¿Está diciéndome que me saboteé a mí mismo para no tener que actuar? ¿No es demasiado simple?

—Es algo que le toca decidir a usted, no a mí. Pero a menudo es simple. Además, lo más importante es no perder tiempo defendiendo o probando. Simplemente juegue con eso. Trate de recordar todo respecto del origen del problema de salud. Explore por sí mismo.

—¿Cómo?

—Debe serenar su mente y recibir la información.

—¿En forma intuitiva?

—En forma intuitiva, rezando o de la manera en que usted conciba ese proceso.

Volví a resistirme, por no estar seguro de poder relajarme y despejar mi mente. Al final cerré los ojos y por un instante mis pensamientos cesaron, pero luego se presentó una sucesión de recuerdos de Will y de los hechos del día. Los dejé pasar y volví a despejar mi mente. Enseguida vi una escena en la que yo tenía diez años y salía renqueando de una cancha de fútbol americano, consciente de que estaba fingiendo la lesión. "¡Eso es!", pensé. Yo solía fingir torceduras para evitar actuar bajo presión. ¡Era algo que tenía totalmente olvidado! Me di cuenta de que más tarde empecé a lastimarme de verdad el tobillo con mucha frecuencia en todo tipo de situaciones. Al recorrer mi memoria, me vino otro recuerdo a la mente, una escena turbia en la que me hallaba en otro tiempo, presumido, confiado, impulsivo, y posteriormente, mientras trabajaba en una habitación oscura con luz de vela, la puerta se desmoronaba y me arrastraban hacia afuera presa del terror.

Abrí los ojos y miré a Maya.

—Es posible que tenga algo.

Le relaté el contenido de mi recuerdo de la infancia, pero la otra visión me resultaba demasiado vaga para describirla, de modo que no se la mencioné.

Luego Maya me preguntó:

—¿Qué piensa?

—No sé; la torcedura me pareció fruto del azar. Me cuesta imaginar que el accidente derivó de esta necesidad de evitar la situación. Además, he estado en situaciones peores que ésta muchas veces y no me torcí el tobillo. ¿Por qué pasó ahora?

Permaneció pensativa.

—¿Quién sabe? Tal vez ahora sea el momento de comprender el hábito. Los accidentes, las enfermedades, la sanación, son todas cosas mucho más misteriosas de lo que imaginábamos. Creo que tenemos una capacidad no descubierta de influir sobre lo que nos ocurra en el futuro, incluso el hecho de estar sanos… aunque, nuevamente, el poder debe quedar en manos del paciente individual.

"Hubo un motivo por el cual no le di una opinión en cuanto a la gravedad de su lesión. En la profesión hemos aprendido que las opiniones médicas deben emitirse con mucho cuidado. A lo largo de los años la gente desarrolló una especie de adoración por los médicos, y cuando un médico dice algo, los pacientes tienden a tomarse muy a pecho esas opiniones. Los médicos de campo de hace cien años lo sabían y utilizaban este capital para pintar un cuadro excesivamente optimista de cualquier situación relacionada con la salud. Si el médico decía que el paciente iba a mejorar, con frecuencia el paciente internalizaba la idea en su mente y desafiaba todas las adversidades para recuperarse. Sin embargo, en años posteriores las consideraciones éticas impidieron estas distorsiones y la profesión médica considera que el paciente tiene derecho a una evaluación científica fría de su situación.

"Por desgracia, al darla, en muchos casos el paciente moría ahí mismo frente a los ojos del médico, simplemente porque se le decía que su estado era terminal. Ahora sabemos que debemos ser muy cuidadosos con estas evaluaciones, debido al poder de nuestras mentes. Queremos orientar ese poder con una dirección positiva. El cuerpo es capaz de una regeneración milagrosa. Las partes del cuerpo que en el pasado se consideraban formas sólidas son en realidad sistemas de energía que pueden transformarse de la noche a la mañana. ¿Ha leído las últimas investigaciones sobre la oración? El simple hecho de que esté probándose en forma científica que esta clase de visualización espiritual funciona destruye nuestro viejo modelo físico de sanación. Tenemos que elaborar un modelo nuevo.

Hizo una pausa, para volcar más agua en la toalla que envolvía mi tobillo, y continuó:

—Creo que la primera etapa del proceso consiste en identificar el miedo con el cual parece conectarse el problema médico; esto abre el bloqueo de la energía del cuerpo a la sanación consciente. El siguiente paso consiste en absorber toda la energía posible y enfocarla en la localización exacta del bloqueo.

Estaba a punto de preguntarle cómo se hacía, pero ella me detuvo.

—Vamos, aumente su nivel de energía todo lo que pueda.

Acepté que me guiara y empecé a observar la belleza que me rodeaba y a concentrarme en una conexión espiritual interior que iba evocando una sensación de amor cada vez más grande. Poco a poco los colores se volvieron más vívidos y en mi conciencia todo adquirió mayor presencia. Me daba cuenta de que ella elevaba su energía al mismo tiempo.

Cuando sentí que mi vibración había aumentado todo lo posible, la miré.

Me devolvió la sonrisa.

—Muy bien, ahora puede concentrarse en la energía del bloqueo.

—¿Cómo hago? —pregunté.

—Use el dolor. Por eso está ahí, para ayudarlo a concentrarse.

—¿Cómo? ¿La idea no es librarme del dolor?

—Por desgracia, eso es lo que siempre pensamos, pero el dolor en realidad no es más que una baliza.

—¿Una baliza?

—Sí —aseguró y presionó varios lugares de mi pie—. ¿Cuánto le duele ahora?

—Es un dolor palpitante, pero no demasiado fuerte.

Desenvolvió la toalla.

—Concentre su atención en el dolor y trate de sentirlo al máximo. Determine su ubicación exacta.

—Sé dónde es. En el tobillo.

—Sí, pero el tobillo es una zona amplia. ¿Dónde exactamente?

Estudié la palpitación. Tenía razón. Había generalizado el dolor en todo el tobillo. Pero con la pierna estirada y los dedos del pie apuntando hacia arriba, el dolor se centraba en la porción izquierda superior de la articulación.

—Muy bien —dije—. Ya está.

—Ahora centre toda su atención en esa zona específica. Ubíquese allí con todo su ser.

Durante unos minutos, no dije nada. Con una concentración total, sentí a fondo ese lugar de mi tobillo. Noté que todas las demás percepciones de mi cuerpo —la respiración, la localización de mis manos y brazos, el sudor pegajoso detrás del cuello— se desvanecían en un segundo plano.

—Sienta totalmente el dolor —me recordó.

—Está bien —dije—. Estoy ahí.

—¿Qué está pasando con el dolor? —preguntó.

—Sigue allí, pero cambió de carácter o algo semejante. Se volvió más cálido, menos molesto, más parecido a un hormigueo. —Mientras hablaba, el dolor empezó a adquirir otra vez su sensación normal.

—¿Qué pasó? —pregunté.

—Creo que el dolor cumple otra función además de decirnos que algo anda mal. Es posible que también señale con exactitud dónde está la dificultad para que podamos seguirla en nuestro cuerpo como una baliza y concentremos nuestra atención y energía en el lugar correcto. Es casi como si el dolor y nuestra atención concentrada no pudieran ocupar el mismo espacio. Es obvio que, en casos de dolor muy fuerte, cuando la concentración resulta imposible, podemos usar anestésicos para aliviar la intensidad, aunque creo que es mejor dejar un poco de dolor para poder utilizar el efecto de baliza.

Hizo una pausa y me miró.

—¿Y ahora? —pregunté.

—Ahora —respondió— hay que enviar conscientemente una energía divina superior al lugar exacto identificado por el dolor, con el propósito de que el amor lleve a las células que hay allí a un estado de funcionamiento perfecto.

Me limité a mirarla.

—Adelante —me alentó—. Vuelva a conectarse totalmente. Yo lo guiaré.

Asentí cuando percibí que estaba listo.

—Sienta el dolor con todo su ser —indicó—, y ahora empiece a imaginar cómo su energía de amor va directamente al centro del dolor y eleva el punto exacto de su cuerpo, los átomos mismos, a una vibración superior. Vea cómo las partículas dan un salto cuántico hacia el esquema de energía pura que es su estado óptimo. Sienta literalmente una sensación de hormigueo en ese lugar a medida que la vibración se acelera.

Después de hacer una pausa de un minuto, continuó:

—Ahora, sin dejar de concentrarse en el punto del dolor, empiece a sentir cómo su energía, el hormigueo, sube por las piernas... pasa por las caderas... el abdomen y el pecho... y al fin llega al cuello y la cabeza. Sienta cómo todo su cuerpo hormiguea con una vibración superior. Vea cómo funciona cada órgano con una eficiencia óptima.

Seguí exactamente sus instrucciones y al cabo de unos instantes todo mi cuerpo parecía más liviano y energizado. Mantuve ese estado durante unos diez minutos; luego abrí los ojos y miré a Maya.

Con una linterna, en la oscuridad, Maya apuntaba hacia mi carpa en una zona llana entre dos pinos. Me miró y dijo:

—¿Se siente mejor?

Asentí.

—¿Entiende el proceso hasta aquí?

—Creo que sí. Envié energía al dolor.

—Sí, pero lo que hicimos antes era igualmente importante. Usted empieza por buscar el significado de la herida o la enfermedad, qué indica el hecho de que se produzca respecto de algún miedo en su vida que está frenándolo y se manifiesta en su cuerpo. Esto es lo que abre el bloqueo del miedo de tal manera que la visualización pueda penetrar.

"Una vez abierto el bloqueo, usted puede usar el dolor como una baliza, elevando la vibración en esa zona y luego en todo su cuerpo. Pero encontrar el origen del miedo es esencial. Cuando el origen de la enfermedad o el accidente es muy profundo, a menudo requiere hipnosis o una terapia exhaustiva.

Le hablé de la imagen medieval que había visto, en la

que derribaban una puerta y me arrastraban.

Me miró pensativa.

—A veces la raíz del bloqueo se remonta muy lejos. Pero al explorar más a fondo y empezar a elaborar el miedo que nos retiene, en general hallamos una comprensión más plena de quiénes somos y cómo es nuestra vida actual en la Tierra. Y esto sienta las bases de la última y en mi opinión más importante etapa en el proceso de sanación. Lo fundamental es mirar con suficiente profundidad como para recordar lo que queremos hacer con nuestra vida. La verdadera sanación se produce cuando vislumbramos un nuevo tipo de futuro para nosotros que nos entusiasma. La inspiración es lo que nos mantiene bien. Los individuos no son sanados para mirar más televisión.

La miré un instante y dije:

—Usted dijo que la oración funciona. ¿Cuál es la mejor manera de rezar por alguien que no está bien?

—Todavía estamos tratando de dilucidarlo. Tiene que ver con el proceso de la Octava Revelación de enviar a esa persona la energía y el amor que fluyen a través de nosotros desde la fuente divina, y al mismo tiempo visualizar que el individuo recuerde qué quiere hacer realmente con su vida. Es evidente que a veces lo que la persona recuerda es que es hora de hacer una transición a la otra dimensión. En ese caso, tenemos que aceptarlo.

Maya estaba terminando con la carpa. Agregó:

—También tenga presente que los procedimientos que le recomendé deben llevarse a cabo en conjunción con lo mejor de la medicina tradicional. Si estuviéramos cerca de mi clínica lo examinaría a fondo, pero en este caso, a menos que usted no esté de acuerdo, le sugiero que pase aquí la noche. Es mejor que no se mueva mucho.

Mientras la observaba, preparó mi calentador, lo encendió y puso el recipiente con sopa deshidratada sobre la llama.

—Ahora vuelvo al pueblo. Necesito conseguir elementos para entablillarle el tobillo y algunas otras provisiones, por si las necesitamos. Después volveré para verificar cómo sigue. Traeré también una radio por si hace falta que pidamos ayuda.

Asentí.

Vació el agua de su cantimplora en la mía y me miró. Detrás de ella, el último rayo de luz se desvanecía hacia el oeste.

—¿Dijo que su clínica queda cerca de acá? —pregunté.

—En realidad, está a sólo unos siete kilómetros al sur —dijo—, sobre el cerro, pero no hay forma de llegar al valle desde ese lado. El único camino es la ruta principal que entra por el sur del pueblo.

—¿Cómo es que andaba por acá?

Sonrió y pareció incomodarse un poco.

—Es gracioso. Anoche tuve un sueño en el que volvía a caminar por el valle y esta mañana decidí que lo haría. He estado trabajando mucho y supongo que necesitaba tiempo para reflexionar sobre lo que estoy haciendo en la clínica. Mi socio y yo tenemos una gran experiencia acerca de enfoques alternativos, medicina china, hierbas, y no obstante al mismo tiempo contamos con los recursos de la mejor medicina tradicional del mundo en la punta de los dedos a través de la informática. Durante años había soñado con un tipo de clínica así.

Hizo una pausa durante un instante y luego añadió:

—Antes de que usted apareciera estaba sentada precisamente allí y mi energía se disparó. Fue como ver toda la historia de mi vida, cada experiencia que he vivido, desde mi temprana infancia hasta este momento, extendida ante mi vista. Fue la experiencia de la Sexta Revelación más clara que he tenido.

"Todos esos hechos eran una preparación —continuó—. Me crié en una familia en la que mi madre luchó toda su vida con una enfermedad crónica, pero nunca participó en su propia sanación. En esa época los médicos no conocían otra cosa, pero a lo largo de toda mi infancia su negativa a analizar sus miedos me irritaba y registré hasta la última información sobre dieta, vitaminas, niveles de estrés, meditación y el papel que desempeñan en la salud, tratando de convencerla de que hiciera algo. Pasé la adolescencia tironeada entre hacerme religiosa o ser médica. No sé; era como verme impulsada a averiguar cómo utilizamos la percepción y la fe para cambiar el mundo y para sanar.

"Y mi padre —continuó—. Él era distinto. Trabajaba en ciencias biológicas, pero nunca explicaba los resultados a los cuales llegaba, excepto en sus trabajos académicos. "Investigación pura", decía. Sus socios lo trataban como un Dios. Era inalcanzable, la autoridad máxima. Crecí y él ya había muerto de cáncer cuando comprendí su verdadero interés: el sistema inmunológico, específicamente, de qué manera el compromiso y el entusiasmo por la vida aumentan el sistema inmunológico, o sea, justo aquello que en definitiva resultó ser mi propia inquietud.

"Él fue el primero en ver esa relación, si bien es lo que muestran todas las investigaciones actuales. No obstante, nunca llegué a hablarlo con él. Al principio, me preguntaba por qué era hija de un padre que se comportaba así. Pero a la larga acepté el hecho de que mis padres tenían la combinación perfecta de rasgos e intereses para inspirar mi evolución personal. Por eso quise estar con ellos al comienzo de mi vida. Viendo a mi madre, supe que cada uno de nosotros debe hacerse responsable de su sanación. No podemos adjudicársela a otros. La sanación tiene que ver, en esencia, con superar los miedos asociados a la vida, miedos que no queremos enfrentar, y encontrar nuestra propia inspiración, una visión del futuro, que tenemos conciencia de haber venido a contribuir a crear.

"A través de mi padre vi con claridad que la medicina debe ser más sensible, debe reconocer la intuición y la visión de las personas tratadas. Tenemos que salir de nuestra torre de marfil. La combinación de ambas cosas me impulsó a buscar un nuevo paradigma en medicina: basado en la capacidad del paciente de controlar su vida y volver a su camino. Supongo que ése es mi mensaje, la idea de que por dentro sabemos cómo participar en nuestra sanación física y emocional. Podemos inspirarnos para dar forma a un futuro más elevado y más ideal, y cuando lo hacemos se producen los milagros.

Se puso de pie, miró mi tobillo y luego me miró a mí.

—Ahora me voy —dijo—. Trate de no apoyarse en ese pie. Lo que necesita es reposo absoluto. Regresaré por la mañana.

Supongo que adopté una expresión angustiada, porque volvió a arrodillarse y puso las dos manos sobre mi tobillo.

—No se preocupe —me tranquilizó—. Con energía suficiente no hay nada que no pueda sanarse: el odio… la guerra… Es sólo cuestión de dar con la visión correcta. —Me palmeó con suavidad el pie. —¡Podemos sanar esto! ¡Podemos sanarlo!

Me sonrió, se dio vuelta y se marchó.

De pronto sentí ganas de llamarla para contarle todo lo que había experimentado en la otra dimensión y lo que sabía sobre el Miedo y el grupo que volvía, pero permanecí en silencio, abrumado por el cansancio, contento de verla desaparecer entre los árboles. "Puedo esperar hasta mañana", pensé... porque sabía con exactitud quién era.

RECORDAR

A la mañana siguiente, me desperté sobresaltado por el chillido de un halcón que pasó volando muy alto y me trajo a la conciencia. Durante unos instantes escuché con atención imaginando sus orgullosas ondulaciones. Gritó una vez más y luego calló. Me senté y me asomé por la cortina de la carpa; el día estaba nublado pero caluroso y una leve brisa balanceaba las copas de los árboles. No había indicio alguno del sonido inarticulado. Me puse un par de pantalones cortos, tomé un rollo de cinta adhesiva de mi mochila y con cuidado envolví toda la articulación, rodeando el tobillo con cuidado. Sentí muy poco dolor. Luego me arrastré fuera de la carpa y me puse de pie. Después de unos instantes apoyé el peso sobre el pie y di un paso tentativo. Sentía débil el tobillo pero si bien renqueaba ligeramente, parecía soportarme. Me pregunté: ¿Habrá ayudado el procedimiento de Maya, o simplemente el tobillo no estaba tan mal herido? Imposible saberlo.

Volví a revisar la mochila, saqué una muda de ropa y después tomé los platos sucios de la noche anterior. Con mucha prudencia, atento a cualquier sonido o movimiento extraño, caminé hasta el río. Cuando localicé un lugar que no estuviera a la vista, entré en el agua que encontré fría y refrescante. Permanecí en ella sin pensar, tratando de olvidar la ansiedad que empezaba a crecer en mis entrañas, observando los colores de las hojas que se movían encima de mi cabeza.

De repente empecé a recordar un sueño de la noche anterior. Estaba sentado en una roca... algo pasaba... Estaba Wil... y otros. Vagamente, recordaba un campo azul y ámbar. Me esforcé pero no logré recordar nada más.

Al abrir un frasco de jabón, noté que los árboles y los arbustos que me rodeaban de pronto parecían crecer. De alguna manera, el acto de recordar mi sueño había aumentado mi energía. Empecé a sentirme más liviano. Me bañé a toda prisa y lavé los platos. Al terminar, noté que una roca grande que había a mi derecha se parecía mucho a la roca en la que estaba sentado en mi sueño. Me detuve e inspeccioné de cerca el peñasco. Chato y de unos tres metros de diámetro, su color y su forma coincidían.

En unos minutos, desarmé la carpa, empaqué y oculté mis cosas debajo de unas ramas caídas. Luego volví a la roca, me senté y traté de recordar el campo azul y la posición exacta que Wil ocupaba en el sueño. Estaba a mi izquierda y un poquito más atrás. En ese momento me vino a la mente una clara imagen de su cara, como en una foto en primer plano. Luché por mantener los detalles exactos para recrear su imagen y al hacerlo la rodeé con el campo azul.

A los pocos segundos experimenté una sensación de tironeo en el plexo solar y de repente estaba de nuevo caminando entre los colores. Cuando me detuve, el lugar era azul claro y luminoso y Wil se hallaba a mi lado.

—¡Gracias a Dios volviste! —exclamó mientras se

acercaba—. Te hiciste tan denso que no podía encontrarte.

—¿Qué pasó antes? —pregunté—. ¿Por qué se hizo tan fuerte el sonido inarticulado?

—No lo sé.

—¿Dónde estamos?

—Es un nivel particular en el cual parecen tener lugar los sueños.

Miré el campo azul. No se movía nada.

—¿Has estado aquí antes?

—Sí. Vine antes de encontrarte en las cascadas, aunque en ese momento no sabía por qué.

Durante un instante los dos inspeccionamos de nuevo los alrededores. Wil preguntó:

—¿Qué te pasó cuando volviste?

Con excitación, empecé a describir todo lo que había ocurrido, concentrándome primero en el pronóstico de colapso ambiental y civil de Joel. Wil me escuchaba con atención, asimilando cada aspecto del punto de vista de Joel.

—Expresaba el Miedo.

Asentí.

—Eso es lo que creo. ¿Supones que en realidad está pasando todo lo que dijo? —pregunté.

—Creo que el peligro consiste en que mucha gente empieza a creer que eso es lo que está sucediendo. Recuerda lo que decía la Novena Revelación: al avanzar, el renacimiento espiritual debe superar la polarización del Miedo.

Miré fijamente a Wil.

—Me encontré con alguien más, una mujer.

Wil escuchó la descripción de mi experiencia con Maya, en especial lo de la herida en mi tobillo y sus procedimientos de cura. Al terminar, miró a la distancia, pensando.

—Creo que Maya es la mujer de la visión de Williams —agregué—. La mujer que trataba de impedir la guerra con los americanos nativos.

—Tal vez su idea de sanación contenga la clave del manejo del Miedo.

Asentí y le hice señas de que continuara.

"Es todo muy lógico —dijo—. Mira lo que ya pasó. Viniste aquí buscando a Charlene y encontraste a David, quien dijo que la Décima trata de una mayor comprensión del renacimiento espiritual que está produciéndose en el planeta, comprensión que se alcanza captando nuestra relación con la dimensión de la Otra Vida. Dijo que la revelación habla de aclarar la naturaleza de las intuiciones, de sostenerlas en nuestra mente, de ver nuestro camino sincrónico de una manera más plena.

"Más tarde, pensaste en cómo sostener tus intuiciones, me encontraste en las cascadas y yo te confirmé que sostener las intuiciones, las imágenes mentales de nosotros mismos, constituye el modo operativo también en la Otra Vida, y que los seres humanos nos movemos en armonía con esta otra dimensión. Poco después, los dos observamos la revisión de vida de William y lo vimos sufrir por no recordar algo que había querido hacer, que era reunirse con un grupo de gente para ayudar a manejar este Miedo que amenaza nuestro despertar espiritual.

"Él dice que debemos entender este Miedo y hacer algo al respecto, y después nos separamos y tú te encontraste con un periodista, Joel, que se explaya enunciando ¿qué? Una visión espantosa del futuro. De hecho, el miedo a la destrucción total de la Civilización.

"Luego de lo cual, obviamente, das con una mujer

cuya vida tiene que ver con sanar y la forma en que ella facilita la sanación consiste en ayudar a la gente a superar los bloqueos del miedo estimulando su memoria, ayudándola a discernir por qué está en el planeta. La clave tiene que ser este recordar.

Un movimiento repentino en el ambiente desvió nuestra atención. A unos cien metros parecía estar formándose otro grupo de almas.

"Tal vez están aquí para ayudar a alguien con su sueño —dijo Wil.

Lo miré fijo.

—¿Nos ayudan a soñar?

—Sí, de alguna manera. Anoche, cuando soñaste, había algunas otras almas aquí.

—¿Cómo supiste lo de mi sueño?

—Cuando regresaste a lo físico, traté de encontrarte pero no pude. Entonces, mientras esperaba, empecé a ver tu cara y vine aquí. La última vez que vine a este lugar no podía entender qué pasaba, pero ahora creo comprender qué sucede cuando soñamos.

Sacudí la cabeza sin comprender. Wil hizo un gesto señalando las almas.

—Al parecer, todo sucede de manera sincronizada. Estos seres que ves quizás estaban aquí igual que yo antes, por coincidencia, y ahora es probable que estén esperando para ver quién aparece en su cuerpo onírico.

De pronto, el sonido inarticulado de fondo se volvió más intenso y no pude responder. Me sentía confundido, mareado. Wil se acercó a mí y volvió a tocarme la espalda.

—¡Quédate conmigo! —dijo—. Por alguna razón, tenemos que ver esto.

Luché para aclarar mi mente, luego noté que otra

forma se manifestaba en el espacio, junto a las almas. Al principio pensé que aparecían más almas, pero después me di cuenta de que la formación era mucho más grande de lo que había visto hasta ese momento. Por último, vi que toda la escena se proyectaba ante nosotros, como un holograma, con personajes, escenografía, diálogos y todo. Un individuo solo parecía estar en el centro de la acción, un hombre, vagamente familiar. Después de un momento de concentración, me di cuenta de que la persona que se hallaba ante nosotros era Joel.

Mientras mirábamos, la escena empezó a desarrollarse como el argumento de una película. Me esforcé por seguirla, pero mi cabeza todavía estaba embotada; no lograba entender qué ocurría. A medida que el episodio avanzaba y el diálogo se volvía más intenso las almas y el periodista iban acercándose. Después de varios minutos, el drama terminó y todos desaparecieron.

—¿Qué era lo que pasaba? —pregunté.

—El individuo del centro de la escena estaba soñando —explicó Wil.

—Era Joel, el hombre del cual te hablé —aclaré.

Wil se volvió hacia mí, asombrado.

—¿Estás seguro?

—Sí.

—¿Entendiste el sueño que acaba de tener?

—No, no pude. ¿Qué pasaba?

—El sueño era sobre una guerra. Huía de una ciudad arrasada por las bombas que explotaban a su alrededor, corriendo para salvar su vida sin pensar en otra cosa que la seguridad y la supervivencia. Cuando logró evadirse del horror y subió a una montaña para mirar la ciudad que había quedado atrás, recordó de pronto que le habían ordenado que se reuniera con otro grupo de soldados y proveyera una pieza secreta de un dispositivo nuevo que desactivaría las armas del enemigo. Horrorizado, se daba cuenta de que, por no presentarse, el grupo y la ciudad eran destruidos sistemáticamente frente a sus ojos.

—Una pesadilla —comenté.

—Sí, pero tiene un sentido. Cuando soñamos regresamos en forma inconsciente a este nivel de sueño y otras almas vienen a ayudarnos. No olvides qué hacen los sueños; esclarecen el manejo de las situaciones actuales de nuestra vida. La Séptima Revelación habla de interpretar los sueños superponiendo el argumento del sueño a la situación real que enfrentamos en la vida.

Me volví y miré a Wil.

—Pero, ¿qué papel desempeñan las almas?

Apenas terminé de hacer la pregunta, empezamos a movernos otra vez. Wil mantenía la mano en mi espalda. Al detenernos, la luz viraba hacia un verde intenso, pero se veían bellísimas olas de ámbar circulando a nuestro alrededor. Cuando las enfoqué con decisión, los haces ámbar se convirtieron en almas individuales.

Observé a Wil, que exhibía una amplia sonrisa. El lugar parecía invadido por un mayor clima de celebración y alegría. Mientras miraba las almas, varias se pusieron directamente frente a nosotros y se agolparon en un grupo. Sus caras eran muy sonrientes, aunque seguía resultando difícil enfocarlas durante mucho tiempo.

—Están tan llenas de amor —dije.

—Trata de captar su conocimiento —me aconsejó Wil.

Al concentrarme en ellas con esta intención, me di cuenta de que esas almas estaban asociadas con Maya. De hecho, estaban extasiadas con sus recientes autorrevelaciones, en especial su comprensión de la preparación para la vida que le habían brindado la madre y el padre. Parecían saber que Maya había vivido una revisión completa de la Sexta Revelación y se hallaba a punto de recordar por qué había nacido.

Me volví para mirar a Wil, que reconoció que él también veía las imágenes.

En ese momento oí de nuevo el sonido inarticulado; mi estómago se puso tenso. Wil me sostuvo los hombros y la espalda con firmeza. Al cesar el sonido, mi vibración había bajado de manera considerable y miré en dirección al grupo de almas para tratar de abrirme y conectarme con su energía en un esfuerzo por impulsar la mía. Para mi gran sorpresa, se habían salido de foco y se habían alejado de mí hasta una nueva posición dos veces más alejada.

—¿Qué pasó? —pregunté.

—Trataste de conectarte con ellas para aumentar tu energía —respondió Wil—, en vez de ir hacia adentro y conectarte directamente con la energía de Dios que hay dentro de ti. Yo lo hice también en una oportunidad. Estas almas no permiten que uno las confunda con la fuente divina. Saben que semejante identificación no contribuye a nuestro crecimiento.

Me concentré interiormente y al final mi energía volvió.

—¿Cómo podemos lograr que regresen? —pregunté.

En cuanto hablé, volvieron a su posición original.

Wil y yo nos miramos; luego él empezó a contemplar al grupo con mirada intensa y sorprendida.

—¿Qué ves? —pregunté.

Me hizo un gesto hacia ellas sin desviar su mirada y yo también me concentré en el grupo de almas, tratando de volver a conectarme con su conocimiento. Al cabo de varios instantes empecé a ver a Maya. Estaba inmersa en el medio verde. Sus rasgos parecían un poco distintos y brillaban con un gran resplandor, pero yo tenía la absoluta certeza de que era ella. Al enfocar su cara, una imagen holográfica se dibujó ante nosotros: una imagen de Maya que se encontraba de nuevo en la época de la guerra del siglo XIX, de pie, en una cabaña de troncos con varias personas, entusiasmada con la idea de frenar el conflicto.

Parecía percibir que para realizar semejante proeza la cuestión era simplemente recordar cómo alcanzar la energía. Pensaba que podía lograrse; sólo bastaba que se reunieran las personas indicadas con una intención común. Un hombre joven, vestido con ropa costosa, la escuchaba con suma atención. Reconocí en él al hombre robusto que luego fue asesinado con ella en la selva. La visión se adelantó velozmente hasta su intento fallido de hablar con los líderes del ejército y por último a la región salvaje donde ella y el muchacho fueron asesinados.

Mientras observábamos, ella se despertó después de su muerte en la Otra Vida, y revisó su vida, abrumada por la forma obsesiva y hasta ingenua en que había perseguido su objetivo de detener la guerra. Supo que muchos de los otros habían tenido razón; no era el momento correcto. No habíamos recordado suficiente conocimiento de la Otra Vida para realizar semejante proeza. Todavía no.

Pasada la revisión, vimos cómo entraba en el medio verde, rodeada por el mismo grupo de almas que estaban frente a nosotros. De manera sorprendente, parecía haber una expresión común en las caras de todo el grupo. En cierto nivel, debajo de sus rasgos, las almas en su totalidad se parecían a Maya.

Miré a Wil con aire inquisitivo.

—Éste es el grupo de almas de Maya —dijo.

—¿Qué quieres decir con eso? —pregunté.

—Es un grupo de almas con el cual resuena estrechamente —explicó con excitación—. La lógica es perfecta. Uno de los viajes que emprendí, antes de encontrarte, fue a otro grupo que de alguna manera se parecía a ti. Creo que era tu grupo de almas.

Antes de que pudiera decir algo, se produjo un movimiento en el grupo de almas situadas delante de nosotros. Estaba apareciendo otra vez una imagen de Maya. Rodeada aún por su grupo en el medio verde, parecía estar de pie, muy tranquila, frente a una luz blanca intensa, similar a la que habíamos visto en la Revisión de Vida de Williams. Ella era consciente de que ocurría algo muy profundo. Su capacidad para moverse en la Otra Vida había disminuido y su atención se desviaba de nuevo a la Tierra. Podía ver a su futura madre, recién casada, sentada en una galería, preguntándose si su salud resistiría el hecho de tener un hijo.

Maya empezaba a darse cuenta del gran progreso que podía lograr si nacía de esta madre. La mujer experimentaba grandes miedos en cuanto a su salud y por lo tanto generaría rápidamente en la mente de un niño una conciencia en temas relacionados con la salud. Sería el lugar ideal para desarrollar una inquietud por la medicina y la sanación, y no sería un conocimiento considerado sólo en términos intelectuales, en los que el yo aparece con alguna teoría extraña y sin pruebas frente a los desafíos de la vida real. Maya sabía que personalmente tenía tendencia a ser poco realista y fantasiosa y que ya había pagado caro dicho desatino. Eso no volvería a pasar si el recuerdo inconsciente de lo que había pasado en el siglo XIX le reiteraba que fuera muy prudente. No, actuaría con menos prisa, se aislaría más y el medio establecido por esa mujer sería perfecto.

Wil captó mi mirada.

—Estamos viendo lo que pasó cuando ella empezó a contemplar su vida actual —dijo.

De repente Maya vio cómo podía desarrollarse su relación con la madre. Crecería expuesta a la negatividad de su madre, a sus miedos, su tendencia a culpar a los médicos, lo cual inspiraría su interés por la conexión mente/cuerpo y la responsabilidad de los pacientes en la cura, y devolvería esa información a su madre, que entonces podría participar en su propia recuperación. Su madre pasaría a ser su primera paciente y luego una seguidora clave, un ejemplo excelente de los beneficios de la nueva medicina.

Su foco se trasladó al futuro padre, sentado en el columpio junto a la mujer. De vez en cuando la mujer hacía una pregunta y él emitía una breve respuesta. Quería, sobre todo, estar sentado y contemplar, no hablar. Su mente desbordaba de posibilidades de investigaciones e interrogantes biológicos exóticos que sabía no habían sido planteados nunca antes: la relación entre la inspiración y el sistema inmunológico. Maya vio las ventajas de este distanciamiento. Con él, ella podría superar su propia tendencia a ilusionarse; debería pensar por sí misma y ser realista, desde el principio. Al fin, ella y su padre podrían llegar a comunicarse en un nivel científico y él abriría y le brindaría un soporte técnico rico para fundamentar sus nuevos métodos.

Vio con claridad que ser hija de esos padres podría resultar igualmente ventajoso para ellos. Así como sus padres estimularían un interés precoz por la sanación, ella a su vez los orientaría en una dirección predestinada: a la madre, hacia una aceptación de su papel en la prevención de la enfermedad; a su padre, hacia la superación de su tendencia a ocultarse de los demás y a vivir sólo en su mente.

Mientras mirábamos, su visión fue más allá de su nacimiento anticipado e ingresó en lo que podía ocurrir en la infancia. Vio una multitud de personas específicas que llegaban a su vida en el momento exacto para estimular en ella el aprendizaje y la experiencia médica.

En la facultad de medicina, sólo se cruzaban en su camino los pacientes y los médicos indicados para estimular una orientación alternativa en su práctica.

Su visión se trasladó a su encuentro con el socio de su clínica y el establecimiento de un nuevo modelo de sanación. Y entonces su visión revelaba algo más: participaría en un despertar más global. Ante nosotros, vimos su descubrimiento de las Revelaciones y luego el descubrimiento de un grupo especial, uno de muchos grupos independientes con distintos fundamentos, que empezaban a gravitar juntos en todo el mundo. Estos grupos recordarían quiénes eran en un nivel superior y servirían para superar la polarización.

De pronto se vio participando en conversaciones importantes con un hombre en especial. Era robusto, atlético, capaz, y estaba vestido con uniforme de fajina. Sorprendido, me di cuenta de que ella sabía que era el hombre con el cual había sido asesinada en el siglo XIX. Me concentré en él con intensidad y experimenté otro *shock*. Era el mismo hombre que había visto en la revisión de vida de Williams, el compañero de trabajo al que no había logrado despertar.

Luego de esto, su visión se amplió a un nivel que

superaba mi capacidad de comprender. Su cuerpo se unió con la luz cegadora que había detrás de él. Todo lo que conseguí recibir fue que su visión personal de lo que podía realizar con su nacimiento era envuelta por una visión más amplia que abarcaba toda la historia y el futuro de la especie humana. Ella parecía ver su vida posible con máxima perspectiva, claramente situada dentro del espectro completo de dónde había estado y adónde iba la humanidad. Yo sentía todo eso pero no podía ver las imágenes en sí.

Por último la visión de Maya llegó a su fin y pudimos verla otra vez en el medio verde, rodeada todavía por su grupo. Ahora observaban una escena en la Tierra. Al parecer, sus futuros padres habían decidido concebir un hijo y estaban uniéndose en el acto de amor propiamente dicho que garantizaría su concepción.

El grupo de almas de Maya había intensificado su energía y ahora parecía un remolino blancuzco de ámbar movedizo que extraía su fuerza de la luz brillante del fondo. Yo experimentaba la energía como un nivel profundamente sentido, casi orgásmico, de amor y vibración. Más abajo, la pareja se unía y en el momento del orgasmo una energía blanco-verdoso pareció brotar de la luz pasando a través de Maya y su grupo de almas para entrar en la pareja. Con precipitación orgásmica, la energía atravesó sus cuerpos empujando al esperma y al óvulo hacia su unión irrevocable.

Mientras observábamos, vimos el momento de la concepción y la unión milagrosa de las dos células en una. Con lentitud, al principio, y luego más rápido, las células empezaron a dividirse y diferenciarse, hasta dar forma a un ser humano. Cuando miré a Maya, me di cuenta de que con cada división celular se volvía más difusa y fuera de foco. Por último, al madurar el feto, desapareció por entero de la vista. Su grupo de almas permaneció.

Parecía haber más información sobre lo que habíamos presenciado, pero me desconcentré y la perdí. De pronto hasta el grupo de almas había desaparecido, y Wil y yo nos quedamos mirándonos uno al otro. Wil parecía muy excitado.

—¿Qué fue lo que vimos? —pregunté.

—Todo el proceso del Nacimiento de Maya a su vida actual —respondió Wil—, mantenido en la memoria de su grupo de almas. Llegamos a ver todo: la conciencia de sus futuros padres, lo que sintió que podía realizar, y luego la forma real en que fue llevada a la dimensión física en la concepción.

Asentí para que Wil continuara.

"¿Viste cómo fue? —preguntó—. El acto de amor en sí abre una puerta de la Otra Vida a la dimensión terrenal. Los grupos de almas parecen existir en un estado de amor extremo aun más allá de lo que tú y yo podemos experimentar, extremo al punto de ser de naturaleza orgásmica. La culminación sexual crea una apertura a la Otra Vida y lo que experimentamos como orgasmo no es más que un vistazo del nivel de amor y vibración de la Otra Vida cuando se abre la puerta y la energía se precipita a través de ella trayendo potencialmente una nueva alma. Observamos cómo ocurría eso. La unión sexual es un momento sagrado en el cual una parte del cielo fluye a la Tierra.

Asentí, pensando en las derivaciones de lo que habíamos visto, y dije:

—Maya parecía saber cómo sería su vida si ésos eran sus padres.

—Sí, en apariencia, antes de nacer cada uno de

nosotros experimenta una visión de lo que puede ser nuestra vida, que se completa con visiones sobre nuestros padres y nuestras tendencias a desarrollar dramas de control específicos, incluso cómo podemos superar esos dramas con esos padres y seguir adelante con nuestra preparación para lo que queremos realizar.

—Vi la mayor parte de eso —dije—, pero me resultó extraño. De acuerdo con lo que ella me contó de su vida verdadera, su visión previa a la vida era más ideal de lo que ocurrió en realidad; por ejemplo, la relación con su familia. No fue tal como Maya quería. Su madre nunca la comprendió ni enfrentó su enfermedad, y el padre era tan distante que no supo qué investigaba hasta después de su muerte.

—Pero es lógico —señaló Wil—. La visión constituye, al parecer, una guía ideal de lo que nuestro yo superior pretende que pase en la vida, la mejor situación imaginable, por así decirlo, si alguien siguiera sus intuiciones a la perfección. Lo que se produce en realidad es una aproximación de esta visión, lo mejor que cada uno puede hacer en las circunstancias reales. Pero todo esto constituye más información de la Décima Revelación sobre la Otra Vida que esclarece nuestra experiencia espiritual en la Tierra, en especial la percepción de las coincidencias y la manera en que actúa realmente esa sensación de fluir.

"Cuando tenemos la intuición o el sueño de ir tras determinado rumbo en nuestra vida, seguimos esta guía y se producen algunos hechos que parecen coincidencias mágicas, nos sentimos más vivos, más estimulados. Los hechos parecen predestinados, como si supiéramos que debían ocurrir.

"Lo que acabamos de ver coloca todo esto en una

perspectiva superior. Cuando tenemos una intuición, una imagen mental de un futuro posible, lo que recibimos en realidad son chispazos de recuerdo de nuestra Visión del Nacimiento, lo que querríamos estar haciendo con nuestras vidas en ese momento particular de nuestro viaje. Puede no ser exacto, porque las personas tienen libre albedrío, pero cuando sucede algo que se acerca a nuestra visión original, nos sentimos inspirados porque reconocemos que nos hallamos en un camino de destino que queríamos recorrer.

—¿Pero dónde encaja nuestro grupo de almas?

—Estamos conectados con ellas. Ellas nos conocen. Comparten nuestras Visiones del Nacimiento, nos siguen a lo largo de la vida y después permanecen con nosotros mientras revisamos lo que pasó. Actúan como un depósito para nuestros recuerdos, manteniendo el conocimiento de quiénes somos al evolucionar.

Hizo una pausa momentánea y me miró directamente a los ojos.

—Y en apariencia, cuando estamos en la Otra Vida y una de ellas nace a la dimensión física, actuamos con ellas del mismo modo. Pasamos a ser parte del grupo de almas que las apoya.

—Entonces, mientras estamos en la Tierra, ¿nuestros grupos de almas nos marcan nuestra intuición y nuestro rumbo?

—No, en absoluto. A juzgar por lo que pude captar de los grupos de almas que he visto, las intuiciones y los sueños son nuestros y provienen de una conexión superior con lo divino. Los grupos de almas simplemente nos envían energía adicional y nos elevan de una manera especial, una manera que hasta ahora no he podido detectar. Al elevarnos de esta forma, podemos recordar mejor lo que ya sabíamos.

Estaba fascinado.

—Entonces eso explica lo que pasaba en mi sueño y el de Joel.

—Sí. Cuando soñamos nos reunimos con nuestro grupo de almas y eso activa la memoria de lo que en verdad queríamos hacer en la situación de nuestra vida actual. Vislumbramos brevemente nuestra intención original. Luego, cuando volvemos a lo físico, retenemos ese recuerdo aunque a veces se exprese a través de símbolos arquetípicos. En el caso de tu sueño, como estás más abierto al significado espiritual, pudiste recordar la información del sueño en términos muy literales. Recordaste que en tu intención original nos veías encontrándonos de nuevo al imaginar mi cara en la roca, y por eso soñaste casi exactamente eso.

"Por otro lado, Joel estaba menos abierto; su sueño se manifestó de una manera más simbólica y confusa. Su memoria era borrosa, y su mente consciente acomodó el mensaje al simbolismo de una guerra, transmitiéndole sólo el mensaje general de que en su Visión del Nacimiento él pensaba quedarse y prestar su ayuda en el problema actual en el valle, lo cual evidenciaba que si escapaba lo lamentaría.

—Entonces, ¿los grupos de almas nos envían energía constantemente con la esperanza de que recordemos nuestras Visiones del Nacimiento? —pregunté.

—Así es.

—¿Y por eso el grupo de Maya estaba tan feliz?

La expresión de Wil se volvió más adusta.

—Estaban felices porque ella recordaba por qué había nacido de sus padres y de qué manera sus vivencias la habían preparado para una carrera relacionada con la sanación. Pero... ésta fue sólo la primera parte de su Visión del Nacimiento. Todavía tenía que recordar más.

—Yo vi la parte en que volvía a encontrarse en esta vida con el hombre junto al cual la habían asesinado en el siglo XVIII. Pero hubo otras partes que no pude entender. ¿Cuánto de todo eso pudiste captar?

—No todo. Había más sobre el Miedo en ascenso. Confirmó que ella forma parte del grupo de los siete que Williams vio regresar. Y ella vio al grupo capaz de recordar una especie de visión más amplia relacionada con detener el miedo y sea lo que fuere que esté pasando en el valle.

Estaba a punto de responder cuando se me cortó la respiración debido al dolor de un calambre que volvió a darme en el estómago. Al mismo tiempo, otro chillido agudo me hizo tambalear hacia atrás. Como antes, me estiré para aferrarme a Wil y vi cómo su cara se salía de foco. Luché por mirar una vez más, luego de lo cual perdí del todo el equilibrio y volví a desplomarme en caída libre.

LA APERTURA
AL CONOCIMIENTO

"Maldición", pensé. Me hallaba acostado sobre la roca, con la superficie áspera del borde de la piedra en mi espalda; otra vez me encontré en el río. Durante un rato largo contemplé el cielo gris, que ahora amenazaba lluvia, mientras escuchaba el fluir del agua. Me incorporé sobre un codo y miré en derredor; noté de inmediato que mi cuerpo estaba pesado y cansado, como la última vez que había abandonado la otra dimensión.

Con torpeza, me levanté con un ligero dolor punzante en el tobillo y caminé renqueando hasta el bosque. Saqué mi mochila del escondite y preparé un poco de comida moviéndome muy despacio, sin pensar. Incluso mientras comía mi mente se mantenía asombrosamente en blanco, como después de una meditación prolongada. Luego, muy despacio, empecé a aumentar mi energía respirando hondo varias veces y conteniendo el aire. De pronto volví a oír el sonido inarticulado. Mientras escuchaba, vino a mi mente una imagen espontánea. Iba caminando hacia el este en dirección al sonido, en busca de su causa.

La idea me aterró y sentí el viejo impulso de huir. En forma instantánea, el sonido inarticulado se desvaneció y oí el roce de hojas a mi espalda. Me volví, sobresaltado, y vi a Maya.

—¿Siempre aparece en el momento preciso? —balbuceé.

—¡Aparecer! ¿Está loco? Lo he buscado por todas partes. ¿De dónde viene?

—Estaba en el río.

—No; lo busqué ahí. —Me miró por un instante y luego observó mi pie. —¿Qué tal su tobillo?

Intenté sonreír.

—Está bien. Escuche, tengo que decirle algo.

—Yo también tengo que hablar con usted. Está sucediendo algo muy extraño. Uno de los agentes del Servicio Forestal me vio caminando hacia el pueblo anoche, y le hablé de su situación. En apariencia, no quería que trascendiera e insistió en enviar una camioneta a buscarlo esta mañana. Le indiqué su ubicación general y me hizo prometerle que lo acompañaría hasta aquí esta mañana. Algo en la manera en que hablaba me resultó tan extraño que decidí adelantarme a él, pero es probable que llegue aquí en un momento.

—Entonces tenemos que irnos —dije, y me apresté a empacar.

—¡Espere un momento! Dígame qué pasa. —Su expresión era de pánico.

Me detuve y la miré.

—Alguien, no sé quién, está haciendo algún tipo de experimento o algo por el estilo en el valle. Creo que mi amiga Charlene está involucrada de alguna manera o puede hallarse en peligro. Alguien del Servicio Forestal tiene que haberlo aprobado en secreto.

Me miró, tratando de asimilar lo que le había dicho.

Recogí mi mochila y la tomé de la mano.

—Camine conmigo un rato. Por favor. Necesito decirle algo más.

Asintió, levantó su mochila y, mientras caminábamos hacia el este siguiendo la orilla del río, le conté toda la historia, desde el encuentro con David y Wil hasta ver la Revisión de Vida de William y escuchar a Joel. Al llegar a la parte de su Visión del Nacimiento caminé hasta una rocas y me senté. Ella se recostó contra un árbol a mi derecha.

—Usted también está envuelta en esto —le dije—. Es evidente que ya sabe que su vida tiene que ver con la introducción de técnicas alternativas de cura, pero usted pensaba hacer más. Se supone que forma parte del grupo que Williams vio venir.

—¿Cómo sabe todo eso?

—Wil y yo vimos su Visión del Nacimiento.

Sacudió la cabeza y cerró los ojos.

—Maya, todos venimos con una visión de cómo puede ser nuestra vida, qué queremos hacer. Las intuiciones que experimentamos, los sueños y las coincidencias tienen por objeto mantenernos en el camino correcto y recuperar nuestra memoria de cómo queríamos que se desarrollara nuestra vida.

—¿Y qué otra cosa quería hacer yo?

—No lo sé con exactitud; no pude captarlo. Pero tenía que ver con este Miedo colectivo que está surgiendo en la conciencia humana. El experimento es una consecuencia de dicho Miedo... Maya, usted pensaba usar lo que aprendió sobre la cura física para contribuir a resolver lo que está pasando en este valle. ¡Debe recordarlo!

Se puso de pie y miró a lo lejos.

—Oh, no, ¡no puede endilgarme esa clase de responsabilidad! No recuerdo nada de eso. Estoy haciendo exactamente lo que se supone que debo hacer como médica. ¡Odio este tipo de intrigas! ¿Entiende? ¡Las odio! Por fin tengo la clínica instalada como quiero. Usted no puede esperar que me involucre en todo esto. ¡Dio con la persona equivocada!

La miré mientras trataba de pensar algo que decir. Durante el silencio, volví a oír el sonido inarticulado.

—¿Oye ese sonido, Maya, la disonancia en el aire, un ruido inarticulado? Es el experimento. Está ocurriendo justo ahora. ¡Trate de oírlo!

Escuchó durante un instante y luego dijo:

—No oigo nada.

Le tomé el brazo.

—¡Trate de elevar su energía!

Se apartó.

—¡No oigo ningún sonido inarticulado!

Respiré hondo.

—Está bien, lo lamento. No sé, tal vez esté equivocado. Tal vez no tenga que suceder de esta forma.

Me miró durante un instante.

—Conozco a alguien en el departamento de alguaciles. Trataré de ponerme en contacto con él por usted. Es todo lo que puedo hacer.

—No sé si eso servirá de algo —objeté—. Según parece, no todos pueden oír ese sonido.

—¿Quiere que lo llame?

—Sí, pero dígale que investigue en forma independiente. No sé si puede confiar en todos los del Servicio Forestal. —Volví a recoger mi mochila.

—Espero que entienda —dijo—. No puedo meterme en esto. Siento que pasaría algo horrible.

—Pero eso se debe a lo que ocurrió cuando lo intentó antes, en el siglo XVIII, aquí mismo, en el valle. ¿Se acuerda de algo?

Volvió a cerrar los ojos, negándose a escuchar.

De pronto vi con claridad una imagen en la que, vestido con calzones de ante, subía una colina arrastrando un caballo de carga. Era la misma imagen que había visto antes. ¡El hombre de la montaña era yo! Llegaba hasta la cima de la colina y me detenía para mirar a mis espaldas. Desde allí veía las cascadas y la garganta del otro lado. Estaba Maya, así como el indio y el joven asistente del parlamento. Como antes, la batalla apenas empezaba. Me invadía la angustia, tiraba del caballo y seguía caminando, incapaz de ayudarlos o de evitar su destino.

Ahuyenté las imágenes.

—Está bien —dije, dándome por vencido—. Sé cómo se siente.

Maya se acercó.

—Aquí le traje más agua y más comida. ¿Qué tiene pensado hacer?

—Voy a dirigirme hacia el este... al menos por un rato. Sé que Charlene iba en esa dirección.

Me miró el pie.

—¿Está seguro de que su tobillo resistirá?

Me acerqué y le dije:

—En realidad, no le di las gracias por lo que hizo. Mi tobillo estará bien, creo, sólo un poco dolorido. Supongo que nunca sabré lo mal que podría haber estado.

—Cuando sucede de este modo, nadie lo sabe nunca.

Asentí, recogí mi mochila y me encaminé hacia el este, volviéndome una vez para mirar a Maya. Por un instante, me pareció que se sentía culpable, pero luego una expresión de alivio invadió su cara.

• • •

Caminé a través de densos bosques hacia el sonido inarticulado, sin perder de vista el río, a mi izquierda, y deteniéndome sólo para descansar el pie. Alrededor de mediodía el sonido cesó, de modo que paré para almorzar y evaluar la situación. Tenía el tobillo algo inflamado; descansé durante una hora y media antes de reanudar mi marcha. Tras recorrer apenas un kilómetro y medio más, me invadió el agotamiento y volví a descansar. A media tarde estaba buscando un lugar para acampar.

Había caminado a través de bosques tupidos que crecían a la orilla del río, pero más adelante el paisaje se abría en una serie de estribaciones suaves cubiertas por un bosque antiguo: árboles de trescientos y cuatrocientos años. A través de un claro que se abría entre las ramas, vi un gran cerro que se elevaba hacia el sudeste a unos dos kilómetros.

Divisé una loma cubierta de pasto cerca de la cima de la primera colina, que parecía un lugar ideal para pasar la noche. Al acercarme, un movimiento en los árboles desvió mi atención. Me deslicé detrás de una gran saliente y volví a mirar. ¿Qué era? ¿Un ciervo? ¿Una persona? Esperé varios minutos, luego caminé con mucha cautela hacia el norte. Mientras avanzaba, vi de pronto, a unos cien metros al sur de la loma, a un hombre robusto al que había visto antes, que parecía armar a su vez un campamento. Agazapado y con movimientos diestros, levantó una pequeña carpa y la disimuló con ramas. Por un momento pensé que podía ser David, pero me di cuenta de que era demasiado alto. Luego lo perdí de vista.

Después de esperar varios minutos, decidí avanzar hacia el norte hasta perderme de vista. No llevaba ni cinco minutos caminando cuando el hombre de pronto se apareció frente a mí.

—¿Quién es usted? —preguntó.

Le dije mi nombre y decidí mostrarme abierto.

—Estoy tratando de encontrar a una amiga.

—Es peligroso por acá —dijo—. Le aconsejaría que volviera. Todo esto es propiedad privada.

—¿Por qué está usted acá? —inquirí.

Se quedó en silencio, mirándome.

De pronto recordé lo que me había dicho David.

—¿Usted es Curtis Webber? —pregunté.

Me miró un rato largo y de repente sonrió.

—¡Conoce a David Lone Eagle!

—Sólo hablé con él brevemente, pero me dijo que usted estaba aquí y que le dijera que vendría al valle y que lo encontraría.

Curtis asintió y miró su campamento.

—Se hace tarde y debemos mantenernos fuera de la vista. Vayamos a mi carpa. Puede pasar la noche allí.

Bajamos por una pendiente y después subimos hacia la densa capa de árboles más grandes. Mientras clavaba mi carpa, encendió su calentador para hacer café y abrió una lata de atún. Yo aporté un paquete de pan que me había dado Maya.

—Dijo que está buscando a alguien —comentó Curtis—. ¿A quién?

En pocas palabras le conté de la desaparición de Charlene y que David la había visto caminando por el valle; también que creía que había caminado en esa dirección. No le conté lo ocurrido en la otra dimensión pero sí le dije que había oído el sonido inarticulado y que había visto los vehículos.

—El sonido inarticulado proviene de un aparato generador de energía —explicó—; alguien está experimentando aquí con él por alguna razón. Hasta ahí puedo confirmarlo. Pero no sé si lo lleva a cabo algún organismo secreto del gobierno o algún grupo privado. La mayoría de los agentes del Servicio Forestal parecen ignorar lo que pasa; pero no sé nada de los administradores.

—¿Fue a los medios —pregunté— o a las autoridades locales para hablarles de esto?

—Todavía no. El hecho de que no todos oigan el sonido inarticulado es un problema.

—Sí, ya lo sé.

Miró hacia el valle.

—Si supiera dónde están... Contando la tierra privada y el Bosque Nacional, hay decenas de miles de hectáreas en las que podrían hallarse. Creo que quieren realizar el experimento e irse antes de que alguien sepa qué pasó. Eso, si consiguen evitar una tragedia.

—¿A qué se refiere?

—Podrían arruinar por completo este lugar, convertirlo en una zona sombría, otro triángulo de las Bermudas donde las leyes de la física actúan en un flujo impredecible. —Me miró fijo. —Las cosas que saben hacer son increíbles. La mayoría de la gente no tiene idea de la complejidad de los fenómenos electromagnéticos. En las teorías de cadenas numéricas más recientes, por ejemplo, debemos suponer que esta radiación emana a través de nueve dimensiones para hacer que la matemática funcione. Este dispositivo tiene la capacidad de desorganizar esas dimensiones. Podría provocar terremotos masivos o incluso una desintegración física completa de ciertas zonas.

—¿Cómo sabe todo eso? —pregunté.

Bajó la cabeza.

—Porque en la década de los 80 contribuí a desarrollar parte de esa tecnología. Trabajaba para una empresa multinacional que creí que se llamaba DelTech, aunque más tarde, cuando me despidieron, descubrí que era un nombre totalmente ficticio. Sin duda oyó hablar de Alvin Tesla. Bueno, nosotros ampliamos muchas de sus teorías y vinculamos algunos de sus descubrimientos con otras tecnologías que aportaba la empresa. Lo gracioso es que esta tecnología se compone de varias partes distintas, pero básicamente funciona de esta forma. Imagínese que el campo electromagnético de la Tierra es una batería gigante que puede suministrar abundante energía eléctrica si logra conectarse con ella en forma correcta. Para eso, toma un inhibidor electrónico de retroalimentación muy complicado, que en esencia aumenta desde el punto de vista matemático ciertas resonancias estáticas de salida. Entonces conecta varias de ellas en series, amplificando y generando la carga, y cuando logra las calibraciones exactas, muy pronto obtiene energía libre directamente del espacio inmediato. Necesita una pequeña cantidad de energía para empezar, tal vez una sola célula fotográfica o una batería, pero después se autoperpetúa. Un aparato del tamaño de una bomba de calor podría dar energía a varias casas, incluso a una fábrica pequeña.

"Sin embargo, existen dos problemas. Primero, calibrar estos minigeneradores es increíblemente complicado. Nosotros teníamos acceso a algunas de las computadoras más grandes que existían, y no pudimos hacerlo. Segundo, descubrimos que cuando tratábamos de aumentar la salida total por encima de este tamaño relativamente pequeño incrementando el desplazamiento de la masa, el espacio que rodeaba al generador se volvía muy inestable y empezaba a alabearse. Entonces no lo sabíamos, pero estábamos tomando la energía de otra dimensión y empezaron a pasar cosas extrañas. Una vez hicimos desaparecer todo el generador, como había ocurrido en el Experimento Filadelfia.

—¿Cree que en 1942 realmente hicieron desaparecer un barco para hacerlo aparecer otra vez en otro lugar?

—¡Por supuesto que sí! Hay mucha tecnología compleja dando vueltas, y son astutos. En nuestro caso, pudieron eliminar nuestro equipo en menos de un mes y despedirnos a todos sin alterar la seguridad porque cada equipo trabajaba en una parte aislada de la tecnología. En ese momento no me inquietaba demasiado. En general aceptaba la idea de que los obstáculos eran demasiado grandes para seguir adelante, de modo que empezaba algo que era una investigación sin salida... aunque supe que varios de los ex empleados fueron contratados por otra empresa.

Por un instante se quedó pensativo; luego continuó:

—Yo sabía, de todos modos, que quería hacer otra cosa. Ahora soy consultor y trabajo con pequeñas empresas de tecnología, brindando asesoramiento para mejorar su eficiencia en la investigación y el uso de los recursos y manejo de los desechos, ese tipo de cosa. Y cuanto más trabajo con ellas, más me convenzo de que las Revelaciones están teniendo efecto en la economía. Está cambiando la forma de hacer negocios. Sin embargo, pensé que trabajaríamos con fuentes de energía tradicionales durante largo tiempo. No creí en los experimentos energéticos durante años, hasta que me trasladé a esta zona. Se imaginará el impacto que significó para mí entrar en este valle y oír el mismo sonido, ese ruido inarticulado característico, que oía todos los días durante años cuando trabajaba en el proyecto.

"Alguien continuó la investigación y, a juzgar por las

resonancias, están mucho más avanzados que nosotros. Luego, traté de ponerme en contacto con dos personas que pudieran verificar el sonido y en todo caso ir conmigo a la División de Protección Ambiental o a alguna comisión parlamentaria, pero descubrí que uno había muerto hacía diez años y que el otro, mi mejor amigo cuando estaba en la empresa, también murió, tuvo un ataque al corazón, justo hace unos días.

Su voz se apagó.

—Desde entonces —continuó—, estoy aquí escuchando, tratando de averiguar por qué están en este valle. En general, se supone que este tipo de experimento se desarrolla en algún laboratorio. Quiero decir, ¿por qué no? Su fuente de energía es el espacio mismo, y está en todas partes. Pero entonces empecé a comprender. Sin duda piensan que están a punto de perfeccionar las calibraciones, lo cual significa que trabajan en el problema de la amplificación. Creo que tratan de conectarse con los vórtices de energía de este valle en un intento por estabilizar el proceso.

Una ola de rabia le atravesó la cara.

—Lo cual es una locura y por entero innecesario. Si en realidad pueden encontrar las calibraciones, no hay razón para no utilizar la tecnología en unidades pequeñas. De hecho, es la forma perfecta de usarla. Lo que intentan ahora es insensato. Sé bastante como para ver los peligros. Le digo que podrían arruinar por completo este valle, o peor aún. Si enfocan esto hacia los caminos interdimensionales, quién sabe qué podría ocurrir.

De pronto se interrumpió.

—Usted sabe a qué me refiero. ¿Oyó hablar de las Revelaciones?

Por un momento guardé silencio. Luego dije:

—Curtis, debo contarle lo que experimenté en este valle. Es posible que le parezca increíble.

Asintió y luego escuchó con paciencia la descripción de mi encuentro con Wil y las partes de exploración de la otra dimensión. Cuando llegué a la Revisión de Vida, pregunté:

—¿Ese amigo suyo que murió hace poco se llamaba Williams?

—Eso es. El doctor Williams. ¿Cómo lo sabía?

—Lo vimos llegar a la otra dimensión después de su muerte. Lo observamos mientras experimentaba una Revisión de Vida.

Se quedó impresionado.

—Me cuesta creerlo. Conozco las Revelaciones, al menos de modo intelectual, y creo en la existencia probable de otras dimensiones, pero, como científico, lo que dice la Novena Revelación es mucho más difícil de tomar en forma literal, la idea de poder comunicarse con la gente después de la muerte... ¿Está diciendo que el doctor Williams todavía está vivo en el sentido de que su personalidad sigue intacta?

—Sí, y estaba pensando en usted.

Me miró con intensidad mientras yo seguía hablándole de la toma de conciencia de Williams, de que Curtis y él supuestamente habían tomado parte en la resolución del Miedo... y la interrupción del experimento.

—No entiendo —dijo—. ¿A qué se refería al hablar de un Miedo creciente?

—No lo sé con exactitud. Tiene que ver con cierto porcentaje de la población que se niega a creer que está surgiendo una nueva conciencia espiritual. Creen, en cambio, que la civilización humana está degenerando.

Esto va creando una polarización de opiniones y creencias. La cultura humana no puede seguir evolucionando hasta que termine la polarización. Yo esperaba que usted recordara algo al respecto.

Me dirigió una mirada inexpresiva.

—No sé nada de una polarización, pero voy a detener este experimento. —Su cara volvió a adoptar una expresión de enojo y miró para otro lado.

—Williams parecía entender el proceso para detenerlo —señalé.

—Bueno, nunca lo sabremos, ¿no?

Mientras decía esto vi pasar rápidamente la imagen de Curtis y Williams hablando en la colina cubierta de pasto y rodeada de varios árboles grandes.

Curtis sirvió la comida, todavía con aire contrariado, y terminamos de comer en silencio. Más tarde, mientras me hallaba recostado contra un pequeño nogal, miré en dirección a la colina con la loma cubierta de pasto. Cuatro o cinco robles enormes formaban un semicírculo casi perfecto en la cima.

—¿Por qué no acampó en la colina? —le pregunté a Curtis, señalando en esa dirección.

—No sé —respondió—. Lo pensé, pero supongo que me pareció que estaba muy expuesta o que tal vez era demasiado imponente. Se llama loma de Codder. ¿Quiere caminar hasta ahí?

Asentí y me levanté. Una luz grisácea bajaba sobre el bosque. Hablando de la belleza de los árboles y los arbustos mientras caminábamos, Curtis inició el camino de ascenso por la pendiente. Desde la cima, y a pesar de que la luz bajaba, veíamos hasta casi cuatrocientos metros al norte y al este. En esta última dirección se alzaba una luna casi llena por encima de la hilera de árboles.

—Mejor sentémonos —aconsejó Curtis—. No queremos que nos vean.

Durante un rato largo permanecimos sentados en silencio, admirando el panorama y sintiendo la energía. Curtis sacó una linterna del bolsillo y la puso en el suelo a su lado. Yo estaba deslumbrado por los colores del follaje de otoño.

En ese momento Curtis alzó los ojos y me preguntó:

—¿Huele algo? ¿Humo?

Enseguida miré hacia los bosques con la sospecha de que podía tratarse de un incendio forestal y olfateé el aire.

—No, no creo. —Algo en el comportamiento de Curtis había alterado el clima, introduciendo un sentimiento de tristeza y nostalgia. —¿A qué clase de humo se refiere?

—Humo de cigarro.

Bajo la luz de la luna, pude ver que sonreía para sí mismo, pensando en algo. De pronto, yo también empecé a oler el humo.

—¿Qué es eso? —pregunté, y volví a mirar en derredor.

—El doctor Williams fumaba cigarros que justo tenían ese aroma. No puedo creer que se haya ido.

Mientras hablábamos, el olor persistía; descarté la experiencia de plano, contentándome con mirar los pastos y los grandes robles que había junto a nosotros. De repente, en ese momento me di cuenta de que era el lugar exacto en que Williams se veía encontrándose con Curtis. ¡Debía de tener lugar justo allí!

Segundos más tarde observé cómo se formaba una figura por detrás de los árboles.

—¿Ve algo por ahí? —le pregunté con tranquilidad a Curtis al tiempo que señalaba en esa dirección.

Apenas terminé de hablar, la forma desapareció.

Curtis se esforzaba por ver.

—¿Qué? No veo nada.

No respondí. De alguna manera, había empezado a recibir conocimiento en forma intuitiva, exactamente como lo había recibido de los grupos de almas, sólo que la conexión era más distante y borrosa. Presentía algo respecto del experimento energético, una confirmación de las sospechas de Curtis; los experimentadores trataban de concentrarse en los vórtices dimensionales.

—Acabo de recordar —dijo Curtis de golpe—. Uno de los aparatos en los que trabajaba el doctor Williams hace años era un foco remoto, un sistema de proyección de antena. Apuesto a que eso es lo que están usando para enfocar las aperturas. Pero, ¿cómo saben dónde están los vórtices?

De inmediato percibí una respuesta. Alguien de una conciencia superior se los señalaba hasta que veían las variaciones espaciales a medida que aparecían en la computadora de foco remoto. Yo no sabía qué significaba.

—Hay una sola manera —dijo Curtis—. Deben encontrar a alguien que se lo señale, alguien que pueda sentir estos lugares de energía superior. Luego pueden diagramar un perfil de energía del lugar y enfocarlo con precisión escaneándolo con una antena de foco. Es probable que el individuo ni siquiera sepa lo que está haciendo. —Sacudió la cabeza. —Esta gente es perversa. No hay ninguna duda al respecto. ¿Cómo podrían hacer esto?

A guisa de respuesta, sentí otro conocimiento que era demasiado vago para comprenderlo del todo, pero parecía sostener que existía, de hecho, una razón. Sin embargo, primero debíamos entender el Miedo y cómo vencerlo.

Cuando miré a Curtis, parecía sumergido en una profunda reflexión.

Por fin me miró y dijo:

—Ojalá supiera por qué aparece ahora este Miedo.

—Durante una transición en la cultura —dije—, las viejas certezas y opiniones empiezan a quebrarse y evolucionan hasta convertirse en nuevas tradiciones, lo cual genera ansiedad a corto plazo. A la vez, esas mismas personas despiertan y mantienen una conexión interna de amor que las sostiene y les permite evolucionar más rápido; otras, en cambio, sienten que todo cambia demasiado rápido y que pierden su rumbo. Se vuelven más temerosas y más controladoras para tratar de aumentar su energía. Esta polarización del miedo puede ser muy peligrosa, ya que los individuos temerosos pueden adoptar medidas extremas.

Mientras decía esto, sentía que ampliaba lo que le había oído decir antes a Wil y a Williams, pero también tenía la nítida sensación de que era algo por entero nuevo, aunque no me había dado cuenta de que lo sabía hasta ese preciso instante.

—Lo entiendo —dijo Curtis con seguridad—. Por eso están tan deseosos de echar a perder este valle. Piensan que la civilización va a desaparecer en el futuro y no van a hallarse a salvo a menos que adquieran un mayor control. Bueno, no permitiré que ocurra. Haré volar todo por los aires.

Lo miré fijo.

—¿Qué quiere decir con eso?

—Simplemente eso. Yo era experto en demoliciones. Sé cómo hacerlo.

Debo de haber mostrado alarma, porque dijo:

—No se preocupe, ya pensaré la manera de lograrlo

sin lastimar a nadie. No querría tener eso sobre la conciencia.

Me invadió una ola de conocimiento.

—Cualquier tipo de violencia lo único que hace es empeorar las cosas, ¿no se da cuenta? —dije.

—¿Qué otra forma hay?

Por el rabillo del ojo volví a ver la forma durante un segundo; luego desapareció.

—No lo sé exactamente —dije—. Pero si los combatimos con ira y odio, sólo ven a un enemigo. Eso los afianza más. Se vuelven más temerosos. En cierto sentido, se supone que este grupo del que hablaba Williams va a hacer otra cosa. Debemos recordar en su totalidad nuestras Visiones del Nacimiento... y luego podemos recordar algo más, una Visión del Mundo.

Conocía la expresión, pero no recordaba dónde la había oído.

—Una Visión del Mundo... —Curtis volvió a hundirse en sus pensamientos. —Creo que David Lone Eagle la mencionó.

—Sí —dije—. Así es.

—¿Qué cree que es una Visión del Mundo?

Estaba por responder que no sabía, cuando se me ocurrió una idea.

—Es una comprensión... no, un recuerdo, de la manera en que cumpliremos con el objetivo humano, que genera otro nivel de amor, una energía capaz de llenar el vacío de la polarización y poner fin a este experimento.

—No veo de qué manera puede resultar posible —objetó Curtis.

—Involucra la energía que los rodea —dije, con la sensación de que de veras lo sabía—. Se conmoverían y se apartarían de su preocupación. Decidirían detenerse.

Durante unos minutos permanecimos en silencio. Luego Curtis dijo:

—Tal vez, pero ¿cómo generamos esa energía?

En mi mente no surgió nada.

—Ojalá supiera hasta qué punto están dispuestos a llegar con este experimento —agregó.

—¿Qué es lo que causa el sonido inarticulado? —pregunté.

—El sonido inarticulado es una disonancia de enlace entre pequeños generadores. Significa que todavía están tratando de calibrar el aparato. Cuanto más chirriante e inarmónico es, más desfasado está.

Pensó un instante más.

—Me pregunto qué vórtice de energía van a enfocar.

De pronto sentí un nerviosismo especial, no en mi interior, sino afuera, como si me hallara junto a alguien angustiado. Miré a Curtis, que parecía bastante tranquilo. Más allá de los árboles volví a ver los vagos contornos de una forma. Se movía como si estuviera agitada o asustada.

—Creería —dijo Curtis con aire ausente— que si estuviéramos cerca del lugar que es el objetivo, oiríamos el sonido inarticulado y luego sentiríamos una especie de electricidad estática en el aire.

Nos miramos y en silencio pude oír un ruido débil, apenas una vibración.

—¿Oye eso? —preguntó Curtis, ahora alarmado.

Al mirarlo sentí que los pelos de la parte posterior del cuello y los brazos se me erizaban.

—¿Qué es?

Por un momento, Curtis observó sus propios brazos; después me miró horrorizado.

—¡Tenemos que salir de acá! —gritó al tiempo que

tomaba su linterna y se ponía de pie de un salto sacándome casi a la rastra de la cima de la pendiente.

De pronto descendió otra vez el mismo zumbido estruendoso que había oído con Wil; en esta ocasión trajo consigo una onda de impacto que nos derribó a los dos. Al mismo tiempo, la tierra se sacudió con violencia y a unos seis metros se abrió una fisura enorme que generó una explosión de polvo y escombros.

Detrás de nosotros, uno de los robles altos, debilitado por el movimiento de la tierra, se inclinó y cayó al suelo con un estruendo asombroso que se sumó al ruido. A los pocos segundos, otra fisura más grande se abrió junto a nosotros y el suelo se estremeció. Incapaz de sostenerse, Curtis se deslizó hacia el abismo que se ensanchaba. Me aferré a un arbusto pequeño y logré tomar la mano de Curtis. Por un instante quedamos asidos con fuerza; luego nuestro apretón se aflojó y vi, impotente, cómo se deslizó por el borde. La fisura se movió y se agrandó, despidió otro penacho de polvo y roca, volvió a sacudirse y luego se aquietó. Debajo de un árbol caído se quebró con ruido una rama y luego la noche quedó otra vez en silencio.

Al despejarse el polvo, solté el arbusto y me arrastré hacia el borde del enorme agujero. Cuando pude ver, me di cuenta de que Curtis estaba tendido en el borde pese a que yo tenía la certeza de que lo había visto caer allí. Rodó hacia donde me encontraba yo y se incorporó de un salto.

—¡Vámonos! —gritó—. ¡Puede volver a empezar!

Sin decir una palabra, corrimos pendiente abajo hacia el campamento, Curtis adelante y yo renqueando atrás. Cuando Curtis llegó al lugar, tomó las dos carpas, las arrancó del suelo con las estacas balanceándose y las metió en las mochilas. Yo levanté el resto de las cosas y seguimos hacia el sudoeste hasta que el suelo se aplanó con una maleza densa. Al cabo de otro kilómetro, el agotamiento y mi tobillo debilitado me obligaron a detenerme.

Curtis vigilaba el terreno.

—Tal vez estemos seguros acá —dijo—, pero adentrémonos más en la espesura, hacia la derecha.

Lo seguí unos quince metros entre los densos bosques.

—Acá está bien —comentó—. Levantemos las carpas.

En unos minutos las dos carpas estaban armadas y cubiertas con ramas; nos mirábamos sin aliento, sentados sobre el ala de entrada de su carpa.

—¿Qué cree que pasó? —pregunté.

Mientras revisaba su mochila para sacar el agua, la cara de Curtis lucía demacrada.

—Están haciendo exactamente lo que pensábamos —dijo—. Tratan de enfocar el generador en un espacio remoto. —Tomó un largo sorbo de su cantimplora. —Van a arruinar el valle; hay que detener a esa gente.

—¿Y el humo que olfateamos?

—No sé qué pensar —dijo Curtis—. Era como si el doctor Williams estuviera ahí. Casi podía oír su acento, el tono de su voz, lo que podría haber dicho en esa situación.

Lo miré fijo.

—Yo creo que él estaba ahí.

Curtis me pasó la cantimplora.

—¿Cómo es posible?

—No lo sé —repuse—. Pero creo que vino a transmitir un mensaje, un mensaje para usted. Cuando lo vimos en su Revisión de Vida, sufría porque no había podido despertar, recordar por qué había nacido. Estaba convencido de que usted y él debían formar parte de ese grupo que le mencioné. ¿No recuerda nada al respecto? Creo que quería que usted supiera que la violencia no va a detener a esta gente. Tenemos que hacerlo de otra forma, con esta Visión Global de la que habló David.

Me dirigió una mirada inexpresiva.

—¿Y lo que pasó cuando empezó el movimiento de la tierra y se abrió la fisura? —pregunté—. Sé que lo vi caer adentro, y sin embargo, cuando llegué, usted estaba echado allí.

Me miró totalmente perplejo.

—En realidad no estoy seguro. No pude sostenerme y me deslizaba hacia el pozo. Mientras caía, me invadió una sensación de serenidad increíble y el golpe se amortiguó como si cayera en un colchón mullido. Lo único que veía a mi alrededor era una mancha blanca. Lo que recuerdo después de eso es que me hallaba otra vez acostado al lado de la fisura y usted estaba ahí. ¿Cree que el doctor Williams pudo hacer algo así?

—No lo creo —dije—. Ayer tuve una experiencia similar. Estuve a punto de ser aplastado por unas piedras y vi la misma forma blanca. Está ocurriendo alguna otra cosa.

Curtis me miró un instante y después agregó algo, pero no respondí. Estaba durmiéndome.

—Durmamos —propuso.

Cuando salí de mi carpa, Curtis ya se había levantado. La mañana era clara pero una niebla baja cubría el suelo del bosque. Enseguida me di cuenta de que estaba enojado.

—No puedo dejar de pensar en lo que están haciendo —dijo—. Y no van a darse por vencidos. —Tomó aliento. —A esta altura, ya saben qué desastre hicieron en la colina. Pasarán un tiempo recalibrando, pero no mucho, y después harán otro intento. Puedo detenerlos, pero debemos averiguar dónde se encuentran.

—Curtis, la violencia no hace más que empeorar las cosas. ¿No entendió la información del doctor Williams? Debemos descubrir cómo usar la Visión.

—¡No! —gritó de pronto con profunda emoción—. ¡Ya lo intenté antes!

Lo miré.

—¿Cuándo?

La emoción abrió paso a la confusión.

—No lo sé.

—Bueno —subrayé—. Yo creo que sí.

Hizo un gesto vago con la mano.

—No quiero oírlo. Esto es una locura. Todo lo que está pasando es culpa mía. Si no hubiera trabajado en esta tecnología tal vez no estarían haciendo esto. Lo manejaré a mi manera. —Se alejó y empezó a empacar.

Vacilé un instante y luego me puse a levantar yo también mi carpa, tratando de pensar. Después de un momento dije:

—Ya pedí ayuda. Una mujer que conocí, Maya, considera que puede convencer al departamento de alguaciles de que investigue. Quiero que me prometa que me dará un poco de tiempo.

Estaba arrodillado junto a su mochila, revisando un bolsillo lateral abultado.

—No puedo hacerlo. Es posible que tenga que actuar cuando pueda.

—¿Lleva explosivos en su mochila?

Se acercó a mí.

—Ya le dije antes que no voy a lastimar a nadie.

—Quiero un poco de tiempo —repetí—. Si logro encontrar otra vez a Wil, creo que conseguiré descifrar esa Visión del Mundo.

—Está bien —accedió—. Le daré todo lo que pueda,

pero si empiezan a experimentar de nuevo, y yo considero que me quedé sin tiempo, tendré que hacer algo.

Mientras hablaba, vi otra vez la cara de Wil con el ojo de mi mente, rodeada por un color esmeralda intenso.

—¿Hay algún otro lugar de energía alta cerca de acá? —pregunté.

Señaló hacia el sur.

—Por allá, subiendo el cerro grande, hay una saliente rocosa de la que he oído hablar. Pero es tierra privada que se vendió hace poco. No sé quién es el dueño ahora.

—Iré hasta ahí. Si encuentro el lugar indicado, tal vez vuelva a localizar a Wil.

Curtis terminó de empacar, me ayudó a recoger mis cosas y a diseminar hojas y ramas donde habían estado las carpas. Hacia el noroeste, oímos el ruido débil de unos vehículos.

—Yo voy para el este —dijo.

Asentí mientras él se alejaba; luego cargué la mochila en mis hombros y empecé a caminar por la pendiente rocosa hacia el sur. Atravesé varias colinas pequeñas y llegué al declive empinado del cerro principal. Más o menos cuando había llegado a la mitad, comencé a buscar una saliente entre el bosque denso, pero no había indicios de una abertura.

Después de ascender varios cientos de metros más, me detuve. Ninguna saliente a la vista, ni tampoco en la cima del cerro. No sabía por qué camino seguir; pensé que era mejor que me sentara y tratara de aumentar mi energía. A los pocos minutos me sentía mejor y estaba escuchando los sonidos de los pájaros y las ranas de los árboles entre las densas ramas que se elevaban sobre mi cabeza, cuando una gran águila dorada abandonó su nido y sobrevoló la cima del cerro hacia el este.

Sabía que la presencia del pájaro tenía un sentido, de modo que, igual que antes con el halcón, decidí seguirlo. Poco a poco, la pendiente fue volviéndose más rocosa. Crucé un pequeño manantial que brotaba de las rocas; llené mi cantimplora y me lavé la cara. Por fin, un kilómetro más adelante, me abrí paso entre una arboleda de abetos y allí, ante mí, se hallaba la majestuosa saliente. Casi un cuarto de hectárea de la pendiente estaba cubierta por enormes terrazas de una piedra caliza gruesa, y en el borde más alejado, una plataforma de unos seis metros de ancho sobresalía por lo menos doce metros del cerro, desplegando una maravillosa vista del valle de abajo. Por un momento detecté un brillo color esmeralda oscuro alrededor de la plataforma inferior.

En el borde de la roca crecía una maleza densa, de modo que me quité la mochila, la empujé fuera de la vista debajo de una pila de hojas y fui a sentarme al borde. Al concentrarme, la imagen de Wil surgió enseguida en mi mente. Respiré hondo una vez más y empecé a moverme.

LA HISTORIA
DE UN DESPERTAR

Cuando abrí los ojos, estaba en una zona de luz azul intenso y experimentaba una sensación familiar de paz y bienestar. Detecté la presencia de Wil a mi izquierda.

Como antes, se mostró muy aliviado y feliz de que hubiera regresado. Se acercó y susurró:

—Te encantará estar acá.

—¿Dónde estamos? —pregunté.

—Mira con más detenimiento.

Sacudí la cabeza.

—Antes tengo que hablarte. Es imperativo que descubramos este experimento y lo detengamos. Destruyeron la cima de una colina. Quién sabe qué van a hacer ahora.

—¿Qué haremos si los encontramos? —preguntó Wil.

—No sé.

—Bueno, yo tampoco. Cuéntame qué pasó.

Cerré los ojos y traté de concentrarme, luego de lo cual describí la experiencia de mi nuevo encuentro con Maya, en especial su resistencia a mi sugerencia de que ella formaba parte del grupo.

Wil asintió sin hacer comentarios.

Seguí con la descripción de mi encuentro con Curtis,

la comunicación con Williams y la supervivencia a los efectos del experimento.

—¿Williams les habló? —preguntó Wil.

—En realidad, no. La comunicación no era mental, como entre tú y yo. Parecía influir de alguna manera en las ideas que se nos ocurrían. Sentí que era información que yo ya conocía en algún nivel; sin embargo, los dos decíamos lo que él trataba de comunicarnos. Fue extraño, pero sé que estaba ahí.

—¿Cuál fue su mensaje?

—Confirmó lo que tú y yo vimos con Maya; dijo que podíamos recordar más allá de nuestras intenciones individuales al nacer abarcando un conocimiento mayor del propósito humano y cómo podemos consumar ese propósito. En apariencia, recordar ese conocimiento aporta una energía ampliada que puede ponerle fin al Miedo... y a este experimento. Lo llamó una Visión del Mundo.

Wil guardó silencio.

—¿Qué te parece? —pregunté.

—Creo que son más conocimientos de la Décima Revelación. Comprende, por favor; comparto tu sensación de urgencia. Pero la única forma en que podemos ayudar es seguir explorando la Otra Vida hasta saber algo más sobre esta Visión que Williams trataba de transmitir. Tiene que haber un proceso exacto para recordar qué es.

A la distancia, un movimiento atrajo mi mirada. Ocho o diez seres muy distintos, sólo parcialmente fuera de foco, se movieron hasta quedar a unos quince metros. Detrás de ellos había docenas más, mezclados en la habitual mancha color ámbar. Todos exhalaban una sensación particular de emoción y nostalgia que resultaba nítidamente familiar.

—¿Sabes quiénes son esas almas? —preguntó Wil, con una gran sonrisa.

Observé el grupo y experimenté una sensación de parentesco. Sabía pero no sabía. Mientras miraba el grupo de almas, la conexión emocional iba adquiriendo una intensidad que superaba todo lo que recordaba haber vivido hasta ese momento. Sin embargo, al mismo tiempo, reconocía la cercanía; yo ya había estado allí.

El grupo se hallaba ahora a unos seis metros de mí, lo cual aumentó aún más mi euforia y mi aceptación. Me abandoné muy feliz, entregándome a la sensación, sin desear nada más que complacerme en ella, contento, quizá por primera vez en mi vida. Olas de agradecimiento y aprecio llenaron mi mente.

—¿Te has dado cuenta? —volvió a preguntar Wil.

Me volví para mirarlo.

—Es mi grupo de almas, ¿no?

Con ese pensamiento me llegó un torrente de recuerdos. Francia, en el siglo XIII, un monasterio y un claustro. A mi alrededor, un grupo de monjes, risas, cercanía, luego una caminata solitaria por una senda boscosa. De pronto, dos hombres harapientos, ascetas, pidiendo ayuda, algo relacionado con la preservación de un saber secreto.

Ahuyenté la visión y miré a Wil presa, de pronto, de un miedo perverso. ¿Qué estaba a punto de ver? Traté de centrarme y mi grupo de almas se aproximó un metro más.

—¿Qué está pasando? —preguntó Wil.

—No pude entender.

Describí lo que había observado.

—Ahonda más —sugirió Wil.

Enseguida vi otra vez a los ascetas y supe, de algún

modo, que eran miembros de una orden secreta de "espirituales" franciscanos, recientemente excomulgada al perder el trono el papa Celestino v.

—¿El papa Celestino? —Miré a Wil. —¿Oíste eso? Nunca supe que hubiera un papa con ese nombre.

—Fines del siglo XIII —confirmó Wil—. Las ruinas de Perú, donde se encontró finalmente la Novena Revelación, fueron bautizadas tomando su nombre en el siglo XVI.

—¿Quiénes eran los "espirituales"?

—Eran un grupo de monjes que creían que podía alcanzarse una conciencia superior apartándose de la cultura humana y retornando a una vida contemplativa en la naturaleza. El papa Celestino apoyaba la idea y de hecho llegó a vivir en una cueva durante un tiempo. Como es obvio, fue depuesto y más tarde la mayoría de las sectas de los espirituales fueron condenadas por gnósticas y excomulgadas.

Afloraron más recuerdos. Los dos ascetas se habían acercado para pedirme ayuda y yo, con cierta renuencia, me había reunido con ellos en el bosque. Sus ojos y la temeridad de su comportamiento eran tales que no había tenido alternativa. Según me dijeron, antiguos documentos corrían peligro de perderse para siempre. Más tarde los hice entrar de contrabando en la abadía y leí los papeles a la luz de la vela en mis aposentos, con las puertas cerradas y bloqueadas.

Los documentos en cuestión eran copias latinas antiguas de las Nueve Revelaciones, y yo había accedido a copiarlas antes de que fuera demasiado tarde, empleando cada minuto de mi tiempo libre para reproducir trabajosamente docenas de los manuscritos. En un momento estaba tan subyugado por las Revelaciones que intenté convencer a los ascetas de que las dieran a conocer.

Se negaron de manera categórica. Alegaron que habían mantenido los documentos durante muchos siglos, esperando que surgiera dentro de la Iglesia la correspondiente comprensión. Cuando pregunté el significado de esta última expresión, me explicaron que las reevelaciones no serían aceptadas hasta que la iglesia no se aviniera con lo que denominaban el "dilema gnóstico".

Yo recordaba de manera vaga que los gnósticos eran cristianos primitivos que creían que los seguidores del Dios único no sólo veneran a Cristo sino que luchan por emularlo en el espíritu de Pentecostés. Trataron de describir esta emulación en términos filosóficos, como método de ejercicio. Cuando la Iglesia primitiva formuló sus cánones, los gnósticos fueron considerados al final herejes intencionales, contrarios a dar su vida y entregarla a Dios como materia de fe. Los primeros dirigentes de la Iglesia llegaron a la conclusión de que, para ser un verdadero creyente, era necesario renunciar a la comprensión y el análisis y contentarse con vivir la vida a través de la revelación divina, adhiriendo a la voluntad de Dios momento a momento, pero satisfecho de desconocer su plan general.

Los gnósticos acusaron de tirana a la jerarquía de la Iglesia, afirmando que sus comprensiones y sus métodos tendían a facilitar de verdad este acto de "abandonarse a la voluntad de Dios" que la Iglesia exigía, en vez de alabar la idea de dientes afuera, como lo hacían los hombres de la Iglesia.

A la larga, los gnósticos perdieron y fueron expulsados de todas las funciones y los textos eclesiásticos, luego de lo cual sus creencias se desarrollaron en forma oculta entre las distintas sectas y órdenes secretas. No obstante, el dilema era claro. Mientras la Iglesia mantuviera la visión de una conexión espiritual transformadora con lo divino, persiguiendo al mismo tiempo a quienquiera que hablara abiertamente de la experiencia específica —de qué manera se podía alcanzar realmente una conciencia, y cómo era—, el "reino interior" seguiría siendo un concepto intelectualizado dentro de la doctrina eclesiástica, y las Revelaciones serían aplastadas cada vez que aparecieran.

En aquel entonces, escuché con preocupación a los ascetas y no dije nada, pero en mi interior estaba en desacuerdo. Tenía la certeza de que la orden benedictina de la cual formaba parte se interesaría en esos escritos, en especial en el nivel del monje individual. Más tarde, sin decir nada a los espirituales, le pasé una copia a un amigo que era el consejero más cercano al cardenal Nicolás en mi distrito. La reacción no se hizo esperar. Me llegaron rumores de que el cardenal se hallaba fuera del país pero se me pidió que cesara toda discusión del tema y partiera de inmediato hacia Nápoles para informar acerca de mis hallazgos a los superiores del cardenal. Sentí pánico y de inmediato repartí los manuscritos en toda la orden, con la esperanza de ganar el apoyo de otros hermanos interesados.

Para posponer mi convocación, fingí una lesión grave en el tobillo y escribí una serie de cartas en las que explicaba mi impedimento, con lo cual logré postergar el viaje durante meses mientras copiaba todos los manuscritos que podía en mi aislamiento. Por último, una noche de luna nueva, unos soldados derribaron mi puerta, me golpearon y me llevaron con los ojos vendados al castillo del noble local, donde más tarde languidecí en el cepo durante días antes de ser decapitado.

El *shock* de recordar mi muerte volvió a darme mucho

miedo y provocó una fuerte palpitación en mi tobillo lastimado. El grupo de almas siguió acercándose varios metros más hasta que pude centrarme. No obstante, me quedó cierto grado de confusión. Wil hizo un gesto con la cabeza, como diciéndome que había visto toda la historia.

—Ése fue el comienzo de mi problema en el tobillo, ¿no? —pregunté.

—Sí —replicó Wil.

Lo miré fijo.

—¿Y todos los demás recuerdos? ¿Entendiste el dilema gnóstico?

Asintió y se acomodó para quedar justo frente a mí.

—¿Por qué creó la Iglesia un dilema así? —pregunté.

—Porque la Iglesia primitiva temía salir a decir que Cristo encarnaba una forma de vida a la que cada uno de nosotros podía aspirar, si bien era lo que se decía con claridad en las Escrituras. Temían que esta posición diera demasiado poder a los individuos; de ahí que perpetuaran la contradicción. Por un lado, los hombres de la Iglesia impulsaban al creyente a buscar el reino místico de Dios en su interior, a intuir la voluntad de Dios y a llenarse del Espíritu Santo. Pero por el otro, condenaban por blasfema toda discusión referida a la manera en que una persona podía ir alcanzando esos estados, llegando a recurrir con frecuencia al asesinato liso y llano para proteger su poder.

—O sea que yo fui un tonto al tratar de hacer circular las Revelaciones.

—No diría un tonto —musitó Wil—, sino más bien poco diplomático. Te mataron porque trataste de introducir una comprensión en la cultura antes de tiempo.

Miré un instante más los ojos de Wil; luego retorné al

conocimiento del grupo y me encontré en la escena de las guerras del siglo XIX. Me hallaba otra vez en la reunión de jefes del valle, sosteniendo el mismo caballo de carga, al parecer justo antes de partir. Hombre de montaña y trampero, yo era amigo tanto de los nativos como de los colonizadores. Casi todos los indios querían luchar pero Maya había conquistado los corazones de algunos con su búsqueda de la paz. En silencio, escuché a las dos partes y luego observé cómo se iban la mayoría de los jefes.

En un momento, Maya se me acercó.

—Supongo que usted también se va.

Asentí y le expliqué que si esos hechiceros nativos no comprendían lo que ella hacía, yo sin duda tampoco.

Me miró como si estuviera bromeando; luego se dio vuelta y dirigió su atención a otra persona. ¡Charlene! De pronto recordé que había estado ahí; era una india de gran poder, pero ignorada en general por los jefes, envidiosos debido a su sexo. Parecía saber algo importante sobre el papel de los ancestros, pero su voz caía en oídos sordos.

Me vi a mí mismo queriendo quedarme, queriendo apoyar a Maya y revelar mis sentimientos por Charlene, pero a la larga me iba, ya que el recuerdo inconsciente de mi error en el siglo XIII todavía estaba demasiado cerca de la superficie. Lo único que deseaba era escapar, eludir toda responsabilidad. Mi esquema de vida estaba establecido: ponía trampas para conseguir pieles, me las arreglaba y no corría riesgos por nadie. Tal vez en otra oportunidad fuera mejor.

¿Otra oportunidad? Mi mente avanzó velozmente y me vi mirando hacia la Tierra, contemplando mi actual encarnación. Observaba mi propia Visión del Nacimiento y veía la posibilidad de resolver mi renuencia a actuar o tomar posición. Imaginaba cómo podía utilizar todo el potencial de mi familia original asimilando la sensibilidad de mi madre y la integridad y la diversión de mi padre. Un abuelo aportaría una conexión con la vida silvestre, un tío y una tía serían modelos de cumplimiento y disciplina.

Y estar entre individuos tan fuertes traería rápidamente a la conciencia mi tendencia a ser distante. En razón de sus egos y de su gran expectativa, al principio yo trataría de apartarme de sus mensajes e intentaría ocultarme, pero luego superaría el miedo y vería la preparación positiva que me daban, lo cual eliminaría esa tendencia para que yo pudiera seguir plenamente mi camino de vida.

Sería una preparación perfecta y yo abandonaría esa educación buscando los detalles de la espiritualidad que había visto siglos antes en las Revelaciones. Analizaría las descripciones psicológicas del movimiento humano potencial, la sabiduría de la experiencia oriental, los místicos de Occidente, y luego por fin encontraría otra vez las verdaderas revelaciones, justo en el momento en que afloraban para alcanzar al fin la conciencia masiva. Toda esta preparación y liberación me permitiría entonces explorar de qué manera estas revelaciones estaban cambiando la cultura humana y formar parte del grupo de Williams.

Me retiré y miré a Wil.

—¿Qué pasa? —preguntó.

—Tampoco para mí las cosas fueron precisamente ideales. Siento que desperdicié la preparación. Ni siquiera me liberé de la indiferencia. Fueron tantos los libros que no leí, tantas las personas que pudieron haberme dado mensajes y yo las ignoré. Cuando miro para atrás ahora, me parece haber perdido todo.

Wil casi se echó a reír.

—Nadie puede seguir sus Visiones del Nacimiento a la perfección.

De repente se interrumpió y se quedó pensativo.

—¿Te das cuenta de lo que estás haciendo aquí? Acabas de recordar la forma ideal en que querías que transcurriera tu vida, la forma que te habría dado más satisfacción, y cuando ves cómo viviste realmente te llenas de pesar, tal como se sentía Williams después de morir, al ver las oportunidades que había dejado pasar. En vez de tener que esperar hasta después de la muerte, tú puedes experimentar la Revisión de Vida ahora.

No entendía bien.

—¿No lo ves? Esto debe de ser una parte clave de la Décima. No estamos descubriendo sólo que nuestras intuiciones y nuestro sentido del destino en nuestra vida es una remembranza de nuestras Visiones del Nacimiento. Al entender mejor la idea de aclarar el pasado de la Sexta Revelación, analizamos dónde nos apartamos del camino o no logramos aprovechar las oportunidades para poder retomar un camino que armonice más con la razón de nuestra presencia aquí. En otras palabras, traemos a la conciencia un poco más del proceso. Antiguamente, teníamos que morir para iniciar esta revisión de nuestras vidas, pero ahora podemos hacerla antes y en definitiva lograr que la muerte sea obsoleta, tal como lo predice la Novena Revelación.

Por fin entendí.

—De modo que eso es lo que vinimos a hacer los seres humanos a la Tierra: a recordar de manera sistemática, a despertar poco a poco.

—Eso es. Por fin vamos tomando conciencia de un proceso que fue inconsciente desde que empezó la experiencia humana. Desde el comienzo, los seres humanos percibieron una Visión del Nacimiento, y después de nacer se volvieron inconscientes, al tanto sólo de las intuiciones más vagas. Al principio, en los primeros tiempos de la historia humana, la distancia entre lo que proyectábamos y lo que en realidad hacíamos era muy grande; luego, con el tiempo, la distancia se achicó. Ahora estamos a punto de recordar todo.

En ese momento fui arrastrado de nuevo al conocimiento del grupo de almas. En un instante, mi conciencia aumentó otro nivel y todo lo que Wil había dicho se confirmó. Ahora por fin podíamos ver la historia no como una lucha sangrienta del animal humano, que egoístamente aprendió a dominar la naturaleza y a sobrevivir con un estilo mejor, apartándose de la vida en la selva para crear una civilización vasta y compleja; podíamos ver la historia humana más bien como un proceso espiritual, como un esfuerzo más profundo y sistemático de almas que, generación tras generación, vida tras vida, luchaban a través de los milenios en pos de un objetivo solitario: recordar lo que ya conocíamos en la Otra Vida, y llevar ese conocimiento a la conciencia en la Tierra.

Desde una gran altura, se abrió a mi alrededor una gran imagen holográfica y de un vistazo pude ver, de alguna manera, la larga saga de la historia humana. Sin previo aviso, fui arrastrado a la imagen, me vi trasladado hacia adelante en la historia y la reviví en cámara rápida, como si ya hubiera estado allí, experimentándola momento a momento.

De pronto me hallaba presenciando los albores de la

conciencia. Ante mí había una llanura larga barrida por el viento en algún lugar de Asia. Mis ojos percibieron un movimiento; un grupo reducido de seres humanos, desnudos, recorría un campo de bayas. Mientras observaba, me dio la impresión de que captaba la conciencia de la época. Íntimamente conectados con los ritmos y los signos del mundo natural, los seres humanos vivíamos y respondíamos de manera instintiva. Las rutinas de la vida diaria se orientaban hacia los desafíos de la búsqueda de alimentos y la pertenencia al grupo. Los niveles de poder derivaban de un individuo físicamente más fuerte y perceptivo y, dentro de esta jerarquía, aceptábamos nuestro lugar del mismo modo que aceptábamos las tragedias y dificultades constantes de la existencia: sin reflexionar.

Mientras observaba, pasaron miles de años e innumerables generaciones vivieron y perecieron. Luego, lentamente, algunos individuos empezaron a inquietarse al ver las rutinas que tenían por delante. Cuando un niño moría en sus brazos, su conciencia se expandía y empezaban a preguntarse: ¿por qué? Y a tratar de averiguar cómo evitarlo en el futuro. Estos individuos empezaban a adquirir "conciencia de sí mismos": a darse cuenta de que estaban aquí y ahora, vivos. Fueron capaces de apartarse de sus respuestas automáticas y vislumbrar el alcance total de la existencia. Sabían que la vida sobrevivía a los ciclos del Sol, la Luna y las estaciones, pero, tal como lo probaban los muertos a su alrededor, también tenía un final. ¿Cuál era el propósito?

Mirando con más atención a estos individuos pensantes, me di cuenta de que podía percibir sus Visiones del Nacimiento; habían venido a la dimensión terrena con el propósito específico de iniciar el primer despertar existencial de la humanidad. Y si bien no podían ver todo su alcance, supieron que en el fondo de sus mentes se hallaba contenida la inspiración más amplia de la Visión Global. Antes de su nacimiento, sabían que la humanidad emprendía un largo viaje que ya podían ver. Pero también sabían que el progreso a lo largo de ese viaje debía ir ganándose generación tras generación, pues si bien despertábamos para ir en pos de un destino superior, también perdíamos la tranquila paz de la inconsciencia. Junto al júbilo y la libertad de saber que estábamos vivos aparecían el miedo y la incertidumbre de estar vivos sin saber por qué.

Vi que la larga historia de la humanidad se movía entre estos dos impulsos conflictivos. Por un lado, superábamos nuestros miedos gracias a la fuerza de nuestras intuiciones, gracias a nuestras imágenes mentales de que la vida tenía que ver con alcanzar alguna meta en particular, con hacer avanzar la cultura en una dirección positiva que sólo nosotros, como individuos, actuando con coraje y sabiduría, podíamos inspirar. A partir de la fuerza de estos sentimientos, se nos recordaba que, por insegura que pareciera la vida, de hecho no estábamos solos, que por debajo del misterio de la existencia había un propósito y un sentido.

Sin embargo, por otro lado muchas veces éramos presa del impulso contrario, el impulso de protegernos del Miedo, y perdíamos de vista, en forma temporaria, el propósito, cayendo en la angustia de la separación y el abandono. Este Miedo nos llevaba a una autoprotección aterrada, a luchar por retener nuestras posiciones de poder, a robarnos mutuamente la energía y a resistir siempre al cambio y la evolución, con independencia de la información nueva o mejor que pudiera haber.

El despertar continuaba a lo largo de los milenios; observé que los seres humanos empezaban de manera gradual a unirse en grupos cada vez más grandes, siguiendo un impulso natural de identificarse con más personas, a introducirse en organizaciones sociales más complejas. Vi que este impulso provenía de la vaga intuición, plenamente conocida en la Otra Vida, de que el destino humano en la Tierra debía evolucionar hacia la unificación. Siguiendo esta intuición, nos dimos cuenta de que podíamos superar la vida nómade de colectar y cazar y empezar a cultivar las plantas de la Tierra y cosecharlas en forma regular. Asimismo, podíamos domesticar y criar a muchos de los animales que nos rodeaban, asegurando así una presencia constante de proteínas y productos afines. Con las imágenes de la Visión Global profundamente grabadas en nuestro inconsciente impulsándonos de manera arquetípica, empezamos a pensar en un cambio que constituiría una de las transformaciones más impresionantes de la historia humana, el salto del nomadismo al establecimiento de grandes aldeas agrícolas.

A medida que estas comunidades agrícolas fueron volviéndose más complejas, los excedentes de alimentos generaron el comercio y permitieron que la humanidad se dividiera en los primeros grupos ocupacionales: pastores, constructores e hilanderos; luego mercaderes, trabajadores en metales y soldados. En seguida se produjo el invento de la escritura y la tabulación. Pero los caprichos de la naturaleza y los desafíos de la vida seguían afectando la conciencia de la humanidad primitiva y todavía se planteaba la pregunta tácita. ¿Por qué estamos vivos? Como antes, observé las Visiones del Nacimiento de aquellos individuos que se esforzaban por entender la realidad espiritual en un nivel superior. Llegaron a la dimensión terrenal específicamente para expandir la conciencia humana de la fuente divina, pero sus primeras intuiciones de lo divino siguieron siendo vagas e incompletas y adquirieron una forma politeísta. La humanidad empezó a reconocer lo que supusimos era una multitud de deidades crueles y exigentes, dioses que existían fuera de nosotros mismos y regían el tiempo, las estaciones y las etapas de la cosecha. En nuestra inseguridad, pensamos que debíamos aplacar a esos dioses con ritos y rituales y sacrificios.

Al cabo de miles de años, las numerosas comunidades agrícolas se unieron hasta formar grandes civilizaciones en la Mesopotamia, Egipto, el valle del Indo, Creta y el norte de China, que en cada caso inventaron sus propias versiones de los dioses de la naturaleza y los animales. Mas dichas deidades no pudieron impedir la ansiedad durante mucho tiempo. Vi cómo generaciones de almas llegaban a la dimensión terrenal con la intención de traer el mensaje de que la humanidad estaba destinada a progresar compartiendo y comparando el conocimiento. Sin embargo, una vez aquí, estos individuos sucumbieron al Miedo y distorsionaron esa intuición convirtiéndola en una necesidad inconsciente de conquistar, dominar e imponer su forma de vida a otros por la fuerza.

Empezó entonces la gran era de los imperios y los tiranos, cuando surgían un gran líder tras otro, unían la fuerza de su pueblo y conquistaban toda la tierra posible, convencidos de que las visiones de su cultura debían ser adoptadas por todos. No obstante, a lo largo de toda esta era, estos numerosos tiranos fueron a su vez conquistados, y presionados bajo el yugo de una visión cultural más fuerte y amplia. Durante miles de años, diferentes imperios invadieron la conciencia humana y diezmaron sus ideas, mostrando durante un tiempo una realidad, un plan económico y una tecnología bélica más efectivos, para ser depuestos más tarde por una visión más fuerte y organizada.

Vi que, pese a la lentitud y crueldad de este proceso, algunas verdades clave fueron pasando lentamente desde la Otra Vida a la dimensión física. Una de las más importantes de estas verdades —una nueva ética de interacción— empezó a aflorar en distintos lugares alrededor del globo hasta encontrar al fin una expresión clara en la filosofía de los antiguos griegos. De inmediato vi las Visiones del Nacimiento de cientos de individuos nacidos en la cultura griega, cada uno con la esperanza de recordar esta oportuna revelación.

Durante muchas generaciones habían visto la inutilidad y la injusticia de la interminable violencia de la humanidad contra sí misma, y sabían que los seres humanos podían trascender el hábito de luchar y conquistar a otros y poner en práctica un nuevo sistema para el intercambio y la comparación de ideas, un sistema que protegiera el derecho soberano de todo individuo a tener su propia opinión, sin tener en cuenta la fuerza física: un sistema que ya era conocido y aplicado en la Otra Vida. Mientras observaba, esta nueva forma de interacción empezó a surgir y cobrar forma en la Tierra, llegando a ser conocido finalmente como "democracia".

En este método de intercambio de ideas, la comunicación entre seres humanos degeneraba todavía muchas veces en una insegura lucha de poderes, pero al menos ahora, por primera vez, se hallaba en marcha el proceso de proseguir la evolución de la realidad humana en el nivel verbal antes que en el nivel físico.

Al mismo tiempo, otra idea decisiva destinada a transformar por entero la comprensión humana de la realidad espiritual aparecía en las historias escritas de una pequeña tribu de Medio Oriente. Asimismo pude ver las Visiones del Nacimiento de muchos de los defensores de esta idea. Estos individuos, nacidos en la cultura judaica, sabían antes de nacer que, si bien teníamos razón al intuir un principio divino, nuestra descripción de dicho principio era erróneo y distorsionado. Nuestro concepto de muchos dioses era simplemente un cuadro fragmentado de un todo más grande. Se dieron cuenta de que, en realidad, existía un solo Dios, Dios que, en su opinión, todavía era exigente, amenazador y patriarcal —y que todavía existía fuera de nosotros mismos— pero, por primera vez, era también personal y sensible, y el único creador de todos los seres humanos.

Seguí mirando y vi cómo esta intuición de una fuente divina aparecía y se esclarecía en culturas de todo el mundo. En China e India, líderes durante mucho tiempo en tecnología, comercio y desarrollo social, las religiones del hinduismo, el budismo y otros credos llevaron a Oriente hacia un enfoque más contemplativo.

Quienes crearon estas religiones intuyeron que Dios era más que un personaje. Dios era una fuerza, una conciencia, que sólo podía ser encontrada totalmente alcanzando lo que describieron como una experiencia de iluminación. En vez de agradar a Dios respetando sólo algunas leyes o rituales, las religiones orientales buscaron la conexión con Dios en el interior, como un cambio en la conciencia, una apertura de la propia conciencia a una armonía y una seguridad constantemente disponibles.

Mi visión pasó al mar de Galilea y allí vi que la idea de un Dios que transformaría a la larga las culturas occidentales evolucionaba pasando de la noción de una deidad fuera de nosotros, patriarcal y juzgadora, hacia la posición mantenida en Oriente, hacia la idea de un Dios interno, un Dios cuyo reino está en el interior humano. Vi llegar a la dimensión terrena a una persona que recordaba casi toda su Visión del Nacimiento.

Sabía que se encontraba aquí para traer una nueva energía al mundo, una nueva cultura basada en el amor. Su mensaje fue éste: el único Dios era un Espíritu Santo, una energía divina, cuya existencia podía sentirse y probarse en forma vivencial. Llegar a una conciencia espiritual significaba mucho más que rituales, sacrificios y plegarias públicas. Implicaba un arrepentimiento de naturaleza más profunda; un arrepentimiento que era un cambio psicológico interno basado en la anulación de las adicciones del yo, y un "abandonarse" trascendente, que aseguraba los verdaderos frutos de la vida espiritual.

Cuando este mensaje empezó a difundirse, vi que el más influyente de los imperios, el romano, abrazó la nueva religión y difundió la idea del Dios interior único en gran parte de Europa. Más adelante, cuando los bárbaros atacaron desde el norte y desmembraron el imperio, la idea sobrevivió en la organización feudal de la cristiandad que vino a continuación.

En ese momento volví a ver los llamados de los gnósticos instando a la Iglesia a concentrarse de manera más plena en la experiencia interna y transformadora y a usar la vida de Cristo como ejemplo de lo que cada uno de nosotros puede alcanzar. Vi que la Iglesia caía en el Miedo, que sus líderes sentían una pérdida de control y edificaban la doctrina en torno de la poderosa jerarquía de los hombres de la Iglesia, que se convertían a sí mismos en mediadores, dispensadores del espíritu al pueblo. Por último, todos los textos relacionados con el gnosticismo fueron considerados blasfemos y excluidos de la Biblia.

Aunque muchos individuos venían de la dimensión de la Otra Vida con la intención de ampliar y democratizar la nueva religión, fue un tiempo de gran temor y los esfuerzos por llegar a otras culturas se distorsionaron de nuevo, convirtiéndose en una necesidad de dominar y controlar.

Aquí volví a ver las sectas secretas de benedictinos y franciscanos, que trataron de incluir una veneración por la naturaleza y un retorno a la experiencia interior de lo divino. Estos individuos habían venido a la dimensión terrenal intuyendo que la contradicción gnóstica al fin se resolvería y decididos a preservar los viejos textos y manuscritos hasta ese momento. Nuevamente vi mi intento fallido por dar a conocer la información demasiado pronto, y mi partida inoportuna.

No obstante, vi con claridad que en Occidente se desplegaba una nueva era. El poder de la Iglesia era desafiado por otra unidad social: el Estado-nación. Cuando los pueblos de la Tierra tomaron conciencia unos de otros, los grandes imperios llegaron a su fin. Surgieron nuevas generaciones, capaces de intuir nuestro destino de unificación, que trabajaron por promover una conciencia de origen nacional basada en lenguajes comunes y vinculada de modo más estrecho con un área de tierra soberana. Estos Estados todavía se hallaban dominados por líderes autocráticos, de los cuales se pensaba en muchos casos que gobernaban por derecho divino, pero una nueva civilización humana empezaba a desarrollarse con fronteras reconocidas, monedas establecidas y rutas de comercio.

Por último, en Europa, al difundirse la riqueza y el alfabetismo, se produjo un amplio renacimiento. Aparecieron entonces ante mis ojos las Visiones del Nacimiento de muchos de los participantes. Sabían que el destino humano debía desarrollar una democracia habilitada y llegaron con la esperanza de darle vida. Se descubrieron los escritos de los griegos y romanos, que estimularon sus recuerdos. Se establecieron los primeros parlamentos democráticos y se lanzaron llamados tendientes a terminar con el derecho divino de los reyes y el reinado sangriento de los hombres de la Iglesia sobre la realidad espiritual y social. Muy pronto sobrevino la Reforma protestante con la promesa de que los individuos podían recurrir directamente a las Escrituras y concebir una conexión directa con la divinidad.

Al mismo tiempo, individuos que buscaban mayor libertad y expansión exploraron el continente americano, una masa de tierra ubicada simbólicamente entre las culturas de Oriente y Occidente. Mientras observaba cómo entraban en este nuevo mundo las Visiones del Nacimiento de europeos inspirados, vi que llegaban sabiendo que esta tierra ya estaba habitada, conscientes de que la comunicación y la inmigración debían emprenderse sólo por invitación. En lo más hondo de sí mismos, sabían que los americanos habrían de ser el fundamento, el camino de regreso para una Europa que perdía con rapidez su sentido de intimidad sagrada con el medio ambiente natural y se encaminaba a un secularismo peligroso. Pese a no ser perfectas, las culturas de los americanos nativos constituyeron un modelo perfecto a partir del cual la mentalidad europea podía recobrar sus raíces.

Sin embargo, de nuevo debido al Miedo, estos individuos fueron capaces de intuir sólo el impulso de trasladarse a esta tierra al sentir una nueva libertad y apertura del espíritu, pero trajeron consigo la necesidad de dominar, conquistar y buscar su propia seguridad. Las verdades importantes de las culturas nativas se perdieron en la carrera por explotar los vastos recursos naturales de la región.

Mientras tanto, en Europa, el renacimiento continuó y yo empecé a ver todo el alcance de la Segunda Revelación. El poder de la Iglesia para definir la realidad iba disminuyendo y los europeos sentían que despertaban para ver la vida de otra manera. Gracias al coraje de innumerables individuos, todos inspirados por sus memorias intuitivas, se adoptó el método científico como proceso democrático para explorar y llegar a entender el mundo en el cual se encontraban los seres humanos. Este método —explorar algún aspecto del mundo natural, sacar conclusiones y luego presentar esta opinión a otros— fue tomado como un proceso de creación de consenso a través del cual al fin todos podríamos comprender la situación real de la humanidad en este planeta, incluida nuestra naturaleza espiritual.

Pero la gente de la Iglesia, acantonada en el Miedo, trató de cercenar esta nueva ciencia. Como las fuerzas políticas estaban alineadas de ambos lados, por último se llegó a una negociación. La ciencia sería libre de explorar el mundo material y exterior, pero debía dejar los fenómenos espirituales a los dictados de los todavía influyentes hombres de la Iglesia. Todo el mundo interior de la experiencia —nuestros estados perceptivos superiores de la belleza y el amor, las intuiciones, las coincidencias, los fenómenos interpersonales, hasta los sueños— quedó al principio fuera de los límites de la ciencia nueva.

Pese a estas restricciones, la ciencia empezó a rastrear y describir el funcionamiento del mundo físico, dando abundante información sobre las maneras de incrementar el comercio y utilizar los recursos naturales. La seguridad económica humana aumentó y lentamente empezamos a perder nuestro sentido del misterio y nuestros interrogantes esenciales referidos al propósito de la vida. Decidimos que ya era bastante útil sobrevivir y construir un mundo mejor y más seguro para nosotros y nuestros hijos. Poco a poco, fuimos entrando en un trance del consenso que negó la realidad de la muerte y creó la ilusión de que el mundo era explicable, común y desprovisto de sentido.

A pesar de nuestra retórica, nuestra otrora fuerte intuición de un origen divino quedaba cada vez más relegada al fondo. En este materialismo ascendente, Dios no podía ser más que un Dios de Abandono, un Dios que simplemente ponía en movimiento al mundo y después se quedaba a un lado para dejarlo marchar con un criterio mecánico, como una máquina predecible, donde cada efecto tenía una causa y ocurrían hechos inconexos al azar, sólo por casualidad.

Sin embargo, aquí vi la Intención del Nacimiento de muchos de los individuos de esta época. Llegaron sabiendo que el desarrollo de la tecnología y la producción era importante porque al fin podía resultar no contaminante y sostenible y podía liberar a la humanidad más allá de lo imaginable. Pero al comienzo, al nacer en el ambiente de su época, lo único que lograron recordar fue la intuición general de construir, producir y trabajar, aferrándose con firmeza al ideal democrático.

La visión cambió y vi que en ningún lugar la intuición fue tan fuerte como en la creación de los Estados Unidos, con su constitución democrática y su sistema de equilibrio de poderes. Como un gran experimento, Estados Unidos se fundó para el rápido intercambio de ideas que caracterizaría al futuro. Sin embargo, debajo de la superficie, los mensajes de los americanos nativos y los afroestadounidenses, y de otros pueblos sobre cuyas espaldas se inició el experimento de ese país, gritaron para ser oídos, para ser integrados a la mentalidad europea.

En el siglo XIX estuvimos al borde de una segunda gran transformación de la cultura humana, una transformación que se edificaría sobre la base de las nuevas fuentes de energía del petróleo, el vapor y la electricidad. La economía humana había llegado a ser un campo de esfuerzo vasto y complicado que ofrecía más productos que nunca gracias a una explosión de nuevas técnicas. En grandes números, la gente se trasladaba de las comunidades rurales a los grandes centros urbanos de producción, pasando de la vida en la granja a participar en la nueva revolución industrial especializada.

En ese entonces la mayoría creía que un capitalismo fundado en forma democrática, no obstaculizado por regulaciones estatales, constituía el método deseado del comercio humano. No obstante, una vez más, al captar Visiones del Nacimiento individuales, vi que la mayoría de los individuos nacidos en este período habían llegado con la esperanza de llevar al capitalismo hacia una forma más perfecta. Por desgracia, el nivel de Miedo fue tal que lo único que lograron intuir fue un deseo de edificar una seguridad individual, explotar a otros trabajadores y maximizar las ganancias en toda ocasión, participando a veces en acuerdos que entraban en conflicto con competidores y gobiernos. Ésta fue la gran era de los barones Robber y de la banca secreta y los carteles industriales.

No obstante, a comienzos del siglo XX, debido a los abusos de este capitalismo desenfrenado, aparecieron como alternativa otros dos sistemas económicos. Anteriormente, en Inglaterra, dos hombres habían formulado un "manifiesto" alternativo que apelaba a un nuevo sistema manejado por los trabajadores que a la larga crearía una utopía económica, donde los recursos de la humanidad en su totalidad estarían disponibles para cada persona de acuerdo con sus necesidades, sin codicia o competencia.

Con las espantosas condiciones de trabajo de la época, la idea ganó muchos adherentes. Pero vi en seguida que el "manifiesto" materialista de los trabajadores había sido una corrupción de la intención original. Cuando tuve ante mis ojos las Visiones del Nacimiento de los dos hombres, me di cuenta de que intuían que el destino humano a la larga alcanzaría dicha utopía. Por desgracia, no pudieron recordar que esta utopía sólo podría concretarse a través de la participación democrática, nacida de la voluntad libre y desarrollada con lentitud.

Luego los iniciadores de este sistema comunista, desde la primera revolución en Rusia a todos los eventuales países satélites, pensaron erróneamente que este sistema podía crearse mediante la fuerza y la dictadura, un enfoque que falló de manera miserable y costó millones de vidas. En su impaciencia, los individuos implicados habían imaginado una utopía, pero crearon el comunismo y décadas de tragedia.

La escena pasó a la otra alternativa del capitalismo democrático: la lacra del fascismo. Este sistema fue pensado para aumentar los beneficios y el control de los integrantes de una elite gobernante que se consideraban líderes privilegiados de la sociedad humana. Creían que sólo a través del abandono de la democracia y la unión del Estado con la nueva dirigencia industrial, una nación podía alcanzar su máximo potencial y su posición óptima en el mundo.

Vi con claridad que al crear semejante sistema, los participantes eran casi totalmente inconscientes de sus Visiones del Nacimiento. Habían llegado aquí deseando promover con exclusividad la idea de que la civilización evolucionaba hacia la perfección y que una nación formada por un pueblo plenamente unificado en términos de propósito y voluntad, que luchara por alcanzar su máximo potencial, podía obtener grandes niveles de energía y eficacia. Lo que se creó fue una visión temerosa y egoísta que proclamaba en forma errónea la superioridad de ciertas razas y naciones y la posibilidad de desarrollar una supernación cuyo destino era gobernar el mundo. De nuevo, la intuición de que todos los humanos evolucionaban hacia la perfección fue distorsionada por hombres débiles y temerosos que la convirtieron en el mortífero Tercer Reich.

Vi que otros —que también habían imaginado la perfectibilidad de la humanidad, pero que tenían más contacto con la importancia de una democracia delegada— intuían que debían oponer a ambas alternativas una economía expresada con libertad. La primera postura derivó en una guerra mundial sangrienta contra la distorsión fascista, ganada al fin a un costo extremo. La segunda derivó en una guerra fría larga y amarga contra el bloque comunista.

De pronto me vi concentrado en los Estados Unidos durante los primeros años de esta guerra fría, en la década de los 50. En ese momento el país se hallaba en la cima de lo que había sido una preocupación de 400 años por el materialismo secular. La riqueza y la seguridad se habían difundido hasta incluir a una clase media grande y ascendente, y en medio de este éxito material nació una inmensa generación nueva, una generación cuyas intuiciones conducirían a la humanidad a una tercera gran transformación.

Esta generación creció escuchando sin cesar que vivía en el país más grande del mundo, la tierra de la libertad, con independencia y justicia para todos sus ciudadanos. Sin embargo, al madurar, los miembros de dicha generación encontraron una disparidad perturbadora entre esta imagen popular y la realidad. Descubrieron que en esta tierra había muchos —algunas minorías raciales y las mujeres— que, por la ley y la costumbre, no eran libres. En de década de los 60, la nueva generación se dedicó a analizar más de cerca y descubrió otros aspectos inquietantes de la imagen de los Estados Unidos, por ejemplo, el patriotismo ciego que esperaba que los jóvenes fueran a una tierra extranjera a librar una guerra política sin un propósito claramente enunciado y sin perspectivas de victoria.

Igualmente inquietante era la práctica espiritual de la cultura. El materialismo de los cuatrocientos años anteriores había relegado el misterio de la vida y la muerte a un rincón. Para muchos, las iglesias y las sinagogas estaban llenas de rituales pomposos y carentes de sentido. La participación era más social que espiritual y los miembros estaban muy limitados por la idea de cómo podían ser percibidos y juzgados por sus pares observadores.

A medida que la visión avanzaba, vi que la tendencia de la nueva generación a analizar y juzgar surgió de una intuición profundamente asentada de que en la vida debía tenerse en cuenta mucho más que la vieja realidad material. La nueva generación percibió el nuevo significado espiritual más allá del horizonte y empezó a explorar otras religiones y puntos de vista espirituales menos conocidos. Por primera vez, las religiones orientales fueron comprendidas por muchos y sirvieron para validar la intuición masiva de que la percepción espiritual era una experiencia interna, un cambio en la conciencia que cambiaba para siempre el sentido personal de identidad y propósito. Asimismo, los escritos cabalísticos judíos y los místicos cristianos occidentales, como Meister Ekhart y Teilhard De Chardin, proporcionaron otras descripciones fascinantes de una espiritualidad más profunda.

Al mismo tiempo, nueva información afloraba a partir de las ciencias humanas —sociología, psiquiatría, psicología y antropología—, así como de la física moderna, que arrojaba nueva luz sobre la naturaleza de la conciencia humana y la creatividad. Esta acumulación de pensamiento, junto con la perspectiva aportada por Oriente, empezó a cristalizar de forma gradual en lo que más tarde se denominaría el "Momento del potencial humano", la creencia emergente de que los seres humanos aplicaban actualmente sólo una pequeña parte de su vasto potencial espiritual, físico y psicológico.

Observé el momento en que, después de varias décadas, esta información y la experiencia espiritual que produjo crecieron hasta convertirse en una "masa crítica" de conciencia, un salto a la conciencia desde el cual empezamos a formular una nueva visión de lo que era vivir una vida humana que incluía, en definitiva, una verdadera remembranza de las nueve revelaciones.

No obstante, mientras esta nueva visión cristalizaba, difundiéndose a través del mundo humano como un contagio de conciencia, muchos otros de la nueva generación empezaron a retirarse, alarmados por la creciente inestabilidad en la cultura que parecía corresponderse con la llegada del nuevo paradigma. Durante cientos de años, los sólidos acuerdos de la vieja visión del mundo habían mantenido un orden bien definido y hasta rígido para la vida humana. Todos los papeles estaban claramente definidos y cada uno conocía su lugar: por ejemplo, los hombres en el trabajo, las mujeres y los niños en la casa, las familias nucleares y genéticas intactas, una ética laboral ubicua. Se esperaba que los ciudadanos encontraran un lugar en la economía, que descubrieran el sentido en la familia y los hijos y supieran que el propósito de la vida era vivir bien y crear un mundo materialmente más seguro para la generación siguiente.

Luego llegó la ola de cuestionamiento, análisis y crítica de la década de los 60, y las normas inamovibles de pronto empezaron a derrumbarse. El comportamiento dejó de regirse por acuerdos fuertes. De pronto cada uno parecía facultado, liberado, libre de marcar su propio rumbo en la vida, de alcanzar esta idea nebulosa de potencial. En medio de este clima, lo que los demás pensaran dejó de ser el determinante real de nuestra acción y conducta; cada vez más, nuestro comportamiento pasó a ser determinado por cómo nos sentíamos en nuestro interior y por nuestra propia ética interna.

Para los que habían adoptado sinceramente un punto de vista más espiritual, caracterizado por la honestidad y el amor a los demás, la conducta ética no fue un problema. Pero sí resultaban preocupantes quienes habían perdido las pautas de vida exteriores sin haber formado todavía un código interno fuerte. Daban la impresión de caer en una tierra de nadie cultural donde todo parecía permitido: el crimen, las drogas y los impulsos adictivos de todo tipo, para no mencionar una pérdida de la ética del trabajo. Para colmo de males, muchos parecían usar los nuevos descubrimientos del movimiento del potencial humano para dar a entender que los criminales y los desviados no eran ni siquiera responsables de sus actos. Se los consideraba en cambio víctimas de una cultura opresiva que permitía descaradamente las condiciones sociales que modelaban esta conducta.

Seguí mirando y de pronto comprendí lo que veía: estaba formándose en el planeta una polarización de puntos de vista, en la cual los indecisos reaccionaban contra un punto de vista cultural que, en su opinión, llevaba al caos y la incertidumbre generalizados, quizás incluso a la desintegración total de su forma de vida. En los Estados Unidos, sobre todo, un grupo cada vez mayor de personas se convencían de que enfrentaban algo que equivalía a una lucha de vida o muerte contra la permisividad y el liberalismo de los últimos veinticinco años, una guerra cultural, como la llamaron, en la que se hallaba en juego nada menos que la supervivencia de la civilización occidental. Vi que muchos consideraban que la causa estaba casi perdida y por eso defendían la acción extrema.

Frente a esta repercusión, vi que los defensores del potencial humano caían a su vez en una postura defensiva y temerosa, al sentir que muchas victorias duras ganadas en favor de los derechos individuales y la compasión social corrían peligro de ser avasalladas por la marea de conservadurismo. Muchos consideraban que esta reacción

contra la liberación era un ataque de las fuerzas forti-
ficadas de la ambición y la explotación, que ejercían
presión en un último intento por dominar a los miembros
más débiles de la sociedad.

Aquí vi claramente qué era lo que intensificaba la
polarización: cada bando pensaba que el otro era una
conspiración maligna.

Los defensores de la vieja visión del mundo ya no
consideraban que el potencial humano era engañoso o
ingenuo, sino que, de hecho, lo veían como parte de una
conspiración más grande de socialistas omnipresentes,
seguidores resistentes de la solución comunista que trataban de realizar justo lo que estaba produciéndose: la
erosión de la vida cultural hasta el punto en que
cualquier gobierno fuerte pudiera llegar y enderezar
todo. Para ellos, esta conspiración utilizaba el miedo a la
escalada criminal como excusa para registrar armas y
desarmar en forma sistemática al pueblo, dando un
control cada vez mayor a una burocracia centralizada
que al fin supervisaría el movimiento de efectivo y
tarjetas de crédito a través de conexiones realizadas con
esa intención, explicando el mayor control de la economía electrónica como prevención del crimen o como una
necesidad de cobrar impuestos o prevenir el sabotaje. Por
último, tal vez sirviéndose de la estratagema de un
desastre natural inminente, el Estado intervendría,
confiscaría bienes y declararía la ley marcial.

A los defensores de la liberación y el cambio les
parecía más probable justamente la situación contraria.
Frente a las victorias políticas de los conservadores, todo
aquello para lo cual habían trabajado daba la impresión

de desmoronarse ante sus ojos. Ellos también observaban el aumento del crimen violento y la degeneración de las estructuras familiares, sólo que, para ellos, la causa no era tanto la excesiva intervención del Estado, sino una intervención demasiado escasa y tardía.

En todos los países, el capitalismo le había fallado a toda una clase, y la razón era evidente: para los pobres no existía ninguna oportunidad de participar en el sistema. No había una educación eficaz. No había trabajo. Y en vez de ayudar, el Estado parecía dispuesto a echarse atrás, dejando de lado los programas contra la pobreza junto con todos los demás logros sociales ganados durante veinticinco años.

Vi con total claridad que, en medio de su creciente desencanto, los reformadores empezaban a creer lo peor: que el vuelco de la sociedad hacia la derecha sólo podía derivar de la mayor manipulación y el mayor control de los intereses empresariales adinerados del mundo. Estos intereses parecían estar comprando a los gobiernos y los medios de comunicación, y, a la larga, igual que en la Alemania nazi, dividían el mundo entre los que tienen y los que no, y las empresas más ricas hacían quebrar a las empresas pequeñas y controlaban cada vez más los bienes. Por cierto, había manifestaciones, pero sólo servían para seguirle el juego a la elite, que fortalecía su control policial.

Mi conciencia saltó de pronto a un nivel más alto y por fin entendí bien la polarización: grandes cantidades de personas parecían favorecer una perspectiva o la otra, y los dos bandos apostaban cada vez más a una guerra de buenos contra malos; ambos visualizaban al otro como autor de una gran conspiración.

En el fondo, ahora entendí la creciente influencia de

los que proclamaban ser capaces de explicar este mal incipiente. Eran los analistas de los "tiempos finales" a los que antes había hecho referencia Joel. En la creciente agitación de la transición, estos intérpretes empezaban a aumentar su poder. En su opinión, las profecías de la Biblia debían entenderse literalmente y lo que veían en la incertidumbre de nuestro tiempo era el tan ansiado apocalipsis que se aprestaba a descender. Pronto se produciría la guerra santa abierta, en la cual los seres humanos se dividirían entre las fuerzas de las tinieblas y los ejércitos de la luz. Imaginaban la guerra como un conflicto físico real, rápido y sangriento, y para aquellos que sabían que venía, sólo una decisión era importante: estar del lado correcto cuando empezara la lucha.

No obstante, de manera simultánea, tal como había ocurrido con los otros giros significativos en la historia humana, vi, más allá del miedo y el atrincheramiento, las verdaderas Visiones del Nacimiento de los afectados. Resultaba obvio que todos los que estábamos a ambos lados de la polarización habíamos llegado a la dimensión física con la intención de que dicha polarización no fuera tan intensa. Queríamos una transición suave de la vieja visión materialista del mundo a una nueva visión espiritual, y queríamos una transformación en la que se reconociera e integrara en el nuevo mundo que emergía lo mejor de las antiguas tradiciones.

Vi que esta belicosidad cada vez mayor era una aberración provocada no por una intención sino por el Miedo. Nuestra visión original era que la ética de la sociedad humana se mantendría y que al mismo tiempo cada persona se liberaría por entero y el medio ambiente estaría protegido; que se conservaría y a la vez se transformaría la creatividad económica introduciendo un propósito espiritual dominante. Más aún, que esta conciencia espiritual podía descender al mundo e iniciar una utopía de una manera que simbólicamente cumpliera con las escrituras de los tiempos finales.

De pronto mi conciencia se amplió aún más y justo después de observar la Visión del Nacimiento de Maya, casi pude vislumbrar esta comprensión espiritual superior, la imagen completa del lugar al que se dirigía la historia humana a partir de ese momento, cómo podíamos lograr esta conciliación de puntos de vista y seguir adelante hasta cumplir con nuestro destino humano. Entonces, igual que antes, empezó a darme vueltas la cabeza y me desconcentré; no pude alcanzar el nivel de energía necesario para captarlo.

La visión empezó a desaparecer y, esforzándome por mantenerla, vi la situación actual una última vez. Obviamente, sin la influencia mediadora de la Visión Global, la polarización del Miedo seguiría acelerándose. Vi que los dos bandos se endurecían y sus sentimientos se intensificaban cuando ambos empezaban a pensar que el otro no sólo estaba equivocado, sino que era malvado y venal... cómplice del mismísimo diablo.

Después de un momento de mareo y una sensación de movimiento rápido, miré a mi alrededor y vi a Wil a mi lado. Me miró y luego echó un vistazo a la oscuridad grisácea en que nos hallábamos, con expresión preocupada. Nos trasladamos a otro lugar.

—¿Pudiste ver mi visión de la historia? —pregunté.

Volvió a mirarme y asintió.

—Lo que acabamos de ver es una interpretación nueva y espiritual de la historia, propia, en cierto sentido, de tu visión cultural, pero sumamente reveladora. Nunca había visto algo así. Esto tiene que ser parte de la Décima, una visión clara de la búsqueda humana tal como se ve en la Otra Vida. Estamos comprendiendo que todos nacemos con una intención positiva, tratando de traer a lo físico algo más del conocimiento contenido en la Otra Vida. ¡Todos! La historia empezó un largo proceso de despertar. Cuando nacemos a lo físico, lógicamente chocamos con el problema de avanzar en forma inconsciente y de tener que socializar y entrenarnos en la realidad cultural de la época. Después de esto, lo único que podemos recordar son esos sentimientos esenciales, esas intuiciones para hacer ciertas cosas. Pero tenemos que combatir sin cesar el Miedo. Muchas veces es tan grande que no podemos concretar lo que pensábamos, o lo distorsionamos de alguna manera. Pero todos, repito, todos venimos con las mejores intenciones.

—¿Entonces de veras piensas que un asesino en serie puede haber venido a hacer algo bueno?

—Originalmente, sí. Toda matanza es ira y golpes furiosos como manera de superar un sentimiento interior de miedo y desamparo.

—No sé —dije—. ¿Algunas personas no son intrínsecamente malas?

—No, sólo se enloquecen por el Miedo y cometen errores espantosos. Y, al final deben asumir la plena responsabilidad de esos errores. Pero lo que hay que entender es que estos actos horribles son causados, en parte, por nuestra propia tendencia a suponer que algunas personas son naturalmente malas. Ésa es la visión equivocada que fomenta la polarización. Ninguno de los dos lados puede creer que los seres humanos actúen de la forma en que lo hacen sin ser intrínsecamente malos, y por eso se deshumanizan y alienan cada vez más entre ellos. Como consecuencia esto incrementa el miedo, y así aflora lo peor de cada individuo.

Volvió a mirar para otro lado, como distraído.

—Cada bando piensa que el otro está envuelto en una conspiración de gran envergadura —agregó—, epítome de todo lo negativo.

Noté que volvía a mirar a lo lejos y cuando seguí sus ojos y también enfoqué el ambiente, empecé a captar una sensación ominosa de penumbra y presentimiento.

—Creo que no podemos traer la Visión Global ni resolver la polarización hasta no entender la verdadera naturaleza del mal y la auténtica realidad del Infierno.

—¿Por qué dices eso? —pregunté.

Me miró una vez más y luego dirigió de nuevo la mirada hacia la penumbra.

—Porque precisamente estamos en el Infierno.

UN INFIERNO INTERIOR

Al mirar el medio gris que me rodeaba, un estremecimiento recorrió todo mi cuerpo. La sensación ominosa que había percibido antes se convertía en un sentido claro de alienación y desesperación.

—¿Has estado aquí antes? —le pregunté a Wil.

—Sólo al borde —respondió—. Nunca aquí, en el medio. ¿Sientes lo frío que es?

Asentí y al mismo tiempo mi mirada captó un movimiento.

—¿Qué es eso?

Wil sacudió la cabeza.

—No lo sé.

Una masa turbulenta de energía avanzaba en dirección a nosotros.

—Tiene que ser otro grupo de almas —opiné.

Al acercarse, traté de concentrarme en sus pensamientos, pero la sensación de alienación y hasta de rabia era cada vez mayor. Traté de ahuyentarla, de abrirme más.

—Espera —oí que decía vagamente Wil—. Todavía no tienes fuerza suficiente. — Pero era demasiado tarde. De pronto me sentí arrastrado a una negrura intensa y luego a una especie de ciudad grande. Aterrado, miré en derredor tratando de mantenerme alerta y me di cuenta de que la arquitectura indicaba un período del siglo XIX. Me encontraba parado en una esquina llena de gente que pasaba; a la distancia sobresalía la cúpula elevada de un edificio importante. Al principio pensé que estaba de verdad en ese período, pero varios aspectos de la realidad no encajaban: el horizonte se desvanecía en un extraño color gris y el cielo era verde oliva, similar al cielo que había sobre las oficinas que Williams había creado cuando evitaba tomar conciencia de que había muerto.

De pronto me di cuenta de que, desde la esquina de enfrente, cuatro hombres me observaban. Una sensación helada invadió mi cuerpo. Todos iban bien vestidos; uno de ellos echó la cabeza hacia atrás y dio una pitada a su cigarro. Otro miró la hora y volvió a guardar el reloj en el bolsillo del chaleco. Su aspecto era refinado pero amenazador.

—Quienquiera que haya provocado su ira es amigo mío —dijo una voz despacio, a mis espaldas.

Me volví y vi a un hombre robusto, con forma de barril, también vestido con elegancia, con sombrero de fieltro y ala ancha, que caminaba hacia mí. La expresión general de su cara me resultaba familiar; lo había visto antes. Pero, ¿dónde?

—No les haga caso —agregó—. No es tan difícil ser más listo que ellos.

Me quedé mirando su postura inclinada hacia adelante y sus ojos movedizos, hasta que de pronto recordé quién era. Había sido el comandante de las tropas federales que había visto en las visiones de la guerra del siglo XVIII, el que se había negado a ver a Maya y ordenó el comienzo de la batalla contra los nativos. "Todo esto es una construcción —pensé—. Seguramente recreó la situación ulterior de su vida para evitar tomar conciencia de que estaba muerto."

—Esto no es real —balbuceé—. Usted está... eh... muerto.

Ignoró mi afirmación.

—¿Qué hizo para sacarse de encima a ese puñado de chacales?

—Yo no hice nada.

—Ah, sí, tiene que haber hecho algo. Conozco esa forma en que lo miran. Ellos creen que manejan esta ciudad, ¿sabe? De hecho, creen que pueden manejar el mundo entero. —Movió la cabeza. —Esta gente nunca confía en el destino. Creen que son responsables de que el futuro resulte tal como ellos lo planean. Todo. El desarrollo económico, los gobiernos, el movimiento de dinero, hasta el valor relativo de las divisas del mundo. Cosa que en realidad no es mala idea. Es sabido que el mundo está lleno de sirvientes e idiotas, que arruinan todo si se los deja librados a sí mismos. Claro, el pueblo debe ser conducido y controlado en la medida de lo posible, y si de paso se puede ganar un poco de dinero, ¿por qué no?

"Pero estos tontos trataron de manejarme a mí. Obviamente, soy demasiado listo para ellos. Siempre fui demasiado listo para ellos. Dígame, entonces, ¿qué fue lo que hizo usted?

—Escuche —dije—. Trate de entender. Esto no es real.

—Eh —respondió—. Le sugiero que confíe en mí. Si están en su contra, yo soy el único amigo que tiene.

Miré para otro lado, pero sabía que seguía observándome con recelo.

—Son traicioneros —continuó—; nunca lo perdonarán. Tome mi situación, por ejemplo. Lo único que querían era usar mi experiencia militar para aplastar a los indios e invadir sus tierras. Pero los vi venir. Sabía que no eran confiables, que tendría que cuidarme. —Me dirigió una mirada cómplice. —Les resulta más difícil usar a una persona y dejarla a un lado si esa persona es un héroe de guerra, ¿no? Después de la guerra, me hice querer por la gente. De esa forma, estos personajes tuvieron que cooperar conmigo. Pero permítame decirle algo: no los subestime nunca. ¡Son capaces de cualquier cosa!

Se alejó un poco de mí como para evaluar mi apariencia.

—De hecho —agregó—, tal vez lo han mandado acá como espía.

No sabiendo qué otra cosa hacer, empecé a caminar.

—¡Desgraciado! —gritó—. Tenía razón.

Lo vi meter la mano en el bolsillo y sacar un cuchillo corto. Petrificado, obligué a mi cuerpo a correr por la calle y tomé por un pasadizo, sus fuertes pisadas siempre tras de mí. A la derecha había una puerta entreabierta. Paré y eché el cerrojo. Al inhalar, aspiré un intenso olor a opio. A mi alrededor había docenas de personas, todas con los rostros ausentes dirigidos hacia mí. "¿Son reales —me pregunté—, o parte de la ilusión construida?" Queriendo dejar atrás su conversación apagada y sus pipas Hookah, empecé a caminar a través de los colchones y sofás sucios, hacia otra puerta.

—Te conozco —susurró una mujer. Estaba apoyada contra la pared al lado de la puerta, con la cabeza inclinada para adelante como si fuera demasiado pesada para el cuello. —Fui a tu colegio.

La miré lleno de confusión durante un instante y luego recordé a una chica de mi secundaria que había sufrido reiterados episodios de depresión y consumo de drogas. Había rechazado cualquier tipo de intervención y al final había muerto de una sobredosis.

—Sharon, ¿eres tú?

Intentó una sonrisa y yo volví a mirar en dirección a la puerta, preocupado ante la idea de que el comandante armado con el cuchillo hubiera podido entrar.

—Está bien —dijo ella—. Puedes quedarte aquí con nosotros. Estarás a salvo en esta sala. Nada puede dañarte.

Di otro paso y con toda la amabilidad posible dije:

—No quiero quedarme. Todo esto es una ilusión.

Mientras lo decía, tres o cuatro personas se dieron vuelta y me miraron enojadas.

—Por favor, Sharon —susurré—, ven conmigo.

Dos de los que se hallaban más cerca se levantaron y se colocaron junto a Sharon.

—Vete de aquí —exigió uno—. Déjala en paz.

—No le hagas caso —dijo el otro—. Está loco. Nos necesitamos mutuamente.

Me incliné un poco para poder mirarla directamente a los ojos.

—Sharon, nada de esto es real. Estás muerta. Tenemos que salir de acá.

—¡Cállate! —gritó otra persona. Cuatro o cinco más caminaron hacia mí, con ojos llenos de odio. —Déjanos en paz.

Empecé a caminar hacia la puerta; el grupo avanzó. A través de los cuerpos, veía a Sharon volviendo a su manguera de Hookah. Me di vuelta y crucé la puerta corriendo sólo para darme cuenta de que no estaba afuera, sino en una especie de oficina, rodeado por computadoras, archivos y una mesa de conferencias.

—Eh, usted no debería estar aquí —dijo alguien. Me

volví y vi a un hombre de mediana edad que me miraba por encima de sus lentes para leer. —¿Dónde está mi secretaria? No tengo tiempo para esto.

Para mi gran asombro, la oficina estaba decorada con muebles y computadoras modernas del siglo XX.

—Bueno, ¿qué quiere? —preguntó el hombre.

—Me persiguen. Trataba de esconderme.

—¡Buen hombre! Entonces no venga acá. Ya le dije que no tengo tiempo para esto. No se imagina todo lo que tengo que hacer hoy. Mire esos archivos. ¿Quién cree que va a procesarlos si no lo hago yo? —Creí notar una mirada de terror en su cara.

Giré la cabeza y busqué otra puerta.

—¿No se da cuenta de que está muerto? —pregunté—. Todo esto es imaginado.

Hizo una pausa durante la cual la mirada de terror se convirtió en ira, y luego preguntó:

—¿Cómo entró acá? ¿Es un criminal?

Encontré una puerta que daba al exterior y salí. Las calles se hallaban ahora totalmente vacías, excepto por un carruaje. Estacionó frente al hotel situado enfrente y una mujer muy bella, vestida de fiesta, bajó, me miró y luego sonrió. Había mucha calidez y afecto en su actitud. Crucé la calle, y ella permaneció quieta observándome, con una sonrisa reservada y seductora.

—Está solo —dijo—. ¿Por qué no me acompaña?

—¿Adónde va? —pregunté con tono tentativo.

—A una fiesta.

—¿Quiénes van?

—No tengo idea.

Abrió la puerta del edificio e hizo un gesto para que entrara con ella. La seguí como a la deriva, tratando de pensar qué hacer. Subimos al ascensor y ella oprimió el botón del cuarto piso. La sensación de calidez y afecto iba aumentando de piso en piso. Por el rabillo del ojo vi que observaba mis manos. Cuando la miré, volvió a sonreírme y fingió que la había sorprendido.

El ascensor se abrió; bajamos y me condujo por el corredor hasta una puerta particular, a la que llamó dos veces. Después de un rato, la puerta se abrió y se asomó un hombre. Su cara se iluminó al ver a la mujer.

—¡Adelante! —dijo—. ¡Adelante!

Ella me invitó a pasar y cuando lo hice, una mujer joven se acercó y me tomó del brazo. Llevaba puesto un vestido escotado y estaba descalza.

—Ah, estás perdido —dijo—. Pobrecito. Estarás a salvo aquí con nosotros. —Pasando la puerta, vi a un hombre sin camisa. —Mira esos muslos —comentó, mirándome.

—Tiene manos perfectas —observó otro.

En estado de *shock*, me di cuenta de que la sala estaba llena; todos se hallaban en diversos estadios de desnudez e intimidad.

—No, esperen —dije—. No puedo quedarme.

La mujer que me había tomado del brazo dijo:

—¿Volverías allí? Lleva una eternidad encontrar un grupo como éste. Siente qué energía hay. No es como el miedo de estar solo, ¿eh? —Me pasó la mano por el pecho.

De pronto se oyeron ruidos de lucha al otro lado de la sala.

—¡No, déjenme solo! —gritó alguien—. No quiero estar aquí.

Un joven no mayor de dieciocho años empujó a varios y salió corriendo por la puerta. Aproveché la distracción para salir tras él. Sin esperar el ascensor, se precipitó escaleras abajo; yo lo seguí. Cuando llegué a la calle ya estaba en la vereda de enfrente.

Iba a gritarle que se detuviera, cuando lo vi quedar petrificado por el terror. Más adelante, en la vereda, estaba el comandante, todavía con el cuchillo, pero esta vez miraba al otro grupo de hombres que me habían observado antes. Hablaban todos a la vez, con gestos enojados. Bruscamente, uno del grupo sacó un revólver y el comandante se abalanzó sobre él con el cuchillo. Sonaron disparos, y el sombrero y el cuchillo del comandante volaron para atrás cuando una bala le perforó la frente. Cayó al suelo con un ruido sordo; los otros hombres se quedaron paralizados y empezaron a desvanecerse hasta desaparecer por completo. Con igual rapidez desapareció el hombre que yacía en el suelo.

Frente a mí, el muchacho se sentó en la vereda, cansado, con la cabeza entre las manos. Me precipité hasta él; sentía las rodillas flojas.

—Está bien —dije—. Se fueron.

—No —replicó, frustrado—. Mire ahí.

Me di vuelta y vi a los cuatro hombres que habían desaparecido parados al otro lado de la calle frente al hotel. Lo curioso es que se hallaban exactamente en la misma posición en que yo los había visto la primera vez. Uno daba pitadas a su cigarro y el otro miraba la hora en su reloj.

El corazón me dio un vuelco cuando divisé también al hombre del sombrero ancho, parado frente a ellos, que los observaba con mirada amenazadora.

—Pasa una y otra vez —explicó el joven—. Ya no puedo soportarlo más. Alguien tiene que ayudarme.

Antes de que pudiera responderle, dos formas se materializaron a su derecha, aunque sin definirse, fuera de foco.

El muchacho miró las formas durante un rato con una mirada de excitación y dijo:

—Roy, ¿eres tú?

Vi que las dos formas se le acercaron, hasta que quedó totalmente oculto por sus contornos ondulantes. Después de varios minutos desapareció por completo, junto con las dos almas.

Miré el sitio vacío donde había estado sentado y percibí restos de una vibración más elevada. De pronto, con la mirada de mi mente volví a ver mi grupo de almas y sentí su profundo amor y su afecto. Concentrándome en esa sensación, pude ahuyentar la ansiedad asfixiante y ampliar mi energía de a poco hasta que empecé a abrirme interiormente. En seguida, el lugar en que me encontraba adquirió matices más leves de gris y la ciudad desapareció. Al aumentar mi energía, pude imaginar la cara de Wil, que enseguida estuvo a mi lado.

—¿Estás bien? —preguntó, y me abrazó. Su expresión evidenciaba un enorme alivio. —Esas ilusiones eran fuertes y tú te metiste directamente en ellas.

—Ya sé. No podía pensar, no podía recordar qué hacer.

—Te fuiste mucho tiempo; lo único que nosotros podíamos hacer era enviarte energía.

—¿A quiénes te refieres con "nosotros"?

—A todas estas almas. —La mano de Wil hizo un gesto abarcador.

Cuando miré, vi a cientos de seres que se extendían hasta donde llegaba mi mirada en un enorme círculo. Algunos nos miraban directamente, pero todos los demás parecían enfocados en otra dirección. Traté de ver qué observaban siguiendo sus miradas hasta varios torbellinos grandes de energía, a la distancia. Cuando concentré mi foco, me di cuenta de que uno de los remolinos era justamente la ciudad de la que acababa de escapar.

—¿Qué son esos lugares? —le pregunté a Wil.

—Construcciones mentales —respondió—, armadas por almas que en vida vivieron dramas de control muy restrictivos y no pudieron despertar después de morir. Existen muchos miles de ellas.

—¿Pudiste ver qué pasaba mientras estuve en la construcción?

—La mayor parte. Cuando enfoqué las almas que estaban cerca, pude captar su visión de lo que te sucedía. Este anillo de almas apunta sin cesar energía a las ilusiones, con la esperanza de que alguien responda.

—¿Viste al chico joven? Él pudo despertarse. Pero los demás no le prestaban atención a nada.

Wil se volvió hacia mí.

—¿Te acuerdas de lo que vimos durante la Revisión de Vida de Williams? Al principio no podía aceptar lo que pasaba y empezó a reprimir su muerte al punto de que creó una construcción mental de su oficina.

—Sí, me acordé de eso cuando estaba ahí.

—Bueno, eso nos pasa a todos. Si morimos y hemos estado muy inmersos en nuestro drama de control y nuestra rutina, como medio de reprimir el misterio y la inseguridad de la vida, al punto de que ni siquiera podemos despertar después de la muerte, creamos estas ilusiones o trances para poder continuar con esa misma forma de sentirnos a salvo, aun después de haber entrado en la Otra Vida. Si el grupo de almas de Williams no lo hubiera alcanzado, habría entrado en uno de esos lugares infernales en que estuviste tú. Todo es una reacción de miedo. Las personas que están allí se paralizarían de miedo si no encontraran alguna forma de evitarlo, de reprimirlo por debajo de la conciencia. Lo que hacen es repetir los mismos dramas, los mismos mecanismos que utilizaban en la vida, y no pueden dejar de hacerlo.

—¿O sea que estas realidades ilusorias no son nada más que dramas de control graves?

—Sí. Todos caen dentro de los estilos generales de los dramas de control, sólo que son más intensos e irreflexivos. Por ejemplo, el tipo del cuchillo, el comandante, era sin duda un intimidador por la forma en que robaba energía a los demás. Y explicaba su comportamiento suponiendo que el mundo lo perseguía y, por supuesto, en su vida en la Tierra, estas expectativas llevaban precisamente a esa clase de personas a su vida, o sea que su visión mental se cumplía. Aquí se limitaba a crear personas imaginarias que lo perseguían para reproducir la situación exacta.

"Si se quedara sin gente para intimidar y su energía cayera, la ansiedad empezaría a aflorar de nuevo a la conciencia. Entonces tiene que mantener constantemente el papel del intimidador. Debe mantener esa clase particular de acción, la acción que aprendió hace mucho, la única que conoce capaz de preocupar bastante su mente como para matar el miedo. La acción misma, la naturaleza compulsiva, dramática y de alto nivel de adrenalina, empuja tan lejos la ansiedad que él puede olvidarla, reprimirla y sentirse medianamente cómodo en su existencia, al menos por un tiempo.

—¿Y los drogadictos? —pregunté.

—En ese caso llevaban la pasividad, el "pobre de mí", al extremo de proyectar sólo desesperación y crueldad a todo el mundo, racionalizando una necesidad de escapar. El hecho de buscar drogas de manera obsesiva cumple la función de preocupar a la mente y reprimir la ansiedad, incluso en la Otra Vida.

"En la dimensión física, las drogas producen en

general euforia, como la euforia que genera el amor. Sin embargo, el problema con esta falsa euforia es que el cuerpo se resiste a las sustancias químicas y las contrarresta, lo cual significa que, cuando se utiliza la droga con frecuencia, cada vez hace falta una dosis mayor para obtener el mismo efecto, lo cual a la larga destruye el cuerpo.

Volví a acordarme del comandante.

—Sucedió algo muy extraño allí. Al hombre que me perseguía lo mataron y después volvió a la vida y el drama volvió a empezar.

—Así son las cosas en este infierno autoimpuesto. Todas esas ilusiones se representan y al final estallan. Si hubieras estado con alguien que hubiera reprimido el misterio de la vida comiendo grandes cantidades de grasa, habría terminado con un ataque al corazón. Los drogadictos a la larga destruyen su cuerpo, el comandante muere una y otra vez, y así sucesivamente.

"Y lo mismo pasa en la dimensión física: un drama de control compulsivo tarde o temprano falla. En general ocurre durante los desafíos y pruebas de la vida; se interrumpe la rutina y la ansiedad aparece con violencia. Es lo que se llama "tocar fondo". Ése es el momento de despertar y manejar el miedo de otra forma; pero si una persona no puede hacerlo, entonces entra directamente en el trance. Y si no despertamos en la dimensión física, podemos tener problemas para despertar también en la otra.

"Estos trances compulsivos explican todas las conductas horribles en la dimensión física. Ésta es la psicología de todos los actos verdaderamente malos, la motivación que se oculta detrás del comportamiento inconcebible de los que abusan de niños, los sádicos y los monstruos de todo tipo. Repiten la única conducta que saben que atontará la mente y mantendrá lejos la angustia que les causa lo perdidos que se sienten.

—Entonces —lo interrumpí—, ¿quieres decir que no existe en el mundo un mal conspiratorio, un complot satánico del que somos víctimas?

—No. Lo único que existe es el miedo humano y las formas extrañas que los seres humanos tienen de evitarlo.

—¿Y las numerosas referencias a Satanás que hay en los textos sagrados y las Escrituras?

—Esa idea es una metáfora, una forma simbólica de advertir a las personas que se vuelvan a la divinidad para buscar seguridad, no a los a veces trágicos impulsos de su yo y a sus hábitos. Culpar a una fuerza exterior por todo lo malo que pasaba tal vez haya sido importante en una etapa del desarrollo humano. Pero ahora oscurece la verdad, porque echar la culpa de nuestro comportamiento a fuerzas exteriores a nosotros constituye una forma de eludir la responsabilidad. Y tendemos a usar la idea de Satanás para indicar que algunas personas son malas por naturaleza, así podemos deshumanizar a aquellas con las cuales estamos en desacuerdo y castigarlas. Es hora de comprender la verdadera naturaleza del mal humano de una manera más elaborada, y luego enfrentarla.

—Si no hay un complot satánico, entonces la "posesión" no existe —deduje.

—No —dijo Wil con énfasis—. La "posesión" psicológica sí existe. Pero no es consecuencia de una conspiración del mal; es sólo dinámica energética. Las personas temerosas quieren controlar a los demás. Por eso algunos grupos tratan de atraernos y convencernos de que los sigamos y nos piden que nos sometamos a su autoridad o nos combaten si tratamos de irnos.

—Cuando me vi arrastrado por primera vez a esa

ciudad ilusoria, pensé que estaba poseído por alguna fuerza demoníaca.

—No. Fuiste arrastrado porque cometiste el mismo error que antes: no te abriste y escuchaste a las almas, te entregaste a ellas como si tuvieran automáticamente todas las respuestas, sin verificar si estaban conectadas y motivadas por el amor. Y a diferencia de las almas que están conectadas divinamente, se echaron atrás. Te arrastraron a su mundo, del mismo modo en que un grupo o un culto loco podría hacerlo en la dimensión física si no discriminas.

Wil hizo una pausa como para reflexionar y luego continuó:

—Todo esto tiene que ver con la Décima Revelación; por eso estamos viéndolo. Al aumentar la comunicación entre las dos dimensiones, empezaremos a tener más encuentros con almas de la Otra Vida. Esta parte de la Revelación indica que debemos discernir entre las almas que están despiertas y conectadas con el espíritu del amor y las que son temerosas y están clavadas en una especie de trance obsesivo. Pero debemos hacerlo sin invalidar y deshumanizar a quienes se hallan cautivos en esos dramas de miedo pensando que son demonios o diablos. Son almas en proceso de crecimiento, igual que nosotros. De hecho, en la dimensión terrenal, los que están ahora cautivos en dramas de los que no pueden escapar son en muchos casos las almas que fueron más optimistas en sus Visiones del Nacimiento.

Moví la cabeza pues no podía seguir bien su idea.

—Por eso —continuó— optaron por nacer en situaciones tan drásticas y terribles que exigen mecanismos de enfrentamiento intensos y locos.

—¿Te refieres al hecho de entrar en familias abusivas y disfuncionales, ese tipo de situación?

—Sí, fuertes dramas de control de todo tipo, ya sea violentos o simplemente adicciones perversas y extrañas; todos provienen de medios en los que la vida es tan abusiva y disfuncional y constrictiva, y el nivel de miedo es tan grande, que producen esa misma rabia y esa misma ira o perversión una y otra vez, generación tras generación. Los individuos que nacen en estas situaciones lo hacen a propósito, con claridad.

La idea me pareció absurda.

—¿Por qué alguien habría de querer nacer en un lugar así?

—Porque estaban seguros de que tenían fuerza suficiente para salir adelante, para romper el círculo, para sanar el sistema familiar en el cual nacieron. Confiaban en que podían despertar y superar el resentimiento y la rabia de encontrarse en circunstancias tan desfavorables, y lo veían como una preparación para una misión: en general, la de ayudar a otros a salir de situaciones similares. Incluso cuando son violentos, debemos considerar que poseen el potencial de liberarse del drama.

—Entonces, la perspectiva más socialista respecto del crimen y la violencia, la idea de que todos podemos cambiar y rehabilitarnos, es la más deseable. ¿El enfoque conservador carece de valor?

Wil sonrió.

—No exactamente. Los socialistas tienen razón cuando consideran que una persona criada en situaciones de abuso y opresión es producto del medio, y los conservadores se equivocan en la medida en que creen que frenar una vida de crimen o delito público es sólo cuestión de hacer una elección consciente.

"Pero el enfoque socialista es superficial también en el sentido de que cree que las personas pueden cambiar si se les presentan circunstancias distintas, un mayor apoyo financiero o educación, por ejemplo. En general, los programas de intervención se concentran sólo en ayudar a otros a mejorar su forma de decidir y determinar sus opciones económicas. En el caso de los delincuentes violentos, los intentos de rehabilitación siempre ofrecen, en el mejor de los casos, un asesoramiento superficial y, en el peor, excusas e indulgencia, lo cual es un error. Cada vez que a alguien que padece drama de control alterado se le da una palmada en la mano y se lo deja ir sin consecuencias, se está permitiendo que la conducta continúe y se reafirme la idea de que no es un comportamiento grave, con lo cual se establecen las circunstancias que garantizan que vuelva a producirse.

—Entonces, ¿qué puede hacerse? —pregunté.

Wil parecía vibrar de excitación.

—¡Podemos aprender a intervenir de manera espiritual! Eso significa ayudar a llevar todo el proceso a la conciencia, como lo hacen estas almas de aquí con quienes se encuentran cautivos en las ilusiones.

Wil miró las almas del anillo, luego me miró a mí y sacudió la cabeza.

"Obtengo de estas almas toda la información que recién te transmití, pero todavía no puedo ver claramente la Visión Global. Todavía no aprendimos a reunir suficiente energía.

Enfoqué a las almas del anillo pero no logré recoger más información que la que Wil me había comunicado. Resultaba obvio que los grupos de almas tenían un mayor conocimiento y lo proyectaban hacia las construcciones del Miedo, pero, al igual que Wil, yo no podía comprender nada más.

—Por lo menos tenemos otra parte de la Décima

Revelación —dijo Wil—. Sabemos que, por indeseable que sea el comportamiento de los demás, debemos entender que no son más que almas que tratan de despertar, igual que nosotros.

De repente me sacudió el estallido de un ruido disonante e imágenes de colores zigzagueantes capturaron mi mente. Wil se estiró hacia adelante y me retuvo a último momento, atrayéndome hacia su energía y sosteniéndome otra vez con fuerza por la espalda. Durante un momento me sacudí intensamente; luego la agitación pasó.

—Otra vez empezaron el experimento —observó Wil.

Me sobrepuse al mareo y lo miré.

—Eso significa que tal vez Curtis trate de usar la fuerza para detenerlos. Está convencido de que es la única manera.

Apenas terminé de decir esas palabras, vi la imagen clara de Feyman en mi mente. Estaba en algún lugar observando el valle. Al mirar a Wil, me di cuenta de que había visto la misma imagen. Con una señal de asentimiento, los dos empezamos a movernos.

Cuando dejamos de movernos, Wil y yo nos hallábamos frente a frente. Alrededor todo era más gris. Otro fuerte sonido inarmónico quebró el silencio y la cara de Wil empezó a salirse de foco. Siguió aferrado a mí; al cabo de varios instantes el sonido paró.

—Estos estallidos se producen cada vez más seguido —dijo Wil—. Tal vez no nos quede mucho tiempo.

Asentí, luchando contra el mareo.

—Demos una vuelta —propuso Wil.

En cuanto enfocamos los alrededores, vimos algo que

parecía una masa de energía, a varios cientos de metros. En una fracción de segundo se acercó a doce o quince metros.

—Ten cuidado —me advirtió Wil—. No te identifiques del todo con ellas. Sólo escucha y averigua quiénes son.

Enfoqué con cautela y enseguida vi almas en movimiento y una imagen de la ciudad de la cual había escapado.

Retrocedí aterrado, lo cual hizo que en realidad se acercaran más a nosotros.

—Mantente centrado en el amor —me indicó Wil—. No puede atraernos a menos que actuemos como si quisiéramos que nos salvaran. Trata de enviarles amor y energía. Eso las ayudará o las hará huir.

Al darme cuenta de que las almas tenían más miedo que yo, encontré mi centro y les dirigí energía afectiva. De inmediato se apartaron hasta volver a su posición original.

—¿Por qué no pueden aceptar el amor y despertar? —le pregunté a Wil.

—Porque cuando sienten la energía y su conciencia aumenta, su preocupación crece de alguna manera y no hace ceder la ansiedad de su indiferencia. Tomar conciencia y liberarse del drama de control al principio siempre genera angustia, porque la compulsión debe levantarse para poder encontrar la solución interior a ese abandono. Por eso, la "noche oscura del alma" a veces es precedida por una mayor conciencia y una euforia espiritual.

Un movimiento a la derecha desvió nuestra atención. Cuando miré me di cuenta de que había otras almas en el área; algunas se acercaron y otras se alejaron. Me esforcé por ver qué hacía el grupo.

—¿Por qué crees que está aquí este grupo? —le pregunté a Wil.

Se encogió de hombros.

—Tienen que ver con ese tipo, Feyman.

Poco a poco, en el espacio que rodeaba al grupo empecé a ver una imagen que se movía, una especie de escena. Cuando conseguí enfocarla bien, me percaté de que era la imagen de una inmensa planta industrial en algún lugar de la Tierra, con grandes edificios de metal e hileras de algo parecido a transformadores y tubos y kilómetros de cables entrelazados. En el centro del complejo, encima de uno de los edificios más grandes, había un centro de mandos de vidrio. Adentro se veían hileras de computadoras y dispositivos de todo tipo. Miré a Wil.

—Ya lo vi —dijo.

Mientras vigilábamos el complejo, nuestra perspectiva se amplió de modo que ahora podíamos ver la planta desde arriba. Quedaron a la vista kilómetros de cables que salían de la planta en todas direcciones para alimentar enormes torres que contenían antenas láser de algún tipo que disparaban energía a las demás estaciones locales.

—¿Sabes qué es todo esto? —le pregunté a Wil.

Asintió.

—Es una planta centralizada generadora de energía.

Nos distrajo el movimiento en uno de los extremos del complejo. A uno de los edificios más grandes llegaban ambulancias y camiones de bomberos. De las ventanas del tercer piso salía un resplandor ominoso. En un momento, el resplandor se encendió y toda la base del edificio pareció quebrarse. En una explosión de polvo y escombros, el edificio se sacudió y con lentitud se derrumbó. A la derecha, otro edificio estalló de repente en llamas.

La escena pasó al centro de mandos, en cuyo interior los técnicos se movían frenéticamente. Luego, desde la derecha, una puerta se abrió y entró un hombre con el brazo lleno de mapas y planos. Los extendió sobre una mesa grande y se puso a trabajar, en apariencia con suma confianza. Caminó hasta un costado de la habitación y empezó a ajustar conmutadores y perillas. En forma gradual, el piso dejó de sacudirse y los fuegos fueron controlados. Siguió trabajando con prisa y dando instrucciones a los demás técnicos.

Miré al individuo con más detenimiento y me volví a Wil.

—¡Es Feyman!

Antes de que Wil pudiera responder, la escena se adelantó en cámara rápida. Ante nuestros ojos, la planta se hallaba a salvo y enseguida los obreros empezaron a desmantelarla, edificio por edificio.

Al mismo tiempo, en un sitio cercano, se construía otra instalación más pequeña para fabricar más generadores compactos. Al final, la mayor parte del complejo había vuelto a su estado natural boscoso y la nueva instalación producía unidades pequeñas que podíamos ver detrás de cada casa y empresa en todo el paisaje.

Bruscamente, nuestra perspectiva retrocedió hasta que pudimos ver a un solo individuo en primer plano mirando la misma escena que nosotros. Cuando logramos distinguir su perfil, me di cuenta de que era Feyman antes de su actual nacimiento, contemplando qué haría en la vida.

Wil y yo nos miramos.

—Esto forma parte de su Visión del Nacimiento, ¿no? —pregunté.

Wil asintió.

—Tiene que ser su grupo de almas. Veamos qué más podemos averiguar de él.

Los dos nos concentramos en el grupo y en forma instantánea se formó ante nosotros otra imagen. Era un campo de guerra del siglo XIX; otra vez la carpa del comando. Vimos a Feyman con su comandante de campo, el hombre que había visto antes en la ciudad ilusoria.

Al observar su interacción, empezamos a entender la historia de su asociación. Feyman, brillante estratega, se hallaba a cargo de proyectos estratégicos y tecnológicos. Antes del ataque, el comandante había ordenado que se vendieran en forma encubierta mantas contaminadas con viruela a los americanos nativos, táctica a la que Feyman se había opuesto de manera categórica, no tanto a causa de su efecto en el pueblo indígena sino porque la consideraba políticamente indefendible.

Más tarde, aunque el éxito de la batalla ya era celebrado en Washington, la prensa descubrió el uso de la viruela y se ordenó una investigación. El comandante y sus compinches de Washington usaron a Feyman como chivo expiatorio y su carrera quedó arruinada. Más adelante, el comandante se lanzó a una carrera política gloriosa de nivel nacional, antes de ser traicionado por los mismos que lo habían apoyado en Washington.

Feyman, por su parte, nunca se recuperó; sus ambiciones políticas habían quedado destruidas. Al cabo de los años fue volviéndose cada vez más amargado y resentido y emprendió una campaña para lograr que la opinión pública cuestionara el relato de la batalla que había hecho su comandante. Durante un tiempo varios periodistas siguieron la noticia, pero muy pronto el interés público se desvaneció y Feyman permaneció en su estado de desgracia. Más adelante, casi al término de su vida, lo consumió la plena conciencia de que nunca alcanzaría sus objetivos políticos y, culpando de su humillación a su ex comandante, trató de asesinar al político en una comida provincial; lo mataron unos guardaespaldas.

Como Feyman se había apartado de su seguridad y su amor interiores, no podía despertar por completo después de la muerte. Durante años creyó que había escapado de su intento fallido de matar a su ex comandante y vivió en construcciones ilusorias, aferrándose a su odio y condenado al horror reiterado de planear e intentar otro asesinato, sólo para que lo mataran una y otra vez.

Mientras observaba, me di cuenta de que Feyman podría haber quedado atrapado en las ilusiones durante un lapso mucho más prolongado si no hubiera sido por los esfuerzos decididos de otro hombre que había estado en el servicio militar con él. Vi una imagen de su cara y reconocí su expresión.

—¡Es otra vez Joel, el periodista que conocí! —le dije a Wil sin dejar de enfocar la imagen.

A guisa de respuesta, Wil hizo un gesto con la cabeza.

Después de la muerte, Joel había pasado a ser miembro del anillo de almas externo y estaba por entero dedicado a despertar a Feyman. Su intención durante el tiempo de vida compartido con Feyman había consistido en exponer cualquier crueldad o traición de los militares hacia los americanos nativos, pero pese a haber estado al tanto de la contaminación con viruela, lo habían convencido de guardar silencio con una combinación de sobornos y amenazas. Después de morir, la Revisión de su Vida lo había destruido; con todo, siguió consciente y se propuso ayudar a Feyman, pues consideraba que el hecho de no intervenir lo había arruinado.

Luego de un largo período, Feyman respondió al fin y soportó a su vez una larga y penosa Revisión de Vida. En la vida del siglo XIX, su intención original había sido ser ingeniero civil y participar en el desarrollo pacífico de la tecnología. Pero lo había deslumbrado la perspectiva de convertirse en héroe de guerra, como el comandante, y desarrollar nuevas estrategias y dispositivos bélicos.

En los años transcurridos entre una vida y otra, participó en forma activa ayudando a otros de su grupo de almas con el uso adecuado de la tecnología, cuando poco a poco empezó a recibir una visión de otra vida que se acercaba. Muy despacio al principio y luego con gran convicción, se dio cuenta de que muy pronto se descubrirían mecanismos de la energía de masa con capacidad para liberar a la humanidad, pero que dichos mecanismos serían muy peligrosos.

Al sentir que nacía, supo que venía aquí para trabajar en favor del uso adecuado de esa tecnología, y tuvo plena conciencia de que, para lograrlo, tendría que luchar de nuevo con su tendencia a aspirar al poder, el reconocimiento y el *status*. No obstante, vio que contaría con ayuda; habría seis personas más. Visualizó el valle, se vio trabajando en algún lugar en la penumbra, con las cascadas al fondo y utilizando un proceso para generar la Visión Global.

Cuando empezó a desaparecer de la vista, lo único que me quedó fueron partes del proceso. El primer grupo de siete empezaría a recordar experiencias pasadas y a superar sentimientos residuales. Luego el grupo ampliaría de manera consciente su energía; utilizando las técnicas de la Octava Revelación, cada uno expresaría su Visión del Nacimiento personal y, por último, la vibración se aceleraría, unificando los grupos de almas de los siete individuos. A partir del conocimiento adquirido, surgiría entonces la memoria plena de la intención que había detrás de la historia humana, y entonces por último aparecería la imagen detallada de nuestro futuro determinado, la Visión Global, la visión del lugar al que vamos y qué debemos hacer para alcanzar nuestro destino.

De pronto toda la escena desapareció junto con el grupo de Feyman. Wil y yo nos quedamos solos.

Los ojos de Wil se animaron.

—¿Viste lo que pasaba? —preguntó—. Esto significa que la intención original de Feyman era en realidad la de perfeccionar y descentralizar la tecnología en la cual trabaja. Si toma conciencia de ese hecho, frenará el experimento.

—Tengo que encontrarlo —dije.

—No —replicó Wil, e hizo una pausa para reflexionar—. Eso no nos va ayudar por ahora. Tenemos que encontrar al resto de este grupo de siete; traer la memoria de la Visión Global exige la energía mancomunada de un grupo, un grupo que pueda llevar adelante el proceso de recordar y energizarse a sí mismo.

—No entiendo esa parte de eliminar sentimientos residuales.

Wil se acercó.

—¿Recuerdas las otras imágenes mentales que has tenido? ¿Los recuerdos de otros lugares, otros tiempos?

—Sí.

—El grupo que está formándose para enfrentar este experimento ya estuvo unido antes. ¡Hay sentimientos residuales que deben ser superados! Todos tendrán que manejarlos.

Wil miró para otro lado y luego dijo:

—Esto es algo más de la Décima Revelación. No viene un solo grupo; hay muchos otros. Tendremos que aprender a eliminar esos resentimientos.

Mientras hablaba, pensé en todas las situaciones grupales que había experimentado. Algunos miembros del grupo se agradaban de inmediato, mientras que otros parecían estar en constante discordia sin razón aparente. Me pregunté: ¿la cultura humana está lista para percibir el origen distante de esas reacciones inconscientes?

Luego, sin previo aviso, otro sonido chirriante retumbó en todo mi cuerpo. Wil me aferró y tiró de mí haciendo que nuestras caras casi se tocaran.

—Si te caes otra vez, no sé si podrás volver mientras el experimento opere en este nivel —gritó—. ¡Tienes que encontrar a los demás!

Un segundo estallido nos separó y me vi arrastrado otra vez en los turbulentos colores familiares, sabiendo que me dirigía, igual que antes, otra vez a la dimensión terrenal. Sin embargo, esta vez, en lugar de caer con rapidez en lo físico, me demoré un tiempo; algo me atraía a nivel de mi plexo solar y me movía lateralmente. Al esforzarme por ver qué era, el movimiento se serenó y empecé a sentir la presencia de otra persona, sin ver en realidad la forma individual. Casi podía recordar la naturaleza de la sensación. ¿Quién me hacía sentir así?

Por fin empecé a distinguir una figura borrosa, a unos nueve o diez metros, que se acercaba de modo gradual hasta que reconocí quién era. ¡Charlene! Cuando estuvo a tres metros, sentí un cambio en mi cuerpo como si de pronto me relajara por completo. Al mismo tiempo, vi el campo energético rosado-rojizo que envolvía a Charlene. A los pocos segundos, para mi gran asombro, noté un campo idéntico a mi alrededor. Cuando nos hallábamos a un metro y medio de distancia, la relajación de mi cuerpo se convirtió en una sensualidad ampliada y por último en una ola de amor orgásmico. De pronto no podía pensar. ¿Qué pasaba?

Justo cuando nuestros campos estaban a punto de tocarse, la disonancia chirriante volvió y fui despedido otra vez hacia atrás, sin control.

PERDONAR

Cuando mi cabeza se despejó, tomé conciencia de algo frío y húmedo contra mi mejilla derecha. Abrí con lentitud los ojos. El resto de mi cuerpo estaba inmovilizado. Durante un instante, el lobo mediano me miró y me olfateó, con la cola erizada, y luego disparó hacia el bosque cuando me incorporé para sentarme.

Invadido por un estupor lánguido, recuperé mi mochila bajo la luz mortecina, me interné en la densa arboleda y armé la carpa, luego de lo cual casi me desplomé en la bolsa de dormir. Durante un momento me esforcé por permanecer despierto, intrigado por mi extraño encuentro con Charlene. ¿Por qué estaba en la otra dimensión? ¿Qué nos había unido?

A la mañana siguiente me desperté temprano y me preparé una comida con avena que engullí rápidamente, luego caminé otra vez con cuidado hacia la pequeña ensenada que había pasado de camino hacia el cerro, para lavarme la cara y llenar la cantimplora. Todavía me sentía cansado, pero también ansioso por encontrar a Curtis.

De pronto me sobresaltó el ruido de una explosión, hacia el este. "Tiene que ser Curtis", pensé mientras corría hasta la carpa. Una ola de miedo me invadió mientras empacaba; emprendí la marcha en dirección al sonido de la explosión.

Después de un kilómetro, los bosques terminaban de golpe en un sitio que parecía una pastura abandonada. Sobre el camino, varios hilos de alambre de púa oxidado colgaban sueltos entre los árboles. Oteé el campo abierto y la línea de los árboles y los matorrales densos, unos cien metros más adelante. En ese momento los arbustos se abrieron y apareció Curtis, que emprendió una carrera alocada directamente hacia donde me hallaba yo. Le hice señas, me reconoció enseguida y disminuyó la velocidad. Cuando me alcanzó, pasó con cuidado por el alambre de púas y se dejó caer contra un árbol, respirando agitado.

—¿Qué pasó? —pregunté—. ¿Qué hizo explotar?

Movió la cabeza.

—No pude hacer demasiado. Están realizando el experimento bajo tierra. No tenía suficientes explosivos y... no quería lastimar a la gente que se encontraba adentro. Sólo pude volar una antena parabólica externa, lo que con suerte va a demorarlos un poco.

—¿Cómo logró llegar tan cerca?

—Puse las cargas anoche, después de que oscureció. Seguro que no esperan que haya alguien por acá, porque hay muy pocos guardias afuera.

Hizo una pausa mientras oíamos el ruido de camionetas a lo lejos.

—Tenemos que salir de este valle —continuó— y conseguir ayuda. Ahora no nos queda alternativa. Van a venir.

—Espere un momento —dije—. Creo que tenemos una posibilidad de detenerlos, pero debo encontrar a Maya y a Charlene.

Sus ojos se abrieron.

—¿Se refiere a Charlene Billings?

—Así es.

—La conozco. Hacía investigaciones por contrato para la empresa. No la veía desde hacía años, pero anoche la vi, entrando en el búnker subterráneo. Iba con varios hombres, todos fuertemente armados.

—¿La llevaban contra su voluntad?

—No sabría decirlo —respondió Curtis, distraído, concentrado en el ruido de las camionetas que ahora parecían avanzar en nuestra dirección—. Tenemos que irnos de acá. Conozco un lugar donde podemos refugiarnos hasta que oscurezca, pero debemos darnos prisa. —Volvió a mirar hacia el este. —Dejé una pista falsa, pero no va a engañarlos durante mucho tiempo.

—Tengo que contarle qué pasó —dije—. Encontré de nuevo a Wil.

—Está bien, cuéntemelo en el camino —replicó, caminando rápido—. Debemos movernos.

Miré fuera de la boca de la cueva y a través de la profunda garganta hasta la pendiente opuesta. Ningún movimiento. Escuché con atención pero no oí nada. Habíamos caminado en dirección nordeste un kilómetro y medio, más o menos, y lo más rápido posible le había contado a Curtis lo que había experimentado en la otra dimensión, poniendo énfasis en mi creencia de que Williams tenía razón. Podríamos frenar el experimento si lográbamos encontrar al resto del grupo y recordar la Visión más amplia.

Me daba cuenta de que Curtis se resistía. Había escuchado un momento pero después empezó a divagar sobre su asociación anterior con Charlene. Me sentía frustrado porque no sabía nada que pudiera explicar qué tenía que ver ella con el experimento. También me dijo cómo había conocido a David. Me explicó que se habían hecho amigos después de un encuentro casual en el cual habían salido a relucir muchas experiencias comunes durante el servicio militar.

Le dije que resultaba significativo que tanto él como yo tuviéramos una relación con David y que conociéramos a Charlene.

—No sé qué significa —repuso, distraído, y yo lo dejé pasar, pero sabía que era una prueba más de que todos nos encontrábamos en ese valle por una razón. Luego seguimos caminando en silencio mientras Curtis buscaba la cueva. Cuando la hallamos volvió atrás, borró nuestras huellas con ramas secas de pino y luego se demoró afuera hasta convencerse de que no nos habían visto.

—La sopa está lista —anunció más tarde. Había usado mi calentador y mi agua para cocinar el último alimento deshidratado que me quedaba. Me acerqué, serví un bol para cada uno y después volví a sentarme en la boca de la cueva, mirando para afuera.

—¿Así que cree que este grupo puede reunir suficiente energía como para provocar un efecto en esta gente? —preguntó.

—No lo sé con exactitud —respondí—. Tenemos que averiguarlo.

Meneó la cabeza.

—No creo que sea posible algo así. Es probable que lo único que haya logrado con mis pequeños explosivos haya sido irritarlos y ponerlos en guardia. Van a traer más gente, pero no creo que se detengan. Deben de tener una antena de repuesto por ahí. Tal vez debería haber volado la puerta. Podría haberlo hecho. Pero no pude llegar a eso. Charlene estaba adentro, y quién sabe cuántos más. Tendría que haber acortado el tiempo y me habrían atrapado... pero tal vez habría valido la pena.

—No, no piense eso —dije—. Encontraremos otra manera.

—¿Cómo?

—Ya se nos ocurrirá.

De pronto oímos de nuevo el débil sonido de vehículos y al mismo tiempo noté movimiento en la pendiente, más abajo.

—Hay alguien —señalé.

Nos agazapamos y miramos con atención. La figura volvió a moverse, oculta en parte por la maleza.

—Es Maya —dije, incrédulo.

Curtis y yo nos miramos un largo rato.

Al fin, hice un movimiento para levantarme.

—Iré por ella.

Me tomó del brazo.

—Agáchese y, si los vehículos se acercan, déjela y vuelva. No se arriesgue a que lo vean.

Asentí y corrí con cuidado pendiente abajo. Cuando estuve bastante cerca, me detuve y escuché. Las camionetas seguían acercándose. La llamé en voz baja. Se quedó paralizada un momento, después me reconoció y subió la pendiente rocosa hasta donde yo me hallaba.

—¡Me parece increíble haberlo encontrado! —exclamó al tiempo que me presionaba el cuello con la mano.

La llevé hasta la cueva y la ayudé a pasar por la abertura de la roca. Parecía agotada y tenía los brazos cubiertos de rasguños, algunos de los cuales todavía sangraban.

—¿Qué pasó? —preguntó—. Oí una explosión y aparecieron esas camionetas por todas partes.

—¿Alguien la vio venir para este lado? —preguntó Curtis con irritación. Estaba de pie y miraba hacia afuera.

—Creo que no —contestó—. Pude esconderme.

Los presenté rápidamente. Curtis dijo:

—Iré a echar un vistazo. —Salió por la abertura y desapareció.

Abrí mi mochila y saqué un botiquín de primeros auxilios.

—¿Pudo encontrar a su amigo en la oficina del alguacil?

—No, ni siquiera logré volver al pueblo. Había oficiales en todos los caminos de regreso. Vi a una mujer a la que conocía y le di una nota para que se la llevara. Es lo único que pude hacer.

Apliqué un poco de antiséptico sobre una raspadura de la rodilla de Maya.

—Entonces, ¿por qué no se fue con la mujer que vio? ¿Por qué cambió de idea y volvió aquí?

Tomó el antiséptico y en silencio empezó a aplicarlo en zonas que yo no podía alcanzar. Luego, habló:

—No sé por qué regresé. Tal vez porque no cesaba de tener esos recuerdos. —Me miró. —Quiero entender qué está ocurriendo.

Me senté frente a ella y le hice una síntesis de todo lo que había pasado desde nuestra separación, sobre todo la información que Wil y yo habíamos recibido sobre el proceso grupal de superar el resentimiento para encontrar la Visión Global.

Me miró abrumada, pero en apariencia aceptando su papel.

—Noté que ya no renquea.

—Sí, supongo que desapareció cuando recordé de dónde venía.

Me miró un instante y dijo:

—Somos sólo tres. Usted dijo que Williams y Feyman habían visto a siete. ¿Dónde cree que están?

—No sé —respondí—. Pero me alegra que esté acá. Usted es la que entiende de fe y visualización.

Una mirada de terror le cruzó la cara.

A los pocos minutos llegó Curtis y nos dijo que no había visto nada fuera de lo común; luego se sentó lejos de nosotros para terminar su comida. Me levanté, serví otro plato y se lo di a Maya.

Curtis se inclinó y le alcanzó su cantimplora.

—¿Sabe? —dijo—. Corrió un riesgo enorme al caminar por acá tan expuesta. Podría haberlos conducido directamente hasta nosotros.

Maya me dirigió una mirada y luego replicó, un poco a la defensiva:

—¡Estaba tratando de escapar! No sabía que ustedes estaban acá. Ni siquiera habría venido para este lado de no haber sido por los pájaros.

—Bueno, tiene que entender que nos encontramos en una situación muy difícil —la interrumpió Curtis—. Todavía no detuvimos este experimento. —Se levantó, volvió a salir y se sentó detrás de una roca grande, junto a la abertura.

—¿Por qué está tan furioso conmigo? —preguntó Maya.

—Usted dijo que tenía recuerdos, Maya. ¿De qué tipo?

—Qué sé yo... De otra época, supongo. Como que trato de frenar algo violento. Por eso me resulta todo tan extraño.

—¿Curtis le resulta familiar?

Hizo un esfuerzo de concentración.

—Tal vez, no sé. ¿Por qué?

—¿Recuerda que antes le hablé de una visión de todos nosotros en el pasado, durante las guerras de los americanos nativos? Bueno, a usted la mataban, y había alguien más, que al parecer la seguía y también lo mataban. Creo que era Curtis.

—¿Él me culpa? Oh, Dios, con razón está tan enojado.

—Maya, ¿recuerda algo sobre lo que hacían los dos?

Cerró los ojos y otra vez trató de pensar.

De repente me miró y dijo:

—¿También había un americano nativo? ¿Un chamán?

—Sí —respondí—. También lo mataban.

—Estábamos pensando en algo… —De pronto me miró a los ojos. —No, estábamos visualizando. Creíamos que podíamos parar la guerra… Es todo lo que veo.

—Tiene que hablar con Curtis y superar este enojo. Es parte del proceso de recordar.

—¿Habla en serio? ¿Con lo enojado que está?

—Iré a hablarle yo primero —dije, poniéndome de pie.

Asintió y me alejé. Fui hasta la boca de la cueva y me arrastré hasta donde se hallaba Curtis.

—¿En qué piensa? —pregunté.

Me miró un poco incómodo.

—Pienso que su amiga tiene algo que me saca de quicio.

—¿Qué siente, exactamente?

—No sé. Me sentí mal en cuanto la vi. Tuve la sensación de que podía cometer algún error y exponernos o permitir que nos capturen.

—¿Que nos maten, quizás?

—¡Sí, que nos maten! —La fuerza del tono nos sorprendió a los dos. Curtis respiró hondo y se encogió de hombros.

—¿Se acuerda de las visiones que le mencioné de la época de las guerras de los americanos nativos en el siglo XIX?

—Vagamente —murmuró.

—Bueno, en ese momento no se lo dije, pero creo que los vi a usted y a Maya juntos. Curtis, a los dos los mataron unos soldados.

Levantó la vista.

—¿Y usted cree que por eso estoy enfadado con ella?

Sonreí.

En ese momento, una leve disonancia invadió el aire y los dos oímos el sonido inarticulado.

—Maldición —exclamó—. Están disparando otra vez.

Lo tomé del brazo.

—Curtis, tenemos que averiguar qué trataban de hacer Maya y usted en aquel momento, por qué fallaron y qué quieren que sea distinto esta vez.

Sacudió la cabeza.

—Ni siquiera sé si creo mucho en todo esto; no sabría por dónde empezar.

—Considero que si habla con ella algo va a surgir.

Se limitó a mirarme.

—¿Lo intentará?

Asintió y volvimos a la cueva. Maya sonrió con torpeza.

—Lamento haberme mostrado tan enojado —se disculpo Curtis—. Al parecer, es posible que esté enojado por algo que pasó hace mucho tiempo.

—Olvídelo —dijo ella—. Ojalá pudiéramos recordar qué tratábamos de hacer.

Curtis la miró fijo.

—Creo recordar que usted hace algo relacionado con alguna clase de sanación. —Me miró. —¿Usted me lo dijo?

—No creo —respondí—, pero es cierto.

—Soy médica —explicó Maya—. En mi trabajo uso la fe e imágenes positivas.

—¿Fe? ¿Quiere decir que trata a la gente desde una perspectiva religiosa?

—Bueno, sólo en un sentido general. Cuando hablé de fe, me refería a la fuerza energética que proviene de la esperanza humana. Trabajo en una clínica donde tratamos de entender la fe como un proceso mental real, como medio para ayudar a crear el futuro.

—¿Y cómo llegó a todo eso? —preguntó Curtis.

Miró a Curtis y después a mí.

—Toda mi vida me preparó para analizar la idea de cura. —Continuó contándole a Curtis la misma historia de su vida que me había relatado antes, incluida la tendencia de la madre a preocuparse y su temor a enfermarse de cáncer. Mientras Maya hablaba de todo lo que le había ocurrido, Curtis y yo le hacíamos preguntas. Al escucharla y darle energía, el cansancio que había evidenciado empezó a aflojar, sus ojos se iluminaron poco a poco y se sentó más derecha.

Curtis le preguntó:

—¿Cree que la preocupación y la visión negativa de su madre respecto de su futuro afectaron su salud?

—Sí. Los seres humanos atraemos a nuestras vidas dos tipos particulares de hechos: lo que creemos y lo que tememos. Pero lo hacemos de manera inconsciente. Como médica, creo que podría ganarse mucho si concientizáramos plenamente el proceso.

Curtis asintió.

—¿Pero cómo se hace?

Maya no respondió. Se puso de pie y miró a lo lejos, con una mirada llena de pánico.

—¿Qué pasa? —pregunté.

—Acabo de… ver lo que pasó durante las guerras.

—¿Qué pasó? —preguntó Curtis.

Lo miró.

—Recuerdo que estábamos en los bosques. Puedo verlo todo: los soldados, el humo de la pólvora.

Curtis cayó en una profunda reflexión; era obvio que trataba de capturar el recuerdo.

—Yo estaba —masculló—. ¿Por qué estaba ahí? —Miró a Maya. —¡Usted me llevó a ese lugar! Yo no sabía nada: era sólo un veedor del Congreso. ¡Usted me dijo que podíamos detener la lucha!

Ella se volvió, tratando de entender.

—Pensé que podíamos… Hay una forma… Espere un momento, no estábamos solos. —Se dio vuelta y me miró, ahora con una expresión de rabia dibujada en la cara. —Usted también estaba, pero nos abandonó. ¿Por qué nos dejó?

Su afirmación activó el recuerdo que había recuperado antes. Les dije a ambos lo que había visto, describí a los otros que también estaban allí: los ancianos de varias tribus, Charlene, yo. Expliqué que un anciano manifestó un firme apoyo a los esfuerzos de Maya, pero creía que el momento no era el indicado y sostenía que las tribus todavía no habían encontrado su visión correcta. Les dije que otro jefe había estallado de rabia ante las atrocidades cometidas por los soldados blancos.

—No pude quedarme —les dije. Describí mi recuerdo de la experiencia con los franciscanos. —No pude evitar la necesidad de huir. Tenía que salvarme. Lo siento.

Maya parecía perdida en sus pensamientos. Le toqué el brazo.

—Los ancianos sabían que no podía funcionar y Charlene confirmó que todavía no habíamos recordado la sabiduría de los antepasados.

—Entonces, ¿por qué se quedó con nosotros uno de los jefes? —preguntó Maya.

—Porque no quería que ustedes dos murieran solos.

—¡Yo no quería morir! —exclamó Curtis con violencia, mirando a Maya—. Usted me guió mal.

—Lo lamento —se excusó ella—. No recuerdo qué fue lo que salió mal.

—Yo sí sé qué salió mal —dijo él—. Usted creyó que podía detener una guerra simplemente porque así lo deseaba.

Maya lo miró un momento y luego me miró a mí.

—Tiene razón. Estábamos visualizando que los soldados debían suspender su agresión, pero no contábamos con una imagen clara de cómo ocurriría. No dio resultado porque no teníamos toda la información. Todos visualizábamos a partir del miedo, no de la fe. Funciona igual que el proceso de sanar nuestros cuerpos. Cuando recordamos lo que en realidad se supone que debemos hacer en la vida, eso puede restablecer nuestra salud. Cuando podemos recordar lo que se supone que toda la humanidad debe hacer, empezando ya mismo, a partir de este momento, podemos sanar el mundo.

—Aparentemente —continué yo—, nuestra Visión del Nacimiento contiene no sólo lo que pensamos hacer en forma individual en la dimensión física, sino también una visión más amplia de lo que los seres humanos han tratado de hacer a lo largo de toda la historia y los detalles del lugar adonde vamos y cómo llegar allí. Lo único que debemos hacer es amplificar nuestra energía y compartir nuestras intenciones de Nacimiento, y entonces podemos recordar.

Antes de que Maya respondiera, Curtis se puso de pie de un salto y fue hasta la boca de la cueva.

—Oí algo —dijo—. Hay alguien afuera.

Maya y yo nos agachamos a su lado, tratando de ver. Nada se movía; entonces me pareció detectar el ruido de roce de alguien que caminaba.

—Voy a verificar —anunció Curtis, y salió.

Miré a Maya.

—Mejor voy con él.

—Yo también voy —dijo ella.

Seguimos a Curtis por la pendiente hasta una saliente desde donde podíamos ver directamente la garganta situada entre las dos colinas. Un hombre y una mujer, en parte ocultos por la maleza, cruzaban las rocas más abajo, en dirección al oeste.

—¡Esa mujer está en problemas! —exclamó Maya.

—¿Cómo lo sabe? —pregunté.

—Lo sé. Me resulta familiar.

La mujer se volvió una vez y el hombre la empujó en forma amenazadora, exponiendo una pistola que llevaba en la mano derecha.

Maya se inclinó hacia adelante, mirándonos.

—¿Vieron eso? Debemos hacer algo.

Miré con más atención. La mujer tenía el pelo claro y llevaba puestos unos pantalones de fajina verdes con bolsillos en las piernas y una remera. En un momento se volvió y le dijo algo a su captor; luego nos miró un instante, lo que me dio la oportunidad de verle la cara.

—Es Charlene —dije—. ¿Adónde creen que la lleva?

—¿Quién sabe? —contestó Curtis—. Miren, creo que puedo ayudar, pero tengo que hacerlo solo. Necesito que los dos se queden acá.

Protesté, pero Curtis no aceptaba hacerlo de otra manera. Lo vimos dirigirse hacia la izquierda y bajar por la pendiente hasta la zona de los bosques. Desde allí se arrastró en silencio hasta otra saliente de roca, justo a tres metros del fondo de la garganta.

—Van a tener que pasar justo al lado de él —le dije a Maya.

Observamos ansiosos cómo se acercaban a las rocas. En el preciso instante en que pasaban, Curtis saltó colina abajo y cayó sobre el hombre, al que derribó. Lo aferró de la garganta de una manera muy peculiar hasta que dejó de moverse. Charlene se echó atrás, asustada, e hizo el amago de echar a correr.

—¡Charlene, espera! —gritó Curtis. Charlene se detuvo y dio un paso adelante con mucha cautela. —Soy Curtis Farrell. Trabajamos juntos en DelTech, ¿te acuerdas? Estoy aquí para ayudarte.

Ella lo reconoció y se acercó. Maya y yo bajamos con cuidado la colina. Cuando Charlene me vio, se quedó helada; luego corrió a abrazarme. Curtis se abalanzó sobre nosotros y nos arrojó al suelo.

—Agáchense —ordenó—. Podrían vernos.

Ayudé a Curtis a atar al guardia con un rollo de cinta que encontramos en su bolsillo, y lo subimos por la pendiente hasta el monte.

—¿Qué le hiciste? —preguntó Charlene.

Curtis le revisaba en ese momento los bolsillos.

—Lo dejé *knock out*. Nada más. Se pondrá bien.

Maya se agachó para verificar su pulso.

Charlene se volvió hacia mí buscando mi mano.

—¿Cómo llegaste acá? —preguntó.

Tomé aliento y le conté que me habían llamado de su oficina para informarme sobre su desaparición, que había encontrado el dibujo y había llegado al valle para buscarla.

Sonrió.

—Hice el mapa con la intención de llamarte, pero salí tan rápido que no tuve tiempo... —Su voz se apagó al mirarme a los ojos. Luego dijo:

—Creo que te vi ayer, en la otra dimensión.

La llevé a un costado, lejos de los demás.

—Yo también te vi, pero no pude comunicarme contigo.

Mientras nos mirábamos sentí que mi cuerpo se volvía más liviano, que me invadía una ola de amor orgásmico, centrado no en mi zona pélvica sino alrededor de la parte exterior de mi piel. Al mismo tiempo, sentía que caía en los ojos de Charlene. Su sonrisa se intensificó, y me di cuenta de que ella sentía lo mismo.

Un movimiento de Curtis rompió el hechizo; me percaté de que tanto él como Maya nos miraban.

Miré de nuevo a Charlene.

—Quiero contarte lo que ha estado pasando —dije, y le describí que había visto otra vez a Wil, que había descubierto lo de la polarización del Miedo y el grupo que regresaba. —Charlene, ¿cómo entraste en la dimensión de la Otra Vida?

Bajó la cabeza.

—Todo esto es culpa mía. Hasta ayer no supe lo peligroso que era. Le hablé a Feyman de las revelaciones. Mientras tú estabas todavía en Perú, descubrí otro grupo que conocía las Nueve Revelaciones, y las estudié con ellos en profundidad. Tuve muchas de las experiencias que mencionabas en la carta que me escribiste. Más tarde, vine a este valle con un amigo porque habíamos oído decir que los lugares sagrados de aquí estaban conectados de alguna manera con la Décima Revelación. Mi amigo no experimentó nada en especial, pero yo sí, y me quedé para explorar. Fue entonces cuando encontré a Feyman, que me empleó para que le enseñara lo que sabía. A partir de ese momento estaba conmigo todo el tiempo. Insistía en que no llamara a mi oficina, por razones de seguridad; entonces escribí cartas cambiando los horarios de todas mis citas. Supongo que interceptaba mis cartas; por eso todos pensaron que había desaparecido.

"Con Feyman exploré la mayoría de los vórtices, en especial los de la loma de Codder y las cascadas. Él no podía sentir la energía personalmente, pero más tarde me di cuenta de que nos rastreaba en forma electrónica y obtenía cierto perfil de energía de mí cuando llegábamos al lugar. Después podía agrandar la zona y encontrar la localización exacta del vórtice, por medios electrónicos.

Miré a Curtis, que asintió a guisa de confirmación.

Los ojos de Charlene se llenaron de lágrimas.

—Me engañó por completo. Dijo que trabajaba en una fuente muy barata de energía que nos liberaría a todos. Me envió a zonas remotas del monte durante gran parte de la experimentación. Sólo más tarde, cuando lo enfrenté, admitió los peligros de lo que estaba haciendo.

Curtis se volvió para mirar a Charlene.

—Feyman Carter era el jefe de ingenieros de DelTech. ¿Te acuerdas?

—No —dijo ella—, pero es quien controla por entero el proyecto. Ahora hay otra empresa involucrada, y tienen estos hombres armados; Feyman los llama "operativos". Al final le dije que me iba, y fue entonces cuando me puso bajo vigilancia. Cuando le dije que nunca lograría salirse con la suya en esto, se rió. Se jactó de tener en el Ministerio del Interior a alguien que trabajaba con él.

—¿Adónde te mandaba? —preguntó Curtis.

Charlene sacudió la cabeza.

—No tengo idea.

—No creo que tuviera intenciones de dejarte con vida —opinó Curtis—. No después de decirte eso.

Un silencio angustiado se abatió sobre el grupo...

—Lo que no entiendo —dijo al final Charlene— es por qué aquí, en este monte. ¿Qué quiere con estas localizaciones de energía?

La mirada de Curtis y la mía volvieron a cruzarse, y él dijo entonces:

—Experimenta con una forma de centralizar esta fuente de energía que encontró concentrándose en las sendas dimensionales de este valle. Por eso es tan peligroso.

Noté que Charlene miraba a Maya y sonreía. Maya le devolvió la mirada con expresión cálida.

—Cuando estaba en las cascadas —contó Charlene— pasé a la otra dimensión y todos los recuerdos me vinieron a la mente. —Me miró. —Después pude volver varias veces, incluso cuando estaba vigilada, ayer. Fue cuando te vi a ti... —me dijo.

Hizo una pausa y volvió a mirar al grupo.

—Vi que nos hallamos todos acá para detener este experimento, si podemos recordar algo.

Maya la miraba con atención.

—Entendiste lo que queríamos hacer durante la batalla con los soldados y nos ayudaste —dijo—. Aun sabiendo que no podía salir bien.

La sonrisa de Charlene me reveló que recordaba.

—Hemos recordado la mayor parte de lo que pasó —comenté—. Pero hasta ahora no hemos podido recordar cómo planeamos hacerlo de otra manera esta vez. ¿Te acuerdas?

Charlene meneó la cabeza.

—Sólo algunas partes. Sé que debemos identificar nuestros sentimientos inconscientes recíprocos para poder seguir adelante. —Me miró a los ojos e hizo una pausa. —Todo esto forma parte de la Décima Revelación... sólo que todavía no se ha escrito en ninguna parte. Va surgiendo de manera intuitiva.

Asentí.

—Lo sabemos.

—Parte de la Décima es una ampliación de la Octava. Sólo un grupo que actúe siguiendo plenamente la Octava Revelación puede lograr este tipo de lucidez superior.

—No puedo seguirte —dijo Curtis.

—La Octava se refiere a saber cómo elevar a los demás —explicó—, saber cómo enviar energía concentrándonos en la belleza y la sabiduría del yo superior del otro. Este proceso puede elevar el nivel de energía y creatividad al grupo de manera exponencial. Por desgracia, a muchos grupos les cuesta elevarse entre sí de esta manera, aun cuando los individuos involucrados sean capaces de hacerlo en otros momentos. Esto ocurre sobre todo si el grupo está orientado hacia el trabajo, un grupo de empleados, por ejemplo, o gente que se reúne para crear un proyecto único de algún tipo, porque muchas veces estas personas han estado juntas antes. El problema es que surgen viejas emociones de vidas pasadas y se interponen.

"Nos toca trabajar con alguien y en forma automática nos desagrada, sin saber exactamente por qué. O puede pasar justo lo contrario; que no le agrademos a la otra persona, también por razones que no comprendemos. Las emociones que surgen pueden ser celos, irritación, envidia, resentimiento, amargura, culpa o cualesquiera otras. Lo que intuimos con claridad es que ningún grupo puede alcanzar su máximo potencial si los participantes no tratan de entender y superar estas emociones.

Maya se inclinó hacia adelante.

—Es justo lo que hemos estado haciendo: superar las emociones que aparecieron, los resentimientos de cuando estuvimos juntos antes.

—¿Te fue mostrada tu Visión del Nacimiento? —pregunté.

—Sí —respondió Charlene—. Pero no logré ir más lejos. No tenía suficiente energía. Lo único que vi es que se formaban grupos y que yo debía estar aquí, en este valle, en un grupo de siete. ¿Dónde estaban los otros?

En ese momento atrajo nuestra atención el ruido de otro vehículo, hacia el norte, a lo lejos.

—No podemos quedarnos acá —dijo Curtis—. Estamos demasiado expuestos. Regresemos a la cueva.

Charlene terminó lo que quedaba de la comida y me dio el plato. Como no tenía más agua, lo guardé sucio en mi mochila y me senté otra vez. Curtis entró por la boca de la caverna y se sentó frente a mí al lado de Maya, quien le sonrió débilmente. Charlene estaba sentada a mi izquierda. El operativo había quedado fuera de la cueva, todavía atado y amordazado.

—¿Está todo bien afuera? —le preguntó Charlene a Curtis.

Él parecía nervioso.

—Supongo que sí, pero oí más ruidos al norte. Creo que tendremos que quedarnos aquí hasta que oscurezca.

Durante un momento nos limitamos a mirarnos, mientras cada uno trataba de elevar su energía.

Al fin, los miré a todos y les hablé del proceso de llegar a la Visión Global que había visto con el grupo de almas de Feyman. Al terminar, miré a Charlene y le pregunté:

—¿Qué más recibiste respecto de ese proceso de esclarecimiento?

—Lo único que entendí —respondió Charlene— es que el proceso no puede empezar hasta no retornar por completo al amor.

—Es fácil decirlo —objetó Curtis—. La cuestión es hacerlo.

Nos miramos y simultáneamente nos dimos cuenta de que la energía se trasladaba a Maya.

—La clave reside en reconocer la emoción, tomar plena conciencia del sentimiento y luego comunicarlo con honestidad, por torpes que puedan resultar nuestros intentos. Esto trae toda la emoción a la conciencia presente y a la larga permite relegarla al pasado, que es el lugar al cual pertenece. Por eso, pasar por el a veces largo proceso de decirlo, discutirlo, ponerlo sobre el tapete, nos ilumina, de modo que podemos retornar a un estado de amor, que es la emoción más elevada.

Durante un instante todos nos miramos; me di cuenta de que la mayor parte de la emoción negativa se había disipado.

—Espera un momento —dije—. ¿Y Charlene? Tiene que haber emociones residuales hacia ella. —Miré a Maya. —Sé que usted sintió algo.

—Sí —respondió Maya—. Pero sólo cosas positivas, un sentimiento de gratitud. Ella se quedó y trató de ayudar... —Maya hizo una pausa para estudiar la cara de Charlene. —Trataste de decirnos algo, algo sobre los ancestros. Pero no hicimos caso.

Me adelanté hacia Charlene.

—¿A ti también te mataron?

Maya respondió por ella:

—No, no la mataron. Había ido a tratar de llamar a los soldados una vez más.

—Así es. Pero las tropas se habían ido.

Maya preguntó:

—¿Quién más siente algo hacia Charlene?

—Yo no siento nada —dijo Curtis.

—¿Y tú, Charlene? —pregunté—. ¿Qué sientes hacia nosotros?

Durante un momento su mirada recorrió a cada integrante del grupo.

—No me parece que exista ningún sentimiento residual hacia Curtis —dijo—. Y hacia Maya todo es positivo. —Sus ojos se fijaron en los míos. —Hacia ti creo que siento un poco de rencor.

—¿Por qué? —pregunté.

—Porque eras tan práctico e indiferente, eras un hombre independiente que no estaba dispuesto a comprometerse si la sincronización no era perfecta.

—Charlene —dije—. Ya me había sacrificado por esas revelaciones como un monje. Sentía que habría sido inútil.

Mis protestas la irritaron; miró para otra parte.

Maya me tocó el brazo.

—Su comentario fue defensivo. Si usted responde de esa manera, la otra persona no se siente escuchada. La emoción que alberga queda en su mente porque sigue pensando maneras de hacerlo entender, de convencerlo. O pasa a ser inconsciente y entonces lo que ensombrece la energía entre los dos es un malestar. Sea como fuere, la emoción sigue siendo un problema que se interpone en el camino. Le sugiero que reconozca cómo podía estar sintiéndose ella.

Miré a Charlene.

—Ah, comprendo. Ojalá hubiera podido ayudar. Tal vez podría haber hecho algo si hubiera tenido el coraje.

Charlene asintió y sonrió.

—¿Y usted? —preguntó Maya, mirándome—. ¿Qué siente por Charlene?

—Supongo que siento un poco de culpa —respondí—. No tanta culpa por la guerra, sino por el presente, por esta situación. Me había mantenido alejado durante varios meses. Creo que si hubiera hablado contigo inmediatamente después de llegar de Perú, tal vez podríamos haber frenado antes el experimento y nada de esto estaría pasando.

Nadie respondió.

—¿Hay algún otro sentimiento? —preguntó Maya.

Nos miramos.

En ese momento, bajo la dirección de Maya, cada uno se concentró en su conexión interior para reunir toda la energía posible. Al enfocar la belleza que me rodeaba, una oleada de amor me recorrió el cuerpo. El color apagado de las paredes de la cueva y el suelo empezaron a encenderse y brillar. La cara de cada una de las personas adquirió más energía. Un estremecimiento hizo vibrar mi espina dorsal.

—Ahora —indicó Maya—. Estamos listos para averiguar qué pensábamos hacer esta vez... —Volvió a hundirse en una profunda reflexión. —Yo... sabía que esto iba a pasar —dijo al fin—. Esto era parte de mi Visión del Nacimiento; debía dirigir el proceso de amplificación. Cuando tratamos de detener la guerra contra los americanos nativos, no sabíamos cómo hacerlo.

Mientras hablaba, noté un movimiento detrás de ella, en la pared de la cueva. Al principio pensé que era un reflejo de luz, pero luego detecté una sombra verde oscuro exactamente igual a la que había percibido antes, cuando observaba el grupo de almas de Maya. Al esforzarme por enfocar el globo de luz, de unos treinta centímetros, se agrandó hasta formar una escena holográfica que se calcó directamente en la pared, llena de formas humanoides difusas. Miré a los demás; nadie parecía ver la imagen, excepto yo.

Sabía que era el grupo de almas de Maya, y en cuanto tuve esa certeza empecé a recibir un torrente de información intuitiva. Volví a ver su Visión del Nacimiento, su intención superior de nacer en su familia particular, la enfermedad de su madre, el consiguiente interés en la medicina, en especial la conexión mente/cuerpo, y ahora este encuentro. Oí claramente que ningún grupo puede alcanzar su poder creativo total hasta no concientizar y luego amplificar su energía.

—Una vez libre de las emociones —decía ahora Maya—, un grupo puede superar con mayor facilidad las luchas y los dramas de poder y encontrar su creatividad plena. Pero tenemos que hacerlo de manera consciente, encontrando una expresión personal superior en cada cara.

La mirada interrogante de Curtis trajo aparejada una explicación más amplia.

—Tal como lo revela la Octava Revelación —continuó Maya—, si miramos bien la cara de otra persona, podemos derribar cualquier fachada o defensa del yo que pueda haber y encontrar la expresión auténtica del individuo, su yo real. En general, la mayoría de las personas no saben qué mirar cuando se hablan. ¿Los ojos? Cuesta concentrarse en los dos. ¿Cuál, entonces? ¿O sería mejor enfocar el rasgo más sobresaliente, como la nariz o la boca?

"En realidad, estamos llamados a enfocar toda la cara, que con su singularidad de luz y sombra y disposición de los rasgos es como una mancha de tinta. Pero dentro de esa colección de rasgos podemos encontrar una expresión auténtica, el alma que se adelanta. Cuando nos concentramos en el amor, la energía afectiva es enviada a este aspecto del yo superior de la persona, y la persona parecerá cambiar ante nuestros ojos al instalarse allí sus mayores capacidades.

"Todos los grandes maestros enviaron siempre este tipo de energía hacia sus estudiantes. Por eso fueron grandes maestros. Pero el efecto es aún mayor con grupos que interactúan de esta manera con cada integrante, porque cada persona envía energía a las demás, todos los miembros acceden a otro nivel de sabiduría que tiene más energía a su disposición, y esta energía más elevada es enviada de vuelta a todos los demás en lo que pasa a ser un "efecto invernadero".

Miré a Maya tratando de encontrar su expresión superior. Ya no parecía cansada ni renuente para nada. Sus rasgos revelaban, en cambio, una certeza y un talento que no había expresado antes. Miré a los otros y vi que se concentraban también en Maya. Cuando volví a mirarla, noté que parecía abrevar en el verde de su grupo de almas. Ya no sólo absorbía su conocimiento; daba la impresión de moverse en una suerte de armonía con ellas.

Maya había dejado de hablar y respiraba hondo. Sentí que la energía se apartaba de ella.

—Siempre supe que los grupos podían adquirir un nivel superior de funcionamiento —dijo de pronto Curtis—, sobre todo en los ambientes de trabajo. Pero no había podido vivenciarlo hasta ahora... Ahora entré en esta dimensión para participar en la transformación de la empresa y transmitir esta visión a la creatividad empresarial, para poder utilizar al fin las nuevas fuentes de energía de la manera correcta e implementar la automatización de la producción de la Novena Revelación.

Hizo una pausa, pensativo, y agregó:

—Es decir, la empresa es acusada muchas veces de ser el malo ambicioso, sin control y sin conciencia. Y supongo que fue así en el pasado. Pero siento que también la empresa avanzó hacia una conciencia espiritual y que necesitábamos un nuevo tipo de ética empresarial.

En ese momento vi otro movimiento de luz, directamente detrás de Curtis. Lo observé durante varios segundos y después me di cuenta de que también estaba viendo la formación de su grupo de almas. Al igual que con el grupo de Maya, cuando enfoqué la imagen que aparecía logré captar su conocimiento colectivo. Curtis había nacido en el punto culminante de la revolución industrial que se produjo justo después de la Segunda Guerra Mundial. El poderío nuclear había sido el triunfo final y el horror impactante de la visión materialista del mundo, y él había llegado con la visión de que el avance tecnológico ahora podía hacerse consciente, y moverse, con plena conciencia, hacia su propósito determinado.

—Recién ahora —dijo de pronto Curtis— estamos listos para comprender cómo hacer evolucionar a la empresa y la consiguiente nueva tecnología de una manera consciente; todas las medidas están en su lugar. No es casual que una de las categorías estadísticas más importantes de la economía sea el índice de productividad: el registro de cuántos bienes y servicios produce cada individuo en nuestra sociedad. Los aumentos de productividad han crecido en forma constante debido a los descubrimientos tecnológicos y al uso más amplio de los recursos naturales y la energía. A lo largo de los años, el individuo ha ido encontrando cada vez más formas de crear.

Mientras hablaba, me vino una idea a la mente. Al principio decidí guardarla para mí, pero luego todos me miraron.

—¿El daño ambiental que está causando el crecimiento económico no constituye una limitación natural para la empresa? No podemos seguir como hasta ahora, porque el medio ambiente va a romperse, literalmente. Muchos de los peces del océano ya están tan contaminados que no podemos comerlos. Las tasas de cáncer aumentan en forma exponencial. Hasta la Asociación Médica dice que las mujeres y los niños no deben comer verduras comerciales debido a los residuos de pesticidas. Si esto continúa, ¿se imaginan qué clase de mundo les dejaremos a nuestros hijos?

Apenas terminé de decir esto, recordé lo que Joel había dicho antes sobre el colapso del ambiente. Sentí cómo mi energía bajaba al experimentar el mismo Miedo.

De pronto me golpeó un brote de energía cuando todos me miraron en un esfuerzo por volver a encontrar mi verdadera expresión. Enseguida restablecí mi conexión interna.

—Tiene razón —dijo Curtis—, pero nuestra respuesta

a este problema ya está cambiando. Hemos avanzado en la tecnología como en un túnel inconsciente, olvidando que vivimos en un planeta orgánico, un planeta de energía. No obstante, una de las áreas empresariales más creativas es la del campo de control de la contaminación.

"Nuestro problema fue tratar de depender del Estado para controlar a los contaminadores. La contaminación es contraria a la ley desde hace tiempo, pero nunca bastarán las reglamentaciones estatales para evitar que se arrojen ilegalmente desechos químicos o que se ventilen las chimeneas a medianoche. Esta contaminación de la biosfera no terminará del todo hasta que una ciudadanía alarmada saque sus grabadoras de video y pesque a esta gente in fraganti. En cierto modo, la empresa y los empleados de la empresa deben reglamentarse a sí mismos.

Maya se inclinó hacia adelante.

—Yo veo otro problema con la forma en que evoluciona la economía. ¿Qué pasa con todos los trabajadores desalojados que pierden sus trabajos debido a que la economía cada vez se automatiza más? ¿Cómo pueden sobrevivir? Antes teníamos una clase media grande, y ahora disminuye con rapidez.

Curtis sonrió y le brillaron los ojos. La imagen de su grupo de almas creció detrás de él.

—Estas personas desplazadas sobrevivirán aprendiendo a vivir de manera intuitiva y sincrónica —pronosticó—. Todos tenemos que entenderlo: no hay vuelta atrás. Ya estamos viviendo la era de la información. Cada uno tendrá que educarse lo mejor que pueda, ser experto en algo para poder estar en el lugar indicado para asesorar a otro, o prestar otro servicio. Cuanto más técnica sea la automatización y más rápido cambie el mundo, más información necesitaremos de la persona indicada que llegue a nuestras vidas en el momento justo. No hace falta una educación formal para eso; sólo un nicho que uno se cree para sí mismo a través de la autoformación.

"No obstante, para que este flujo se establezca de manera óptima en toda la economía, los propósitos declarados de las empresas deben alcanzar una conciencia superior. Nuestras intuiciones orientadoras se vuelven más claras cuando enfocamos la empresa desde una perspectiva evolucionista. Nuestros planteos deben cambiar. En vez de preguntarnos qué producto o servicio podemos producir para ganar más dinero, empezamos a preguntarnos qué podemos producir que libere e informe y haga que el mundo sea mejor y al mismo tiempo asegure un delicado equilibrio ambiental.

"A la ecuación de la libre empresa se suma un nuevo código de ética. Tenemos que despertar, estemos donde estemos, y preguntarnos: "¿Qué estamos creando? ¿Responde en forma consciente al objetivo general para el cual fue inventada la tecnología en primer lugar, el de facilitar la subsistencia día a día, para que la orientación dominante de la vida pase de la mera supervivencia y la comodidad al intercambio de información espiritual pura?". Todos debemos ver que tenemos una participación en la evolución hacia costos de subsistencia cada vez menores hasta que los medios básicos de supervivencia resulten prácticamente gratis.

"Podemos avanzar hacia un capitalismo de veras ilustrado si, en vez de recargar todo lo que el mercado puede soportar, seguimos una nueva ética empresarial basada en bajar nuestros precios a un porcentaje específico como declaración consciente del destino que queremos para la economía. Éste sería el equivalente empresarial de sumarnos a la fuerza de "pagar el diezmo" de la Novena Revelación.

Charlene se volvió para mirarlo con el rostro luminoso.

—Entiendo lo que dices. Quieres decir que si todas las empresas reducen los precios en un diez por ciento, el costo de vida de todos, incluidos la materia prima y las provisiones de las empresas mismas, también bajará.

—Eso es. Aunque algunos precios podrían subir temporariamente cuando cada uno tome en cuenta el verdadero costo de la eliminación de los residuos y otros efectos ambientales. En general, los precios disminuirán de manera sistemática de todos modos.

—¿No se produce ya ese proceso a veces, como consecuencia de las leyes del mercado? —pregunté.

—Sí —respondió Curtis—, por supuesto, pero puede acelerarse si lo hacemos en forma consciente, pese a que, tal como lo predice la Novena Revelación, este proceso se verá favorecido por el descubrimiento de una fuente de energía muy barata. Al parecer, Feyman la encontró. Pero la energía debe ponerse a disposición de todos, de la manera menos costosa posible, si se pretende que tenga el mayor impacto liberador.

A medida que hablaba, parecía inspirarse más. Se volvió y me miró fijo.

—Es la idea que quise aportar al venir aquí —dijo—. Nunca lo vi con tanta claridad. Por eso quise tener las experiencias de vida que tuve; quería estar preparado para transmitir este mensaje.

—¿De veras piensa que la cantidad de gente que baje los precios bastará para cambiar algo? —preguntó Maya—. ¿Sobre todo si les saca dinero del bolsillo? Parecería ir en contra de la naturaleza humana.

Curtis no respondió. Me miró en cambio a mí, al igual que los demás, como si fuera yo el encargado de responder. Durante un momento guardé silencio, hasta sentir que la energía se movía.

—Curtis tiene razón —dije al fin—. Lo haremos de todos modos aunque debamos renunciar a algún beneficio personal a corto plazo. Nada de esto resultará lógico hasta no comprender la Novena y la Décima Revelaciones. Si creemos que la vida es sólo una cuestión de supervivencia personal en un mundo esencialmente sin sentido y hostil, entonces es lógico centrar toda nuestra inteligencia en vivir con la mayor comodidad posible y cuidar que nuestros hijos tengan las mismas oportunidades. Pero si comprendemos las primeras nueve revelaciones y vemos la vida en términos espirituales como una evolución espiritual, con responsabilidades espirituales, nuestra visión cambia por completo.

"Y una vez que empecemos a entender la Décima, veremos el proceso del nacimiento desde la perspectiva de la Otra Vida, y nos daremos cuenta de que todos estamos aquí para poner la dimensión terrenal en armonía con la esfera celestial. Además, la oportunidad y el éxito constituyen un proceso muy misterioso, y si hacemos funcionar nuestra vida económica en el flujo del plan general, encontraremos de manera sincrónica a todas las demás personas que hagan lo mismo, y de pronto se abrirá para nosotros la prosperidad.

"Lo haremos —continué—, porque de manera individual es allí adonde nos llevarán la intuición y las coincidencias. Recordaremos más acerca de nuestras Visiones del Nacimiento y se tornará evidente la intención que teníamos de hacer determinada contribución al mundo. Y, lo que es más importante, sabremos que, si no seguimos esa intuición, no sólo terminarán las coincidencias mágicas y el sentido de inspiración, sino que tal vez debamos observar nuestras acciones en una Revisión de la Otra Vida. Tendremos que enfrentar nuestro fracaso.

Callé de pronto, al notar que Charlene y Maya miraban con ojos muy abiertos el espacio detrás de mí. Por reflejo, me di vuelta; a mis espaldas se dibujaba el contorno borroso de mi grupo de almas, docenas de individuos que se desvanecían a lo lejos, una vez más, como si las paredes de la cueva no existieran.

—¿Qué están mirando? —preguntó Curtis.

—Es su grupo de almas —dijo Charlene—. Vi esos grupos cuando estuve en las cascadas.

—Yo vi un grupo detrás de Maya y de Curtis —comenté.

Maya se dio vuelta y miró el espacio que había detrás de ella. El grupo titiló una vez y después se definió plenamente.

—No veo nada —dijo Curtis—. ¿Dónde están?

Maya siguió mirando. Veía todos los grupos.

—Están ayudándonos, ¿no? Pueden darnos la visión que buscamos.

En cuanto hizo ese comentario, todos los grupos se alejaron y se volvieron menos claros.

—¿Qué pasó? —preguntó Maya.

—Es su expectativa —dije—. Si recurre a ellas buscando energía como reemplazo de su propia conexión interior con Dios, se van. No permiten la dependencia. A mí me pasó lo mismo.

Charlene hizo un gesto, asintiendo.

—A mí también me ocurrió. Son como una familia. Estamos conectadas con ellas en pensamiento, pero debemos sostener nuestra propia conexión con la fuente divina independientemente de ellas para poder vincularnos con ellas y absorber lo que saben, que es en realidad nuestra propia memoria superior.

—¿Mantienen la memoria para nosotros? —preguntó Maya.

—Sí —respondió Charlene, mirándome directamente. Empezó a decir algo pero se detuvo, como si la idea se le hubiera escapado por el momento. Luego dijo: —Empiezo a comprender lo que vi en la otra dimensión. En la Otra Vida, cada uno proviene de un grupo de almas particular, y cada uno de estos grupos tiene un ángulo o una verdad especial para dar al resto de la humanidad. —Me miró. —Por ejemplo, tú vienes de un grupo de "facilitadoras". ¿Lo sabías? Almas que ayudan a desarrollar nuestra comprensión filosófica respecto de qué es la vida. Todos los que pertenecen a este grupo de almas tratan siempre de encontrar la mejor y más completa forma de describir la realidad espiritual. Tú luchas con información compleja porque eres muy consistente, avanzas y exploras hasta encontrar una manera de expresarlo claramente.

La miré interrogante, lo cual la hizo reír.

—Es un don que tienes —me tranquilizó.

Volviéndose a Maya, dijo:

—Y en tu caso, Maya, tu grupo de almas se orienta hacia la salud y el bienestar. Se consideran solidificadoras de la dimensión física, que mantienen a nuestras células funcionando de manera óptima y llena de energía, y rastrean y eliminan los bloqueos emocionales antes de que se manifiesten en enfermedad.

"El grupo de Curtis tiene que ver con la transformación del uso de la tecnología y nuestra comprensión general del comercio. A lo largo de la historia humana, este grupo ha trabajado para espiritualizar nuestros conceptos de dinero y capitalismo, para encontrar la conceptualización ideal.

Charlene hizo una pausa; yo empecé a ver una imagen de luz titilando detrás de ella.

—¿Y tú, Charlene? —pregunté—. ¿Qué hace tu grupo?

—Somos periodistas, investigadoras —respondió—, que trabajamos para ayudar a la gente a apreciar y aprender de los demás. El periodismo consiste en realidad en analizar en profundidad la vida y las creencias de la gente y las organizaciones que abarca, en su verdadera esencia, en su expresión y forma superiores, como estamos viendo ahora en cada uno de nosotros, su mensaje positivo y su contribución al mundo.

Recordé otra vez mi conversación con Joel, sobre todo su cinismo agotado.

—No es fácil ver a los periodistas haciendo eso —dije.

—No estamos haciéndolo —respondió—. No todavía. Pero es el ideal hacia el cual evoluciona la profesión. Ése será nuestro verdadero destino una vez que nos sintamos más seguros y nos liberemos de la vieja visión del mundo en la cual necesitamos "ganar" y poner la energía y el *status* de nuestro lado.

"Coincide perfectamente con la razón por la que quise nacer en mi familia. Todos eran muy inquisidores. Absorbí su entusiasmo, su necesidad de información. Por eso fui periodista durante tanto tiempo y después con la empresa de investigaciones. Quería ayudar a elaborar la técnica de informar y después encontrarme con...

Hizo una pausa y volvió a ensimismarse, mirando el piso de la cueva. Luego abrió los ojos y dijo:

—Sé cómo estamos trayendo la Visión Global. Al recordar nuestras Visiones del Nacimiento e integrarlas como grupo, fusionamos el poder de nuestros grupos relativos en la otra dimensión, y eso nos ayuda a recordar aún más, de manera que al final obtenemos la Visión general del Mundo.

Todos la miramos, perplejos.

—Miren toda la situación —explicó—. Cada persona en la Tierra pertenece a un grupo de almas, y estos grupos de almas representan a los distintos grupos ocupacionales que existen en el planeta: gente de la medicina, abogados, contadores, programadores informáticos, productores agrícolas, todos los campos de la actividad humana. Una vez que la persona encuentra su trabajo correcto, el trabajo se adecua perfectamente a ella y entonces trabaja con otros miembros de su grupo de almas.

"Cuando despertamos y empezamos a recordar nuestras Visiones del Nacimiento, por qué estamos acá, los grupos ocupacionales a los cuales pertenecemos se armonizan más con los integrantes de nuestro grupo en la otra dimensión y cada grupo ocupacional en la Tierra avanza hacia el verdadero objetivo de su alma, su papel de servicio en la sociedad humana.

Todos seguimos fascinados.

—Como nosotros, los periodistas —prosiguió—. A lo largo de la historia hemos sido los individuos más inquisitivos respecto de lo que hacían otros en la cultura. Y luego, hace unos pocos siglos, tomamos suficiente conciencia de nosotros mismos como para formar una ocupación definida. Desde ese momento nos hemos ocupado de ampliar nuestro uso de los medios de comunicación, llegando cada vez a más personas con nuestros informativos y esa clase de cosas. Pero, como todos los demás, fuimos víctimas de la inseguridad. Pensamos que para atraer la atención y la energía del resto de la humanidad debíamos inventar noticias cada vez más sensacionales, partiendo de la idea de que sólo lo negativo y lo violento vende.

"Sea como fuere, no es ése nuestro verdadero papel, sino el de profundizar y espiritualizar nuestra percepción de los demás. Nosotros vemos y luego transmitimos qué hacen y qué defienden los distintos grupos de almas y los individuos dentro de esos grupos, con lo cual facilitamos el aprendizaje de la verdad que otros suministran.

"Esto vale para cada grupo ocupacional; todos estamos despertando a nuestro verdadero mensaje y a nuestro propósito. Y cuando esto ocurra en todo el planeta, podremos entonces avanzar. Podemos formar asociaciones espirituales cercanas con personas ajenas a nuestro grupo de almas particular, como lo estamos haciendo aquí y ahora. ¿Ven lo que acaba de pasar? Todos compartimos el mensaje que vinimos a dar, el mensaje que nos fue mostrado previamente en nuestras Visiones del Nacimiento y que transforma no sólo la sociedad humana sino también la cultura en la Otra Vida.

"Primero, cada uno de nuestros grupos de almas se aproxima en vibración a nosotros en la Tierra, y nosotros a ellos, con lo cual las dos dimensiones se abren. Gracias a esta proximidad, podemos empezar a tener comunicación entre las dimensiones. Somos capaces de ver a las almas en la Otra Vida y captar su conocimiento y su memoria con mayor rapidez. Eso está ocurriendo cada vez con mayor frecuencia en la Tierra.

Mientras Charlene hablaba, noté que los grupos de almas que estaban detrás de cada uno de nosotros se ampliaban y extendían hasta tocar a los otros y formar un círculo continuo a nuestro alrededor. Me dio la sensación de que la convergencia me catapultaba a un nivel más elevado de conciencia.

Charlene también pareció sentirlo. Respiró hondo y luego prosiguió con énfasis:

—La otra cosa que sucede en la Otra Vida es que los grupos mismos se aproximan entre sí en resonancia. Por eso la Tierra es el foco primordial de las almas en el Cielo. No pueden unirse solas. Allí, los grupos de almas se hallan fragmentados y fuera de resonancia entre sí, porque viven en un mundo imaginario de ideas que se manifiestan en forma instantánea y desaparecen con igual rapidez, de modo que la realidad siempre es arbitraria. No hay un mundo natural, una estructura atómica, tal como tenemos aquí, que sirva como plataforma estable, un escenario de fondo, común a todos. Producimos alteraciones en lo que pasa en este escenario, pero las ideas se manifiestan con mucho más lentitud y debemos llegar a algún acuerdo respecto de lo que queremos que pase en el futuro. Este acuerdo, este consenso, esta unidad de visión respecto de la Tierra, es lo que también reúne a los grupos de almas en la dimensión de la Otra Vida. Por eso se considera tan importante la dimensión terrenal. Es la dimensión donde tiene lugar la verdadera unificación de las almas.

"Éste es el proceso que hay detrás del largo viaje histórico que emprendieron los seres humanos. Los grupos de almas de la Otra Vida entienden la Visión Global, la visión de la manera en que el mundo físico puede evolucionar y las dimensiones pueden acercarse, pero esto sólo pueden llevarlo a cabo individuos nacidos en lo físico, uno por vez, con la esperanza de llevar la realidad consensual de la Tierra en esa dirección. La arena física es el teatro en el cual se ha representado la evolución para ambas dimensiones, y ahora estamos llevándola a su culminación al recordar de manera consciente lo que está ocurriendo.

Hizo con el dedo un movimiento abarcador que nos envolvió a todos.

—Ésa es la conciencia que estamos recordando todos, aquí mismo, y es la conciencia que otros grupos, como nosotros, están recordando en todo el planeta. Todos tenemos una parte de la visión total, y si compartimos lo que sabemos y unificamos nuestros grupos de almas podemos traer toda la situación a la conciencia.

De pronto Charlene fue interrumpida por un leve temblor que sacudió la tierra debajo de la cueva. Del techo cayeron partículas de polvo. Al mismo tiempo, volvimos a oír el sonido inarticulado, pero esta vez la disonancia había desaparecido; resultaba casi armónico.

—Oh, Dios —dijo Curtis—. Ya casi tienen las calibraciones exactas. Debemos volver al búnker. —Hizo un movimiento para levantarse y el nivel de energía del grupo cayó a pique.

—Espere —dije—. ¿Qué vamos a hacer ahí? Convinimos en que esperaríamos hasta que oscureciera; todavía quedan muchas horas de luz. Yo digo que nos quedemos acá. Logramos un nivel alto de energía pero todavía no avanzamos hasta el resto del proceso. Al parecer, eliminamos nuestras emociones residuales, amplificamos nuestra energía y compartimos nuestras Visiones del Nacimiento, pero todavía no vimos la intención detrás de la historia. Creo que podemos lograr más si nos quedamos donde estamos a salvo y tratamos de avanzar más. —Incluso mientras hablaba veía una imagen de todos nosotros nuevamente en el valle, juntos en la oscuridad.

—Es demasiado tarde para eso —dijo Curtis—. Ya están listos para concluir el experimento. Si todavía se puede hacer algo, tenemos que ir ahí y ahora.

Lo miré fijo.

—Usted dijo que era probable que mataran a Charlene. Si nos atrapan, nos harán lo mismo a nosotros.

Maya se tomó la cara entre las manos y Curtis miró para otro lado, tratando de ahuyentar el pánico.

—Bueno, yo voy —dijo al fin Curtis.

Charlene se inclinó hacia adelante.

—Creo que deberíamos seguir juntos.

Por un instante, la vi vestida con ropa de americana nativa, otra vez en los bosques vírgenes del siglo XIX. La imagen se desvaneció enseguida.

Maya se puso de pie.

—Charlene tiene razón —dijo—. Debemos seguir juntos y tal vez resulte útil ver qué están haciendo.

Miré hacia afuera por la entrada de la cueva con una sensación de renuencia muy afianzada en mi interior.

—¿Qué vamos a hacer con el... operativo... que está afuera?

—Lo arrastraremos a la cueva y lo dejaremos aquí —dijo Curtis—. Por la mañana enviaremos a alguien, si podemos.

Mis ojos se cruzaron con los de Charlene y asentí.

RECORDAR
EL FUTURO

Nos arrodillamos en la cima de la colina y miramos con atención la base de un cerro más grande. Bajo la luz evanescente, no se veía nada fuera de lo común; ningún movimiento, ningún guardia. El sonido inarticulado, que había persistido durante la mayor parte de nuestra caminata de cuarenta minutos, había desaparecido por completo.

—¿Está seguro de que es el lugar correcto? —le pregunté a Curtis.

—Sí —dijo—. ¿Ve esas cuatro piedras grandes, subiendo la pendiente unos quince metros? La entrada está justo debajo de ellas, oculta entre los arbustos. A la derecha se ve la punta de la antena de proyección. Al parecer está funcionando otra vez.

—La veo —dijo Maya.

—¿Dónde están los guardias? —le pregunté a Curtis—. Tal vez hayan abandonado el lugar.

Observamos la entrada durante casi una hora, esperando alguna señal de actividad, sin movernos ni hablar hasta que la oscuridad cayera del todo sobre el valle. De pronto oímos movimiento a nuestras espaldas. Varias linternas nos encandilaron y cuatro hombres armados se precipitaron sobre nosotros y nos exigieron que levantáramos las manos y nos rindiéramos. Después de pasar diez minutos revisando nuestras pertenencias, nos palparon de armas a todos y nos hicieron bajar por la colina hasta la entrada del búnker.

La puerta del búnker se abrió con violencia y apareció Feyman, vociferando enojado.

—¿Son ellos los que estamos buscando? —gritó—. ¿Dónde los encontraron?

Uno de los guardias explicó lo que había pasado mientras Feyman meneaba la cabeza y nos miraba a través de los haces de luz. Al fin se acercó y preguntó:

—¿Qué hacen acá?

—¡Tiene que detener lo que está haciendo! —lo urgió Curtis.

Feyman hacía esfuerzos por reconocerlo.

—¿Quién es usted?

Las linternas de los guardias se posaron en la cara de Curtis.

—Curtis Ferrell... No lo puedo creer —dijo Feyman—. Tú volaste nuestra antena, ¿no?

—Escúchame —dijo Curtis—. Sabes que este generador es demasiado peligroso para operar en estos niveles. ¡Podrías arruinar todo el valle!

—Siempre fuiste un alarmista, Ferrell. Por eso te dejamos ir de DelTech. Llevo mucho tiempo trabajando en este proyecto, como para abandonarlo a esta altura. Va a funcionar, tal como lo planeé.

—Pero, ¿por qué corres el riesgo? Concéntrate en las unidades más pequeñas. ¿Por qué tratas de aumentar tanto la salida?

—No es asunto tuyo. Debes callar.

Curtis se le acercó.

—Quieres centralizar el proceso generador para poder controlarlo. ¡Eso no está bien!

Feyman sonrió.

—Un nuevo sistema de energía debe ser puesto en fases. ¿Crees que es posible pasar de la noche a la mañana de una energía que constituye una parte considerable de los costos de casas y empresas a prácticamente nada? Los ingresos disponibles de repente en todo el mundo provocarían una hiperinflación y tal vez una reacción masiva que nos llevaría a una depresión.

—Sabes que eso no es cierto —respondió Curtis—. Disminuir en forma marcada los costos energéticos aumentaría muchísimo la eficiencia de la producción y proveería más bienes a costos menores. La gente pagaría la deuda existente o ahorraría. No habría inflación. Estás haciendo esto para ti mismo. Quieres centralizar la producción para poder controlar su disponibilidad y precio, pese a los peligros.

Miró a Curtis, furioso.

—Eres muy ingenuo. ¿Crees que los intereses que actúan para controlar los precios de la energía podrían permitir ahora un vuelco repentino y generalizado a una fuente barata? ¡Por supuesto que no! Para que funcione, tiene que estar centralizada y envasada. ¡Y voy a ser famoso por haberlo hecho! ¡Es para lo que nací!

—¡No es cierto! —reaccioné—. Nació para hacer otra cosa, para ayudarnos.

Feyman dio media vuelta para mirarme.

—¡Cállese! ¿Me oyen? ¡Todos! —Sus ojos encontraron a Charlene. —¿Qué le pasó al hombre que mandé con usted?

Charlene miró para otro lado sin responder.

—¡No tengo tiempo para esto! —Feyman gritaba de

nuevo. —Les sugiero que se preocupen por su seguridad personal aquí y ahora, no por la economía. —Hizo una pausa para mirarnos, sacudió la cabeza y caminó en dirección a uno de los hombres armados. —Manténgalos aquí en grupo hasta que esto termine. Necesitamos sólo una hora. Si tratan de escapar, dispare.

El operativo les dijo algo a los otros tres y formaron un círculo a cierta distancia.

—Siéntense —ordenó uno de ellos, con acento extranjero.

Nos sentamos enfrentados en la oscuridad. Nuestra energía se hallaba casi anulada. No había habido indicios de los grupos de almas desde que habíamos salido de la cueva.

—¿Qué crees que deberíamos hacer? —le pregunté a Charlene.

—No cambió nada —susurró—. Tenemos que recuperar nuestra energía.

La oscuridad ya era casi total, quebrada sólo por las luces de los operativos que recorrían el grupo de un lado al otro. Apenas conseguía distinguir los contornos de las demás caras pese a que estábamos sentados en un círculo no muy grande, a unos dos metros de distancia.

—Debemos tratar de escapar —susurró Curtis—. Creo que nos matarán.

De pronto recordé la imagen que había visto en la Visión del Nacimiento de Feyman. Él imaginaba estar con nosotros en el bosque, en medio de la oscuridad. Sabía que había otra cosa característica en la escena, pero no recordaba qué.

—No —dije—. Creo que debemos intentarlo otra vez acá.

En ese momento la atmósfera fue invadida por un

ruido muy agudo, similar al sonido inarticulado, pero más armonioso, casi agradable. Otra vez un estremecimiento perceptible recorrió el suelo debajo de nuestros cuerpos.

—¡Debemos aumentar nuestra energía, ya! —susurró Maya.

—No sé si podré lograrlo acá —respondió Curtis.

—¡Tiene que hacerlo! —lo urgí.

—¡Concentrémonos en nosotros, como hicimos antes! —sugirió Maya.

Traté de borrar la escena ominosa que nos rodeaba y retornar a un estado interior de amor. Ignorando las sombras y los haces titilantes, me concentré en la belleza de las caras del círculo. Mientras luchaba por localizar la expresión del yo superior del otro, empecé a notar un cambio en el esquema luminoso circundante. Poco a poco fui viendo con total claridad cada cara y cada expresión, como si mirara a través de un visor infrarrojo.

—¿Qué visualizamos? —preguntó Curtis con desesperación.

—Debemos retornar a nuestras Visiones del Nacimiento —dijo Maya—. Recuerden por qué vinimos.

De pronto el piso se sacudió violentamente y el sonido del experimento adquirió otra vez un carácter disonante y chirriante.

—¡Tenemos que visualizar que los detenemos! —exclamó Curtis.

Nos acercamos más y nuestro pensamiento colectivo proyectó una imagen de pelea. Sabíamos que, de alguna manera, podíamos introducir nuestras fuerzas y rechazar los intentos negativos y destructivos del experimento. Capté incluso una imagen en la que Feyman era rechazado, su equipo volaba y se quemaba y sus hombres huían aterrados.

Otra onda de ruidos me hizo salir de foco; el experimento continuaba. A quince metros, un pino enorme se partió en dos y cayó al suelo. Con un sonido desgarrador y una nube de polvo, se abrió una fractura de un metro cincuenta entre nosotros y el guardia de la derecha. Retrocedió horrorizado. El haz de su linterna se balanceó en la noche.

—¡No da resultado! —gritó Maya.

Otro árbol se desplomó a nuestra izquierda cuando la tierra se separó poco más de un metro y nos derribó.

Maya, aterrada, se levantó de un salto.

—¡Tengo que salir de acá! —exclamó, y echó a correr hacia el norte en la oscuridad. El guardia de ese lado, caído en el suelo donde lo había arrojado el movimiento de la tierra, se puso de rodillas y captó la forma en el haz de su linterna. Luego levantó su arma.

—¡No, espere! —grité.

En su carrera, Maya miró atrás y vio al guardia que en ese momento le apuntaba directamente y se aprestaba a disparar. La escena empezó a desarrollarse como en cámara lenta y en el momento en que el revólver se disparó cada línea de su cara revelaba la conciencia de que se hallaba a punto de morir. Pero, en vez de penetrar en su costado y su espalda, las balas chocaron contra un manojo de luz blanca flotante formado a su alrededor. Vaciló un momento y luego se perdió en la oscuridad.

Al mismo tiempo, aprovechando la oportunidad, Charlene saltó de su lugar a mi derecha y corrió hacia el nordeste entre el polvo. Su movimiento pasó inadvertido a los guardias.

Me eché a correr, pero el guardia que le había disparado a Maya volvió su arma hacia mí. Con rapidez, Curtis se abalanzó y me tomó de las piernas para hacerme caer.

Detrás de nosotros, la puerta del búnker se abrió, Feyman corrió hasta la antena parabólica y ajustó con furia el tablero. En forma gradual, el ruido empezó a disminuir y los movimientos de la tierra pasaron a ser meros temblores.

—¡Por el amor de Dios! —gritó Curtis—. ¡Tienes que detener esto, ahora!

La cara de Feyman estaba cubierta de polvo.

—No hay nada que no podamos arreglar —dijo con una calma pavorosa. Los guardias estaban de pie y caminaban hacia nosotros, quitándose el polvo. Feyman notó que Maya y Charlene habían desaparecido, pero antes de poder decir algo, el ruido retornó con un volumen estruendoso y la tierra pareció levantarse varios metros, arrojándonos de nuevo al piso a todos. Las ramas desprendidas de un árbol caído hicieron huir a los guardias hacia el búnker.

—Ahora —dijo Curtis—. ¡Vamos!

Yo estaba paralizado. Me levantó de un tirón.

—¡Tenemos que movernos! —me gritó en el oído. Por fin mis piernas empezaron a funcionar y corrimos hacia el nordeste en la misma dirección que Maya.

Varios temblores más reverberaron bajo nuestros pies y luego los movimientos y los ruidos cesaron. Después de avanzar por los bosques oscuros varios kilómetros, alumbrados sólo por los rayos de la luna que se filtraban por entre el follaje, nos detuvimos y nos agazapamos entre un puñado de pinos.

—¿Cree que nos siguieron? —le pregunté a Curtis.

—Sí —contestó—. No pueden permitir que ninguno de nosotros vuelva al pueblo. Apostaría a que todavía tienen gente estacionada en los caminos de regreso.

Mientras hablaba, se dibujó en mi mente una imagen

clara de las cascadas. Todavía era prístina, serena. Me di cuenta de que eran el signo distintivo en la visión de Feyman que había tratado de recordar.

—Debemos seguir hacia el noroeste, hasta las cascadas —dije.

Asintió mirando hacia el norte, y lo más silenciosamente posible tomamos esa dirección, cruzamos el río y caminamos hacia el cañón. Cada tanto, Curtis paraba y cubría nuestras huellas. Durante un descanso, oímos el zumbido bajo de algunos vehículos, al sudeste. Después de otro kilómetro, empezamos a ver que se alzaban a lo lejos las murallas del cañón iluminadas por la luna. Al acercarnos a la boca rocosa, Curtis iba primero por la ensenada. De pronto saltó para atrás, asustado, cuando vio salir a una persona de atrás de un árbol que estaba a la izquierda. La persona gritó y retrocedió, perdiendo casi el equilibrio y tambaleándose al borde de la ensenada.

—¡Maya! —grité al reconocerla.

Curtis se recuperó, se adelantó y la retuvo mientras caían al agua rocas y ripio.

Lo abrazó con fuerza y después se acercó a mí.

—No sé por qué corrí así. Sentí pánico. Lo único que se me ocurrió fue correr a las cascadas de las que usted me había hablado. Rogaba que alguno de ustedes también pudiera escapar.

Apoyada contra un árbol más grande, respiró hondo y luego preguntó:

—¿Qué pasó cuando el guardia disparó? ¿Cómo fue que las balas no me alcanzaron? Vi esa extraña franja de luz.

Curtis y yo nos miramos.

—No sé —respondí.

—Pareció calmarme —continuó Maya—. De una manera que nunca antes había experimentado.

Nos miramos otra vez y nadie habló. Luego, en el silenio, oí el ruido nítido de alguien que caminaba más adelante.

—Esperen —les dije a los otros—. Hay alguien.

Nos agachamos y esperamos. Pasaron diez minutos. De pronto, Charlene apareció entre los árboles, caminó hasta nosotros y cayó de rodillas.

—¡Gracias a Dios los encontré! —exclamó—. Cómo escaparon?

—Pudimos salir corriendo cuando se cayó un árbol —expliqué.

Charlene me miró profundamente a los ojos.

—Pensé que podrías dirigirte a las cascadas, así que avancé en esta dirección, aunque no sabía si podría encontrarlas en la oscuridad.

Maya nos hizo una seña y todos fuimos hasta un claro donde la ensenada se metía en la boca del cañón. Allí, toda la luz de la luna iluminaba el pasto y las rocas, a cada lado.

—Tal vez tengamos otra oportunidad —dijo al tiempo que nos indicaba con la mano que nos sentáramos enfrentados.

—¿Qué vamos a hacer ahora? —preguntó Curtis—. No podemos quedarnos mucho tiempo. Van a venir.

Miré a Maya, pensando que debíamos ir a las cascadas, pero parecía tan energizada que, en cambio, pregunté:

—¿Qué cree que salió mal antes?

—No sé; tal vez somos muy pocos. Usted dijo que debíamos ser siete. O tal vez haya demasiado Miedo.

Charlene se inclinó hacia el grupo.

—Creo que debemos recordar la energía que alcanzamos cuando estábamos en la cueva. Debemos conectarnos otra vez en ese nivel.

Durante varios minutos trabajamos todos en nuestra conexión interior. Al fin, Maya dijo:

—Debemos darnos energía mutuamente, encontrar la expresión del yo superior.

Respiré hondo varias veces y observé otra vez la cara de los demás. Poco a poco se volvieron más bellos y luminiscentes, y vislumbré la expresión auténtica de su alma. A nuestro alrededor, las plantas y rocas circundantes se encendieron aún más, como si los rayos de la luna se hubieran duplicado. Una ola familiar de amor y euforia recorrió mi cuerpo y me volví para ver detrás de mí las figuras resplandecientes de mi grupo de almas.

En cuanto las vi, mi conciencia se expandió aún más y me di cuenta de que los grupos de almas de los demás se hallaban en posiciones similares, pese a que todavía no se habían fusionado.

Mis ojos se cruzaron con los de Maya. Me miraba en un estado de apertura y honestidad completas y mientras la observaba me parecía ver su Visión del Nacimiento como un expresión sutil en su cara. Ella sabía quién era y lo irradiaba para que todos lo vieran. Su misión era clara; su historia la había preparado perfectamente.

—Sientan como si los átomos de su cuerpo estuvieran vibrando a un nivel más alto —dijo.

Miré a Charlene; en su cara se veía la misma claridad. Representaba a los poseedores de la información, que identifican y comunican las verdades vitales expresadas por cada persona o grupo.

—¿Ven lo que está pasando? —preguntó Charlene—. Estamos viéndonos como somos en realidad, en nuestro nivel máximo, sin las proyecciones emocionales de los viejos miedos.

—Puedo verlo —dijo Curtis, con la cara otra vez llena de energía y certeza.

Nadie habló durante varios minutos. Cerré los ojos mientras la energía seguía elevándose.

—¡Miren eso! —exclamó de pronto Charlene, al tiempo que señalaba los grupos de almas que nos rodeaban.

Cada grupo de almas empezaba a mezclarse con los otros, como lo habían hecho en la cueva. Miré primero a Charlene, y luego a Curtis y a Maya. Ahora veía en sus caras una expresión aún más acabada de quiénes eran como participantes del gran movimiento de la civilización humana.

—¡Ya está! —dije—. Vamos llegando al siguiente paso; ahora tenemos una visión más completa de la historia humana.

De pronto, frente a nosotros, en un enorme holograma, apareció una imagen de la historia que parecía salir del comienzo mismo de algo que se asemejaba a un fin distante. Al esforzarme por enfocar mejor, me di cuenta de que era una imagen muy similar a la que había observado antes, mientras estaba con mi grupo de almas, sólo que en este caso la historia empezaba mucho antes, con el nacimiento del universo mismo.

De pronto, nos vimos observando cómo nacía en una explosión la primera materia y se dirigía hacia estrellas que vivían y morían y vomitaban la gran diversidad de elementos que a la larga formaban la Tierra. A su vez, estos elementos se combinaban en el medio terrestre primitivo para formar sustancias cada vez más complejas hasta que al fin saltaban a la vida orgánica, vida que también avanzaba hasta llegar a una mayor organización y conciencia, como guiada por un plan general. Los organismos multicelulares se convertían en peces y los peces progresaban hasta ser anfibios y los anfibios evolucionaban transformándose en reptiles y aves y por último en mamíferos.

Se abrió entonces ante nuestros ojos una imagen clara de la dimensión de la Otra Vida y comprendí en un instante que un aspecto de cada una de las almas que estábamos allí, en realidad una parte de toda la humanidad, había vivido ese largo y lento proceso de evolución. Habíamos nadado como peces, nos habíamos arrastrado por la tierra como anfibios y habíamos luchado por sobrevivir como reptiles, aves y mamíferos, adelantando cada paso en el camino hasta adquirir la forma humana, todo con intención.

Descubrimos que, a través de una ola tras otra de generaciones sucesivas, nacíamos al plano físico y, más allá del tiempo que pudiera llevarnos, luchábamos por despertar, por unificarnos y evolucionar e instalar por fin en la Tierra la misma cultura que existe en la Otra Vida. Sin duda, el viaje era difícil, tortuoso incluso. Con la primera intuición al despertar, sentíamos el Miedo del aislamiento y la separación. Sin embargo, no volvíamos a dormirnos; luchábamos contra el Miedo y confiábamos en la débil intuición de que no nos hallábamos solos, de que éramos seres espirituales con un objetivo espiritual en el planeta.

Y, siguiendo el impulso de la evolución, nos dirigíamos juntos hacia grupos sociales más complejos, nos diferenciábamos en ocupaciones más diversas, superábamos una necesidad de derrotarnos y conquistarnos mutuamente, y por último instalábamos un proceso democrático a través del cual nuevas ideas podían ser compartidas y sintetizadas, y así avanzábamos hacia verdades mejores. En forma gradual, nuestra seguridad iba viniendo desde nuestro interior, a medida que avanzábamos de una expresión de lo divino en términos de dioses de la naturaleza, pasando por lo divino como un Dios padre externo a nosotros, hasta llegar a una expresión final del Espíritu Santo interior.

Se intuían y escribían textos sagrados que daban una expresión simbólica sentida de nuestra relación y el futuro con esa deidad única. Visionarios de oriente y occidente aclaraban que este Espíritu Santo estaba siempre, que siempre era accesible, que sólo aguardaba que se manifestara nuestra capacidad para arrepentirnos y abrirnos, para eliminar los bloqueos que impiden una comunión plena.

Con el tiempo, vimos que nuestro impulso a unificarnos y compartir se expandía hasta percibir una comunidad especial, una asociación más profunda con las otras personas que compartían un lugar geográfico particular del planeta, y el mundo humano empezaba a hacerse más sólido formando naciones-Estados políticos, cada uno con su punto de vista singular. Al poco tiempo se producía una explosión del comercio y el intercambio. Nacía el método científico y los descubrimientos resultantes iniciaban un período de preocupación económica y de gran expansión secular conocido como revolución industrial.

Y una vez que desarrollábamos una red de relaciones económicas alrededor del mundo, empezábamos a despertar más y a recordar nuestra naturaleza espiritual plena. Las percepciones iban penetrando en la conciencia humana y daban a nuestra economía una forma compatible con la Tierra y, al fin, empezaban a salir de la última polarización de fuerzas para orientarse hacia una nueva visión espiritual del mundo en el planeta.

En ese momento miré a los demás. Sus caras revelaban que habían compartido esta visión de la historia de la Tierra. En una breve revelación, habíamos comprendido cómo había evolucionado la conciencia humana desde el comienzo de los tiempos hasta el momento presente.

De pronto el holograma enfocó la polarización en detalle. Todos los seres humanos de la Tierra se acantonaban con rapidez en dos posiciones conflictivas: una que tendía hacia una imagen vaga pero cada vez más clara de transformación, y la otra que se resistía por sentir que valores importantes contenidos en la vieja visión se perdían para siempre.

Vimos que en la dimensión de la Otra Vida se sabía que este conflicto constituía el mayor desafío tendiente a la espiritualización de la dimensión física, en especial si la polarización se volvía extrema. En ese caso, ambos bandos se atrincheraban en una proyección irracional del mal en el otro, o peor aún, podían creerles a los intérpretes literales de las profecías de los "tiempos finales" y empezar a pensar que el futuro venidero estaba más allá de su influencia y así darse por vencidos.

Para encontrar la Visión Global y resolver la polarización vimos que nuestra intención en la Otra Vida era discernir las verdades más profundas de estas profecías. Como ocurre con todas las escrituras, las visiones en Daniel y las Revelaciones eran intuiciones divinas que llegaban desde la Otra Vida al plano físico, y por lo tanto debíamos comprenderlas envueltas en el simbolismo de la mente del espectador, algo muy parecido al sueño. Las profecías imaginaban un fin de la historia humana en la Tierra; pero un "fin" que para los creyentes era muy diferente del probado por los no creyentes.

Veíamos que los del último grupo experimentaban un fin de la historia que empezaba con grandes catástrofes, desastres ambientales y economías que se derrumbaban. Entonces, en el punto máximo del miedo y el caos, aparecía un líder fuerte, el anticristo, que proponía restaurar el orden, pero sólo si los individuos aceptaban resignar sus libertades y llevar "la marca de la bestia" en sus cuerpos para participar en la economía automatizada. Luego, este líder fuerte se autodenominaba Dios y tomaba por la fuerza a todos los países que se resistían a su gobierno, primero declarando la guerra a las fuerzas del Islam, después a los judíos y cristianos, para echar al mundo entero en un feroz Armageddon.

Por otra parte, para los creyentes, los profetas de las Escrituras predecían un fin de la historia mucho más agradable. Manteniéndose fieles al espíritu, estos creyentes recibían cuerpos espirituales y eran transportados a otra dimensión llamada la nueva Jerusalén, pero podían salir de lo físico y volver. En un momento, durante la guerra, Dios retornaba para terminar la lucha, restablecer la Tierra e instalar mil años de paz durante los cuales no había enfermedad ni muerte y todo se transformaba, hasta los animales del mundo, que ya no comerían carne. En cambio, "el león se acostaba con el cordero".

Maya y Curtis me miraron y entonces Charlene alzó la vista; todos percibíamos, al unísono, el significado esencial de las profecías. Lo que recibían los que veían los tiempos finales era una intuición de que en nuestra época se abrían ante nosotros dos futuros bien diferenciados. Podíamos optar por consumirnos en el Miedo, creyendo que el mundo avanza hacia una automatización estilo "Estado autoritario", la decadencia social y la destrucción última... o podíamos seguir el otro camino y considerarnos los creyentes capaces de superar este nihilismo y abrirnos a las vibraciones más altas del amor, donde eludimos el apocalipsis y podemos entrar en una nueva dimensión donde invitamos al espíritu, a través de nosotros, a crear la Utopía que imaginó el profeta de las escrituras.

Ahora veíamos por qué los que están en la Otra Vida consideran que nuestra interpretación de estas profecías es clave para resolver la polarización. Si decidimos que estas escrituras significan que la destrucción del mundo es inevitable, que está escrita de manera indeleble en el plan de Dios, el efecto de dicha creencia sería crear precisamente ese desenlace.

Resultaba obvio que debíamos elegir el camino del amor y la fe. Tal como había visto antes, la polarización sería grave. En la Otra Vida se sabía que cada bando representaba una parte de la verdad que podía integrarse y sintetizarse en la nueva visión espiritual del mundo. Más aún, vi que esta síntesis era una consecuencia natural de las Revelaciones mismas, en particular la Décima, y de los grupos especiales que empezaban a formarse en todo el mundo.

De pronto el holograma se adelantó en cámara rápida y sentí otra expansión de la conciencia. Supe que ahora avanzábamos un paso más en el proceso: el recuerdo real de cómo pensábamos convertirnos en creyentes y realizar ese futuro utópico profetizado. Por fin estábamos recordando la Visión Global.

Al mirar, lo primero que vimos fue cómo se formaban en todo el planeta los grupos de la Décima Revelación, introducían la Visión Global, alcanzaban la masa crítica y luego aprendían a proyectar esta visión de tal modo que los bandos atrincherados de la polarización empezaban de inmediato a volverse más livianos y aflojarse al dejar atrás el miedo. Los controladores tecnológicos se veían especialmente afectados, se recordaban a sí mismos y abandonaban sus últimos esfuerzos por manipular la economía y tener el poder.

El resultado de la visión proyectada era una ola sin precedente de concientización y recuerdo, de cooperación y compromiso personal, y una virtual explosión de individuos inspirados, cada uno de los cuales empezaba a recordar por entero su Visión del Nacimiento y a seguir su senda sincrónica exactamente en la posición ocupacional correcta dentro de su cultura.

La escena pasó a imágenes de ciudades decadentes y familias rurales olvidadas. Aquí vimos que se formaba un nuevo consenso en cuanto a la forma de intervenir en el ciclo de la pobreza. La intervención dejaba de concebirse en términos de programas estatales o meramente en términos de educación y trabajos; el nuevo enfoque era profundamente espiritual pues las estructuras de la educación ya existían; lo que faltaba era la capacidad para liberarse del Miedo y superar las distracciones infernales montadas para evitar la ansiedad de la pobreza.

En este sentido, vi que a cada familia y cada niño carentes los rodeaba una onda de solidaridad privada. Oleadas de individuos empezaban a formar relaciones personales —empezando con los que veían a su familia todos los días—: comerciantes, profesores, policías de ronda, ministros. Este contacto se ampliaba luego con otros voluntarios que trabajaban como "hermanos mayores, hermanas mayores" y tutores, todos guiados por las intuiciones internas de ayudar, recordando su intención de realizar un cambio en su familia o en un niño. Y todos iban difundiendo las revelaciones y el mensaje crucial de que por dura que fuera la situación o por afianzados que estuvieran los hábitos autodestructivos, cada uno de nosotros podía despertar a un recuerdo de misión y propósito.

Mientras la difusión continuaba, los incidentes de crímenes violentos empezaron a disminuir en la cultura humana, pues —lo veíamos con claridad— las raíces de la violencia son siempre la frustración, la pasión y el miedo que deshumanizan a la víctima; comenzaba a alterar esta configuración mental una interacción creciente con los poseedores de esta conciencia superior.

Vimos que surgía un nuevo consenso hacia el crimen, consenso que derivaba de la idea tradicional y del potencial humano. A corto plazo, hacían falta más prisiones e instalaciones de detención, pues se admitía la verdad tradicional de que devolver a los delincuentes a la comunidad demasiado rápido o dejar libres a los perpetradores para darles otra oportunidad reafirmaba el comportamiento y transmitía el mensaje de que el crimen era aceptable. Sin embargo, al mismo tiempo, vimos una integración de las revelaciones en el manejo directo de estas instalaciones que introducía una ola de participación privada con los encarcelados, lo cual modificaba la cultura del crimen e iniciaba la única rehabilitación que funciona: el contagio de recordar.

Al mismo tiempo, a medida que más gente despertaba, vi que millones de individuos se tomaban tiempo para intervenir en conflictos en todos los niveles de la cultura humana, pues todos íbamos alcanzando una nueva comprensión respecto de lo que se hallaba en juego. En cada situación donde un marido o una esposa se enojaba o atacaba al otro, o donde compulsiones adictivas o una necesidad desesperada de ganar aprobación llevaban al miembro de una pandilla juvenil a matar; o donde una persona se sentía tan restringida en su vida que engañaba, defraudaba o manipulaba a alguien para ganar; en todas esas situaciones siempre había habido alguien perfectamente ubicado para prevenir la violencia, pero que no había actuado.

Alrededor de este héroe potencial había tal vez docenas de otros amigos y conocidos que también habían fallado, porque no transmitían la información y las ideas capaces de crear un sistema de apoyo más amplio para que se produjera la intervención. Quizás en el pasado esta omisión podría haberse justificado, pero ya no. Ahora aparecía la Décima Revelación y sabíamos que las personas que estaban en nuestra vida eran tal vez almas con las que habíamos tenido prolongadas relaciones a lo largo de muchas vidas y que ahora contaban con nuestra ayuda. O sea que estamos obligados a actuar, obligados a ser valientes. Ninguno de nosotros quiere un fracaso en su conciencia o tener que soportar una tortuosa Revisión de Vida en la que debamos observar las consecuencias trágicas de nuestra timidez.

Mientras las escenas pasaban a toda velocidad, vimos que esta conciencia floreciente motivaba la actividad también hacia los problemas sociales. Pude ver una imagen de los ríos y océanos del mundo, y otra vez observé una síntesis de lo viejo y lo nuevo que, pese a admitir la muchas veces caprichosa conducta de la burocracia gubernamental, también elevaba a un nuevo nivel de prioridad el deseo humano de salvaguardar el ambiente, iniciando una oleada de intervención privada.

Se adquiría la sabiduría de que, al igual que ocurre con el problema de la pobreza y la violencia, el delito de la contaminación siempre tiene espectadores complacientes. Las personas que por sí mismas nunca contaminaban el ambiente de manera consciente realizaban tareas conjuntas o sabían de otros cuyos proyectos o prácticas empresariales dañaban la biosfera del planeta.

Eran personas que en el pasado no habían dicho nada, quizá debido a la inseguridad del empleo o porque se sentían solas en su posición. Sin embargo, ahora, mientras despertaban y se daban cuenta de que se hallaban en la posición correcta para actuar, los vimos convocar a la opinión pública en contra de los contaminadores: los que arrojaban desechos industriales al océano en medio de la noche, los que quemaban el excedente de petróleo en el mar, los que usaban insecticidas prohibidos en sembradíos comerciales, los que dejaban los depuradores de gases afuera en una planta industrial entre una inspección y otra o que fraguaban los estudios sobre los peligros de una nueva sustancia química. Con independencia del delito, ahora había testigos "inspirados" que sentían el apoyo de las organizaciones populares que ofrecían recompensas por semejante información y que tomaban el teléfono y manifestaban el delito personalmente.

Asimismo, observamos que se exponían las prácticas ambientales de los gobiernos mismos, en especial las políticas respecto de las tierras públicas. Se descubría que durante años los organismos gubernamentales habían vendido derechos de minería y forestación en algunos de los lugares más sagrados de la Tierra, por debajo de los precios del mercado, como favores políticos y comisiones. Selvas y bosques majestuosos pertenecientes al

pueblo habían sido increíblemente saqueados y diez-
mados en nombre del manejo forestal adecuado, como si
plantar hileras de pinos reemplazara la diversidad de
vida y la energía inherentes a un bosque de maderas
duras que había madurado durante siglos.

No obstante, la conciencia espiritual emergente al fin
provocaría la conclusión de esta desgracia. Vimos
formarse una nueva coalición integrada por cazadores de
la vieja visión y entusiastas nostálgicos de la historia y los
que percibían los sitios naturales como portales sagrados.
Esta coalición disparaba la alarma que salvaría las pocas
selvas vírgenes que quedaban en Europa y Norteamérica
y empezaban a proteger en mayor escala las selvas
esenciales en las regiones tropicales del mundo. Se
comprendía de una manera general que todo lugar bello
debía ser salvado en beneficio de las generaciones futuras.
Las fibras cultivadas reemplazaban el uso de los árboles
para la madera y el papel; la tierra pública remanente
quedaba a salvo de la explotación y se la utilizaba para
satisfacer la demanda explosiva de visitar esas áreas
impolutas y energetizantes de la naturaleza. Al mismo
tiempo, al expandirse la intuición, la conciencia y el
recuerdo, las culturas desarrolladas se volvían hacia los
pueblos nativos del mundo con nuevos respeto y
valoración, ansiosas por elaborar una redefinición mística
del mundo natural.

La escena holográfica volvió a avanzar y pude ver
cómo la onda de contagio penetraba en todos los aspectos de la cultura. Tal como lo había visto antes Charlene,
cada grupo ocupacional empezaba a modificar de
manera consciente su práctica habitual, llevándola a un
nivel de funcionamiento más intuitivo e ideal, gracias a
lo cual encontraba su papel espiritual, su visión del

servicio verdadero.

La medicina, dirigida por profesionales individuales concentrados en la génesis espiritual/psicológica de la enfermedad, pasaba del tratamiento mecánico de los síntomas a la prevención. Vimos que la profesión legal pasaba de los métodos egoístas de crear conflicto y ocultar la verdad para ganar, a su verdadero papel de resolver conflictos de manera que todos ganaran. Y, como había visto Curtis, todos los que trabajaban en el mundo de los negocios, industria por industria, transitaban hacia un capitalismo ilustrado, un capitalismo orientado no sólo a los beneficios, sino a satisfacer las necesidades evolutivas de los seres espirituales y a hacer que los productos se hallaran disponibles a los precios más bajos posible. Esta nueva ética empresarial producía una deflación popular, que iniciaba una evolución sistemática hacia una automatización final plena y, a la larga, la disponibilidad gratuita de las necesidades básicas de la vida, lo cual liberaba a los humanos para embarcarse en la economía espiritual "del diezmo" que mencionaba la Novena Revelación.

Seguimos observando mientras las escenas se aceleraban y vimos que los individuos recordaban sus misiones espirituales a edades cada vez más tempranas. Aquí vimos la comprensión precisa que pronto adquiriría la nueva visión espiritual del mundo. Los individuos crecían y se recordaban a sí mismos como almas nacidas en una dimensión de existencia y trasladadas a otra. Si bien se producía una pérdida de memoria durante la transición, recapturar la memoria previa a la vida pasaba a ser un objetivo importante de la primera educación.

De jóvenes, nuestros profesores nos guiaban a través de la experiencia temprana de la sincronicidad; nos

exhortaban a identificar nuestras intuiciones para estudiar ciertas materias, a visitar lugares particulares
buscando siempre respuestas más elevadas respecto de la
manera de recorrer esos caminos singulares. Al emerger
la memoria plena de las revelaciones, nos veíamos
involucrados en ciertos grupos, trabajando en proyectos
especiales y alcanzando la visión total de lo que queríamos hacer. Y por último recuperábamos la intención
subyacente detrás de nuestras vidas. Descubríamos que
veníamos aquí para elevar el nivel vibratorio del planeta,
para admirar y proteger la belleza y la energía de sus
lugares naturales y garantizar que todos los seres humanos tuvieran acceso a esos sitios especiales para poder
seguir aumentando nuestra energía, implantando a la
larga la cultura de la Otra Vida aquí, en la dimensión
física.

Esa visión del mundo cambiaba en particular nuestra
forma de considerar a las demás personas. Ya no veíamos
a los seres humanos meramente por su tinte racial o su
origen nacional en un tiempo de vida determinado. Los
veíamos, en cambio, como almas hermanas, embarcadas,
al igual que nosotros, en el proceso de despertar y
espiritualizar el planeta. Descubríamos que la presencia
de ciertas almas en distintos lugares geográficos del
planeta se había producido con una fuerte carga de
significado. De hecho, cada nación constituía un enclave
de información espiritual específica, compartida y mode-
lada por sus ciudadanos, información que esperaba ser
aprendida e integrada.

Al desplegarse el futuro, vi que por fin se alcanzaba
el mundo de unidad política imaginado por muchos: no
forzando a todas las naciones a someterse a un cuerpo
político, sino más bien mediante el conocimiento popular

de nuestras similitudes espirituales y la conservación, a la vez, de nuestra autonomía local y nuestras diferencias culturales. Lo mismo que ocurría con los individuos que interactuaban en un grupo, cada integrante de la familia de las naciones era reconocido por la verdad cultural que representaba para el mundo en general. Ante nosotros, veíamos que las luchas políticas de la Tierra, violentas en tantos casos, pasaban a ser guerras de palabras. A medida que la marea de recuerdo iba inundando el planeta, todos los seres humanos empezaban a comprender que nuestro destino era debatir y comparar los puntos de vista de nuestras religiones relativas y, sin dejar de honrar lo mejor de sus doctrinas individuales en el nivel personal, ver a la larga que todas las religiones se complementaban e integrarlas en una espiritual sola, global y sintetizada.

Vimos con claridad que estos diálogos derivaban en la reconstrucción de un gran templo en Jerusalén, ocupado en forma conjunta por todas las grandes religiones: judía, cristiana, islámica, oriental, incluso la religión *de facto* del idealismo secular, representada por los enclaves económicos de China y Europa, que pensaban primordialmente en términos de una utopía económica panteísta. Allí se debatía y discutía la perspectiva espiritual definitiva. Y en esta guerra de palabras y energía, al principio las perspectivas islámica y judía ocupaban la escena central y luego se comparaba e integraba el punto de vista cristiano junto con la visión interior de las religiones orientales.

Observamos que la conciencia de la humanidad ingresaba en otro nivel y que la cultura humana colectiva avanzaba de la comunicación primaria de información económica al intercambio sincrónico de verdades espirituales. Al ocurrir esto, ciertos individuos y grupos empezaban a alcanzar niveles que se acercaban al de la dimensión de la Otra Vida y desaparecían para la gran mayoría de los que quedaban en la Tierra. Estos grupos selectos pasaban intencionalmente a la otra dimensión, pero no obstante aprendían a entrar y salir, como lo predice la Novena Revelación y lo vieron los profetas de las Escrituras. Sin embargo, una vez iniciado este Rapto, los que quedaban en la Tierra entendían lo que sucedía y aceptaban su papel de permanecer en la dimensión física, sabiendo que pronto los seguirían.

Ahora llegaba el momento de que los idealistas seculares proclamaran sus verdades en las escaleras del templo. Al principio, su impulso energético para Jerusalén llegaba de Europa, con su visión primordialmente secular y con un gran líder que proclamaba la importancia espiritual de las cuestiones seculares. Este punto de vista se enfrentaba abiertamente al espiritualismo determinado "del otro mundo" de los musulmanes y los cristianos. Pero más tarde el conflicto de energía se resolvía y sintetizaba en uno solo gracias al énfasis espiritual interior de la perspectiva oriental. Para entonces, los últimos intentos de los controladores, que en algún momento habían conspirado para crear una sociedad tirana de chips y robots, tratando de imponer complacencia, ya habían sido vencidos por el contagio del despertar. Y esta última síntesis abría a todos a la infusión final del Espíritu Santo. Vimos que a través de este diálogo de integración de la energía de Medio Oriente, la historia cumplía con las profecías de las escrituras de una manera simbólica y verbal, evitando el apocalipsis físico esperado por los literalistas.

De pronto nuestro foco pasó a la dimensión de la Otra

Vida, y aquí pudimos ver con suma nitidez que nuestra intención constante no era sólo crear una Nueva Tierra sino también un Nuevo Cielo. Vimos cómo el efecto de la remembranza de la Visión Global no sólo transformaba la dimensión física, sino también la Otra Vida. Durante los raptos en la Tierra, los grupos de almas también habían pasado a la dimensión física, completando así la transferencia de energía a la dimensión física expandida.

Aquí se hizo visible la realidad total de lo que estaba pasando en el proceso histórico. Al abrirse nuestra memoria, desde el comienzo del tiempo, la energía y el conocimiento habían pasado en forma sistemática de la dimensión de la Otra Vida a la física. Al principio, los grupos de almas de la Otra Vida habían tenido la responsabilidad absoluta de mantener la intención e imaginar el futuro, ayudándonos a recordar qué queríamos hacer y dándonos energía.

Luego, a medida que había ido avanzando la conciencia en la Tierra y aumentando la población, el equilibrio de energía y responsabilidad había pasado lentamente hacia la dimensión física, hasta que, en ese punto de la historia, cuando ya había llegado energía suficiente y la Visión Global comenzaba a ser recordada —y más almas que nunca vivían en el planeta—, el poder y la responsabilidad de creer y crear el futuro determinado pasaban de la Otra Vida a las almas de la Tierra, a los grupos que habían empezado a formarse, ¡a nosotros!

A esa altura, somos nosotros los que debemos llevar a cabo la intención. Y por eso recayó en nosotros resolver la polarización y ayudar a cambiar a los individuos particulares que, aquí mismo, en este valle, todavía se hallaban cautivos en el Miedo y sentían que tenían derecho a manipular la economía para su propios fines, que podían apoderarse del control del futuro.

Exactamente en el mismo momento, los cuatro nos miramos en la oscuridad, mientras el holograma todavía nos rodeaba y los grupos de almas se fusionaban en el fondo, con un brillo resplandeciente. Entonces noté que un enorme halcón llegaba volando, se posaba en una rama que estaba unos tres metros por sobre el grupo y nos miraba. Debajo de él, a menos de un metro y medio, un conejo brincó de pronto a unos centímetros de mi codo derecho y se detuvo, seguido a los pocos segundos por un gato montés que se sentó justo a su lado. ¿Qué pasaba?

Bruscamente, una vibración silenciosa sacudió mi plexo solar; ¡habían reactivado el experimento!

—¡Miren eso! —gritó de pronto Curtis.

A cincuenta metros, apenas distinguible bajo la luz de la luna, se abrió una fisura estrecha que sacudía los arbustos y los árboles pequeños y se extendía con lentitud en nuestra dirección.

Miré a los otros.

—Ahora depende de nosotros —gritó Maya—. Nuestra visión ya es suficiente; podemos detenerlos.

Antes de que pudiéramos actuar, la tierra se sacudió con violencia y la fisura se acercó más a nosotros. Al mismo tiempo, varios vehículos se detuvieron entre la maleza y sus luces se filtraron entre las siluetas borrosas dibujadas por los árboles y el polvo. Sin miedo, mantuve mi energía y volví a enfocar el holograma.

—La Visión los detendrá —gritó otra vez Maya—. ¡No dejen ir la Visión! ¡Manténganla! —Sin perder de vista la imagen del futuro que teníamos por delante, sentí de nuevo que la energía del grupo se dirigía a Feyman manteniendo así nuestra intención a la manera de una muralla gigante contra su intrusión, visualizando a su grupo empujado por la energía y obligado a huir, aterrado.

Miré la hendidura que seguía su marcha hacia nosotros, confiado en que se detendría. Por el contrario, se aceleró. Cayó un árbol. Luego otro. Mientras se abalanzaba hacia el grupo, perdí mi concentración, rodé hacia atrás y tragué polvo.

—¡No da resultado! —oí que gritaba Curtis.

Sentí que todo volvía a ocurrir.

—Por acá —indiqué, al tiempo que me esforzaba por ver en la repentina oscuridad. Al correr apenas pude distinguir los débiles contornos de los demás; se apartaban de mí hacia el este.

Trepé por el reborde de piedra que formaba la pared izquierda del cañón y no paré hasta que estuve a cien metros. Arrodillado en las rocas, miré en la oscuridad. No se movía nada, pero oía que los hombres de Feyman hablaban en la entrada del cañón. Despacio, subí un poco más la pendiente en dirección al noroeste, tratando de ver si había indicios de los demás. Por fin, encontré un camino para volver a la base del cañón. Aún no había movimiento.

De pronto, cuando empecé a caminar otra vez hacia el norte, alguien me sorprendió de atrás.

—¡Qué...! —grité.

—¡Shhhhhhh! —murmuró una voz—. Despacio. Soy David.

SOSTENER
LA VISIÓN

Me di vuelta y lo vi bajo la luz de la luna, con su pelo largo y la cara marcada.

—¿Dónde están los otros? —susurró.

—Nos separaron —respondí—. ¿Vio lo que pasó?

Acercó más su cara.

—Sí, estaba observando desde la colina. ¿Adónde cree que irán?

Pensé un instante.

—Irán a las cascadas.

Me hizo señas de que lo siguiera y nos pusimos a caminar en esa dirección. Al cabo de varios minutos se volvió y dijo:

—Cuando estaban sentados juntos allí en la entrada, su energía se acumuló y después se expandió hasta muy lejos por el valle. ¿Qué estaban haciendo?

En un intento por explicarlo, resumí toda la historia: mi encuentro con Wil y nuestro ingreso en la otra dimensión; la visión de Williams y mis sucesivos encuentros con Joel y Maya; y en especial el haber encontrado a Curtis y haber intentado captar la Visión Global y derrotar a Feyman.

—¿Curtis estaba con ustedes en la boca del cañón? —preguntó David.

—Sí, y también Maya y Charlene, aunque creo que tendríamos que ser siete...

Me dirigió otra mirada rápida, casi divertida. Todo el enojo tenso y contenido que había exhibido en el pueblo parecía haber desaparecido por completo.

—De modo que encontró también a los ancestros, ¿no?

Me apuré para alcanzarlo.

—¿Llegó a la otra dimensión?

—Sí, vi mi grupo de almas y presencié mi Visión del Nacimiento, y, como usted, recordé qué pasaba antes, que todos hemos regresado para introducir la Visión Global. Y entonces, no sé cómo, cuando me hallaba mirando todo eso ahí bajo la luz de la luna, sentí que estaba con usted y era parte de su grupo. Vi la Visión Global a mi alrededor.

Se había detenido a la sombra de un árbol grande que tapaba la luna; su expresión era rígida y ensimismada.

—David —le dije—, cuando nuestro grupo estaba allá trajimos la Visión Global. ¿Por qué no frenó a Feyman?

Caminó hacia la luz y de inmediato lo reconocí como el jefe enfadado que había rechazado a Maya. Entonces su expresión dura cambió y se echó a reír.

—El aspecto clave de esta Visión no radica sólo en experimentarla, aunque eso ya es bastante difícil. La cuestión es cómo proyectamos dicha visión del futuro, cómo la sostenemos para el resto de la humanidad. De eso trata la Décima Revelación. Ustedes no sostuvieron la Visión para Feyman y los demás de una manera que pudiera ayudarlos a despertar. —Me miró largamente y luego dijo: —Vamos, debemos darnos prisa.

Después de recorrer alrededor de un kilómetro, un

pájaro gritó a nuestra derecha y David se detuvo
bruscamente.

—¿Qué fue eso? —pregunté.

Inclinó la cabeza cuando el grito volvió a llenar la
noche.

—Es una lechuza blanca; está indicándoles a los
demás que nos encontramos acá.

Lo miré sin comprender, recordando lo extraño que
había sido el comportamiento de los animales desde mi
llegada al valle.

—¿Alguno del grupo conoce los signos de los
animales? —preguntó.

—No sé; ¿tal vez Curtis?

—No, es demasiado científico.

De repente recordé que, cuando nos encontró en la
cueva, Maya contó que había seguido los sonidos de los
pájaros.

—¡Quizá Maya!

Me miró interrogante.

—¿La médica que mencionó que trabaja con
visualización?

—Sí.

—Bueno. Perfecto. Hagamos lo que hace ella y
recemos.

Me volví y lo miré cuando la lechuza volvió a gritar.

—¿Qué?

—Visualicemos… que ella recuerda el don de los
animales.

—¿Cuál es el don de los animales?

Una huella de enojo recorrió su cara; hizo una pausa
y cerró los ojos, obviamente tratando de ahuyentar la
emoción.

—No entendió que cuando un animal salvaje aparece

en nuestra vida, es una coincidencia del más alto orden.

Le hablé del conejo y la bandada de cuervos y el halcón, que había aparecido la primera vez que había entrado en el valle, y después del cachorro de gato montés, el águila y el lobo joven que había aparecido después.

—Algunos aparecieron incluso cuando estábamos frente a la Visión Global.

Asintió expectante.

—Sabía que algo significativo estaba pasando —dije—, pero no sabía qué hacer, excepto seguir a algunos. ¿Quiere decir que todos estos animales tenían un mensaje para mí?

—Sí, es justo lo que estoy diciendo.

—¿Y cómo sabemos cuál es el mensaje?

—Es fácil; lo sabemos gracias al tipo particular de animal que atraemos en determinado momento; cada especie que se cruza en nuestros caminos nos dice algo sobre nuestra situación, a qué parte de nosotros mismos debemos recurrir para manejar las situaciones que enfrentamos.

—Resulta difícil de creer, aun después de todo lo que pasó —comenté—. Un biólogo diría que los animales son como robots que actúan por instinto bestial.

—Sólo porque los animales reflejan nuestro propio nivel de conciencia y expectación. Si nuestro nivel de vibración es bajo, los animales simplemente están con nosotros, realizando sus funciones ecológicas habituales. Cuando un biólogo escéptico reduce el comportamiento animal a un instinto estúpido, ve la restricción que él mismo le pone al animal. Pero cuando nuestra vibración cambia, las acciones de los animales que se nos acercan se vuelven más sincrónicas, misteriosas e instructivas.

Me limité a mirarlo.

Desvió la mirada y añadió:

—La liebre que vio le indicaba una dirección tanto física como emocional. Cuando le hablé en el pueblo, parecía deprimido y temeroso, como si estuviera perdiendo fe en las Revelaciones. Si usted mira una liebre durante mucho rato, puede percibir que es un ejemplo de cómo enfrentar nuestro miedo para que luego podamos superarlo y pasar a la creatividad y la abundancia. Un conejo vive en la proximidad de otros animales que se alimentan de él, pero él maneja el miedo y permanece allí y elude a sus atacantes y sigue siendo muy fértil y productivo y optimista. Cuando aparece un conejo en nuestra vida, es señal de que tenemos que encontrar la misma actitud dentro de nosotros. Ése fue el mensaje para usted; su presencia significó que tenía la oportunidad de recordar la medicina del conejo, ver bien su propio miedo y alejarse. Y como ocurrió al principio de su viaje, marcó el tono de toda su aventura. ¿Acaso su viaje no ha sido terrible y abundante?

Asentí.

Agregó:

—A veces significa que la abundancia puede ser de naturaleza romántica, también. ¿Conoció a alguien?

Me encogí de hombros y recordé la nueva energía que había sentido con Charlene.

—Tal vez, de alguna manera. ¿Y los cuervos que vi, y el halcón que seguí cuando encontré a Wil?

—Los cuervos son los poseedores de las leyes del espíritu. Si uno pasa algún tiempo con cuervos, observa que hacen cosas asombrosas que siempre aumentan nuestra percepción de la realidad espiritual. Su mensaje fue que se abriera, que recordara las leyes espirituales que ellos mismos le presentaban en este valle. Verlos tiene que haberlo preparado por lo que vendría.

—¿Y el halcón?

—Los halcones son astutos y observadores, atentos a la siguiente información, al siguiente mensaje. Su presencia significa que es importante en ese momento aumentar la vigilancia. Muchas veces señalan que un mensajero está cerca. —Inclinó la cabeza.

—¿Se refiere a que anunciaba la presencia de Wil?

—Sí.

David continuó explicándome por qué los otros animales que había visto me habían indicado el camino. Me contó que los gatos nos imploran que recordemos nuestra capacidad para intuir y autosanarnos. Llegando como había llegado, antes de conocer a Maya, el mensaje del cachorro de gato montés era que se hallaba próxima una oportunidad de sanar. Asimismo, el águila sube a grandes alturas y representa una oportunidad de aventurarse en dominios más elevados del mundo del espíritu. David dijo que cuando vi el águila en el cerro tendría que haberme preparado para ver mi grupo de almas y para comprender más sobre mi destino. Por último, me dijo que el joven lobo estaba allí para energizarme y despertar mi instinto latente para el coraje y mi capacidad para enseñar de manera que pudiera encontrar las palabras que permitieran reunir a los demás miembros del grupo.

—Entonces —pregunté—, ¿los animales representan partes de nosotros mismos con las que debemos entrar en contacto?

—Sí, aspectos de nosotros mismos que desarrollamos cuando éramos esos animales durante el transcurso de la evolución, pero que perdimos.

Pensé en la visión de la evolución que había presenciado a la entrada del cañón con el grupo.

—¿Se refiere a la forma de vida que fue progresando, especie por especie?

—Nosotros estábamos ahí —continuó David—. Nuestra conciencia avanzó a través de cada animal mientras representaba el punto culminante del desarrollo de la vida y luego saltó a la siguiente. Experimentamos la forma en que cada especie ve el mundo, lo cual constituye un aspecto importante de la conciencia espiritual completa. Cuando un animal particular aparece, significa que estamos listos para integrar de nuevo su conciencia en nuestra conciencia despierta. Y le diré algo: hay algunas especies a las que ni siquiera estamos cerca de alcanzar. Por eso es tan importante preservar toda forma de vida en esta Tierra. Queremos que resistan no sólo porque son parte de la ecosfera equilibrada, sino porque representan aspectos de nosotros mismos que todavía tratamos de recordar.

Hizo una pausa para otear la noche.

—Lo mismo ocurre con la rica diversidad del pensamiento humano, representado por distintas culturas del planeta. Ninguno de nosotros sabe con exactitud dónde está el punto final de la evolución humana. Cada cultura del mundo tiene una visión global ligeramente distinta, un modo particular de conciencia, y para transformar al mundo en un todo más ideal es necesario lo mejor de todas las culturas integradas.

Una expresión de tristeza cruzó su cara.

—Es horrible que hayan tenido que pasar cuatrocientos años para que pudiera empezar la verdadera integración de las culturas europea y nativa. Piense en lo que pasó. La mente occidental perdió contacto con el misterio y redujo la magia de los bosques profundos a madera, y el misterio de la vida silvestre a animales bonitos. La urbanización aisló a la gran mayoría de la gente hasta tal punto que consideramos que ir a un campo de golf es una expedición a la naturaleza. ¿Se da cuenta de cuán pocas personas han experimentado los misterios de la vida silvestre?

"Nuestros parques nacionales representan todo lo que queda de los grandes bosques, las ricas llanuras y los desiertos altos que caracterizaron en una época a este continente. Somos muchos ahora para las áreas salvajes que todavía subsisten. En muchos parques hay listas de espera todo el año. Y, no obstante, los políticos parecen proclives a vender cada vez más tierras públicas. La mayoría nos vemos forzados a consultar enciclopedias de animales para ver cuáles de sus signos llegan a nuestras vidas, en vez de explorar las zonas auténticamente salvajes del mundo para vivenciarlos en forma directa.

De pronto el grito de la lechuza blanca se oyó tan cerca que salté sin querer.

David miraba para todos lados con impaciencia.

—¿Podemos rezar ahora?

—Escuche —dije—, no le entiendo. ¿Quiere rezar o visualizar?

Trató de calmar su voz.

—Sí, lo lamento. La impaciencia parece ser una emoción residual que tengo con usted. —Tomó aire. —La Décima Revelación, aprender a tener fe en nuestras intuiciones, recordar nuestra intención de nacimiento y sostener la Visión Global, todo tiene que ver con la comprensión de la esencia de la verdadera oración.

"¿Por qué todas las tradiciones religiosas adoptan una forma de oración? Si Dios es uno, todo saber, Dios omnipotente, ¿por qué tenemos que suplicar su ayuda o exhortarlo a hacer algo? ¿Por qué no estableció los mandamientos y preceptos y nos juzga de acuerdo con ellos, actuando directamente cuando Él quiere, y no nosotros? ¿Por qué tenemos que pedir su intervención especial? La respuesta es que cuando oramos de la manera correcta no estamos pidiéndole a Dios que haga algo. Dios nos inspira a actuar en su lugar para hacer su voluntad en la Tierra. Somos los emisarios de la divinidad en el planeta. La verdadera oración es el método, la visualización, que Dios espera que usemos para discernir su voluntad y aplicarla en la dimensión física. "Venga a nosotros tu Reino, hágase Tu voluntad así en la Tierra como en el Cielo."

"En ese sentido, cada pensamiento, cada esperanza, todo lo que visualizamos que ocurre en el futuro, es una oración y tiende a crear ese mismo futuro. Pero ningún pensamiento, deseo o miedo es tan fuerte como una visión que está en armonía con lo divino. De ahí que sea importante introducir la Visión Global y sostenerla: así sabremos por qué orar, qué futuro visualizar.

—Entiendo —dije—. ¿Cómo ayudamos a Maya a tomar conciencia de la lechuza?

—¿Qué dijo ella que había que hacer cuando le habló de la curación física?

—Dijo que debíamos visualizar que el paciente recordara qué pensaba hacer con su vida pero todavía no había hecho. Dijo que la sanación real surge de un sentido renovado de lo que queremos hacer apenas recuperemos la salud. Cuando el paciente recuerda, nosotros podemos unirnos a él para respaldar este plan más específico.

—Hagamos lo mismo ahora —propuso David—. Ojalá su intención original fuera seguir el sonido de este pájaro.

David cerró los ojos y yo lo seguí, mientras trataba de visualizar una imagen de Maya despertando a lo que debía hacer. Después de unos minutos, abrí los ojos; David me miraba. La lechuza volvió a gritar por sobre nuestras cabezas.

—Vamos —dijo.

Veinte minutos más tarde nos hallábamos parados en la colina que había sobre las cascadas. La lechuza nos había seguido, gritando de vez en cuando, y se había estacionado unos quince metros a la derecha. Frente a nosotros, la laguna brillaba a la luz de la luna, apagada sólo por algunas estrías de niebla que se movían sobre su superficie. Esperamos entre diez y quince minutos, sin hablar.

—¡Mire! ¡Ahí! —dijo David, señalando.

Entre las rocas de la derecha de la laguna distinguí varias figuras. Al mismo tiempo, una de ellas miró para arriba y nos vio; era Charlene. Le hice señas y me reconoció. Luego David y yo bajamos por la pendiente rocosa hasta donde se encontraban ellos.

Curtis quedó extasiado al ver a David. Le tomó el brazo y dijo:

—Ahora vamos a detenerlos. —Durante un momento se miraron en silencio, hasta que Curtis presentó a Maya y Charlene.

Mis ojos se cruzaron con los de Maya.

—¿Les costó llegar hasta acá?

—Al principio estábamos confundidos y perdidos en la oscuridad, pero después oí la lechuza y me di cuenta.

—La presencia de una lechuza —explicó David— significa que tenemos la oportunidad de superar cualquier engaño de los demás, y si evitamos la tendencia a dañar o atacar, podemos, como la lechuza, atravesar la oscuridad para sostener una verdad superior.

Maya observaba a David con atención.

—Me resulta conocido —dijo—. ¿Quién es usted?

Él la miró con aire interrogante.

—Ya oyó mi nombre. Soy David.

Ella le tomó la mano con suavidad.

—No, quiero decir, ¿quién es usted para mí, para nosotros?

—Estuve allí durante las guerras —respondió—, pero me sentía tan lleno de odio por los blancos que no la apoyé; ni siquiera la escuché.

—Ahora lo estamos haciendo de otra forma —intervine.

David me miró pensativo, luego se contuvo y se aflojó, igual que antes.

—Volviendo a la guerra, sentía por usted aún menos respeto que los demás. Usted no tomó una posición. Huyó.

—Fue el miedo —expliqué.

—Ya sé.

Durante varios minutos más todos hablamos con David sobre las emociones que sentíamos y contamos todo lo que recordábamos sobre la tragedia de la guerra contra los americanos nativos. David prosiguió explicando que su grupo de almas estaba formado por mediadores y que esta vez había venido a superar su furia contra la mentalidad europea y a trabajar luego por el reconocimiento espiritual de todas las culturas indígenas y la inclusión de todos los pueblos.

Charlene me miró y luego se volvió a David.

—Usted es el quinto miembro de este grupo, ¿no?

Antes de que pudiera responder, sentimos que una vibración recorrió el suelo bajo nuestros pies; creaba ondas irregulares sobre la superficie de la laguna. El temblor llegó acompañado de otro gemido extraño y melodioso que cubrió el bosque. Por el rabillo del ojo vi que en la colina, a unos quince metros de nosotros, se movían unas linternas.

—¡Están aquí! —susurró Curtis.

Me volví para ver a Feyman sobre el borde de una saliente justo sobre nuestras cabezas; ajustaba una pequeña antena parabólica en algo que parecía una computadora personal.

—Van a enfocarnos y tratar de sintonizar el generador de esa forma —explicó Curtis—. Tenemos que salir de acá.

Maya se estiró y le tocó el brazo.

—No, por favor, Curtis, quizás esta vez funcione.

David se acercó a Curtis y le dijo despacio:

—Puede funcionar.

Curtis lo miró un instante; luego manifestó su acuerdo con un gesto y empezamos a elevar con rapidez nuestra energía. Como en los dos intentos anteriores, comencé a ver las expresiones del yo superior en cada cara; luego aparecieron nuestros grupos de almas, que enseguida se fusionaron a nuestro alrededor en un círculo que incluía por primera vez a las integrantes del grupo de David. Al retornar la imagen de la Visión Global, nos introdujimos en la intención general de transferir energía, conocimiento y conciencia a la dimensión física.

También como antes, vimos la terrible polarización que se producía en nuestro tiempo y la visión panorámica del futuro positivo que sobrevendría una vez que se formaran los grupos especiales y aprendieran a interceder y a sostener la Visión.

De repente, otro temblor sacudió violentamente el piso.

—No se aparten de la Visión —gritó Maya—. Mantengan la imagen de cómo puede ser el futuro.

Oí que se abría una fisura en la tierra, a mi derecha, pero mantuve mi concentración. En mi mente volví a ver la Visión Global como una fuerza de energía que emanaba hacia afuera de nuestro grupo en todas las direcciones y apartaba a Feyman de nosotros, venciendo a la energía de su Visión de Miedo. A mi derecha, un enorme árbol cayó al suelo.

—No surte efecto —gritó Curtis al tiempo que se incorporó de un salto.

—No, espera —dijo David. Había estado ensimismado en sus pensamientos y ahora tomó a Curtis del brazo y lo obligó a sentarse a su lado. —¿No ven lo que pasa? Tratamos a Feyman y a los demás como si fueran enemigos, esforzándonos por rechazarlos. Hacer eso en realidad los fortalece, porque tienen algo contra qué luchar. En vez de combatirlos con la Visión, debemos incluir a Feyman y a los operativos en lo que visualizamos. En verdad, no hay enemigos; somos todas almas en crecimiento, despertando. Debemos proyectar la Visión Global hacia ellos como si fueran como nosotros.

De pronto recordé haber visto la Visión del Nacimiento de Feyman. Todo me pareció lógico entonces: la visión del Infierno, comprender los estados de trance obsesivos que los humanos utilizan para evitar el miedo, ver el anillo de almas cuando trataban de intervenir. Y luego observar la intención original de Feyman.

—¡Es uno de nosotros! —grité—. ¡Sé lo que tenía intención de hacer! Vino para superar su necesidad de poder; quería evitar la destrucción que podían causar los generadores y la otra nueva tecnología. Se veía a sí mismo encontrándose con nosotros en la oscuridad. Él es el sexto miembro de este grupo.

Maya se inclinó hacia adelante.

—Esto funciona igual que en el proceso de sanación. Debemos imaginarlo recordando lo que vino a hacer realmente. —Me miró. —Eso ayuda a romper el bloqueo del miedo, el trance, en todos los niveles.

Cuando empezamos a concentrarnos para incluir a Feyman y sus hombres, de inmediato nuestra energía dio un salto. La noche se iluminó y pudimos ver con claridad a Feyman y dos hombres más en la colina. Los grupos de almas se acercaron y se definieron más, con un aspecto más humano, en tanto que, al mismo tiempo, nosotros nos volvíamos más luminiscentes, como ellas. Desde la izquierda parecían llegar más grupos de almas.

—¡Es el grupo de almas de Feyman! —exclamó Charlene—. Y los grupos de almas de los dos hombres que lo acompañan.

Al aumentar la energía, el enorme holograma de la Visión Global volvió a rodearnos.

—Enfoquen a Feyman y a los otros como nos enfocamos nosotros —gritó Maya—. Visualicen qué recuerdan.

Me volví ligeramente y vi a los tres hombres. Feyman seguía trabajando con furia en su computadora y los dos hombres miraban. El holograma los rodeó a ellos también, en especial la imagen de cada persona despertando a su verdadero propósito en este momento histórico. El bosque quedó envuelto en un campo perceptible de un torbellino de energía ámbar, que parecía pasar a través de Feyman y sus colaboradores. En forma simultánea vi que los mismos haces de luz blanca que habían protegido a Curtis, a Maya y a mí aspiraban a los hombres, luego de lo cual las estrías blancas de luz aumentaban de tamaño y empezaban a irradiarse en todas direcciones hasta desaparecer al fin en la distancia. Después de unos minutos, los temblores de la tierra y los sonidos extraños se aplacaron por completo. Una brisa arrastró lo que quedaba del polvo hacia el sur.

Uno de los hombres dejó de observar a Feyman y se alejó caminando hacia los árboles. Durante varios segundos Feyman siguió trabajando en su teclado, hasta que al final lo dejó, frustrado. Miró para abajo, hacia donde nos hallábamos nosotros, recogió la computadora y la balanceó suavemente con el brazo izquierdo. Con la otra mano sacó un revólver y empezó a caminar en nuestra dirección. El otro hombre, con un arma automática, lo siguió.

—No dejen ir la imagen —advirtió Maya.

Cuando estaban a unos seis metros, Feyman apoyó la computadora y volvió a golpear el teclado con la pistola lista. Varias rocas grandes, aflojadas con los temblores, se soltaron y cayeron en la laguna.

—Tú no viniste aquí a hacer esto —dijo con suavidad Charlene. El resto de nosotros enfocamos su cara.

El operativo, sin dejar de apuntarnos con su arma, se acercó a Feyman y dijo:

—Ya no podemos hacer nada acá. Vámonos.

Feyman le hizo señas de que se fuera y empezó a teclear con furia.

—Nada sale bien —nos gritó Feyman—. ¿Qué están haciendo? —Miró al operativo. —¡Mátelos! —gritó—. ¡Mátelos!

Por un momento el hombre nos miró con frialdad. Luego sacudió la cabeza, retrocedió y desapareció entre las rocas.

—Usted nació para evitar que se produjera esta destrucción —dije.

Bajó el arma al costado y me miró. Por un momento su cara se iluminó como cuando yo la había visto en su Visión del Nacimiento. Me di cuenta de que estaba recordando algo. A los pocos segundos, una mirada de espanto barrió su cara y se convirtió rápidamente en enojo. Hizo una mueca y se tocó el estómago, luego se volvió y vomitó sobre las rocas.

Se limpió la boca y volvió a levantar el arma.

—No sé qué tratan de hacerme, pero no va a dar resultado. —Dio varios pasos y luego pareció perder energía. El revólver cayó al suelo. —No importa, ¿saben? Hay otros bosques. Ustedes no pueden ser todos. Voy a lograr que este generador funcione. ¿Lo entienden? ¡No me van a quitar esto!

Se tambaleó unos centímetros para atrás, luego se volvió y desapareció corriendo en la oscuridad.

Cuando llegamos a la colina situada por sobre el búnker, una gran ola de alivio invadió a todo el grupo. Al irse Feyman, habíamos decidido regresar al lugar del experimento sin saber qué encontraríamos. Al llegar descubrimos que la zona del búnker se hallaba iluminada por las luces de docenas de camionetas. La mayoría de los vehículos llevaban la insignia del Servicio Forestal, pero también estaban representados el FBI y la oficina del alguacil local.

Me arrastré varios metros hasta la cresta de la colina

y miré con atención para ver si interrogaban o tenían a alguien en alguno de los autos. Todos parecían vacíos. La puerta del búnker estaba abierta y los oficiales entraban y salían como investigando la escena de un crimen.

—Se fueron todos —dijo Curtis, que se asomó, arrodillado, a un lado de un gran tronco de árbol—. Los detuvimos.

Maya se volvió y se sentó.

—Bueno, por lo menos los detuvimos aquí. No van a hacer otra vez el experimento en este valle.

—Pero Feyman tenía razón —dijo David, mirándonos a todos—. Pueden ir a otro lugar y nadie lo sabrá. —Se puso de pie. —Tengo que ir ahí. Les contaré toda la historia.

—¿Estás loco? —dijo Curtis, y se aproximó a él—. ¿Y si el gobierno es parte de esto?

—El gobierno sólo son personas —respondió David—. No todos están involucrados.

Curtis se acercó más.

—Tiene que haber otra manera. No pienso dejarte ir.

—Tiene que haber alguien que nos escuche en alguno de esos organismos —afirmó David—. Estoy seguro.

Curtis guardó silencio.

Charlene, apoyada sobre una roca a varios metros, dijo:

—Tiene razón. Debe de haber alguien en posición de ayudarnos.

Curtis meneó la cabeza, tratando de aclarar sus pensamientos.

—Tal vez sea cierto, pero necesitarán que vaya con ustedes alguien que pueda describir bien la tecnología…

—Eso significa que tú también tendrás que ir —dijo David.

Curtis logró devolver una sonrisa.

—Está bien. Iré con ustedes, pero sólo porque tenemos una carta en la manga.

—¿Qué? —preguntó David.

—Un tipo que dejamos atado en una cueva.

David le puso la mano en el hombro.

—Vamos, podrás contármelo en el camino. Veamos qué pasa.

Después de una despedida ansiosa al resto de nosotros, partieron hacia la derecha para acercarse al búnker desde otro lado.

De pronto Maya les pidió que esperaran.

—Yo también voy —dijo—. Soy médica; la gente de la zona me conoce. Podrían necesitar un tercer testigo.

Los tres nos miraron a Charlene y a mí, preguntándose si nos uniríamos a ellos.

—Yo no —dijo Charlene—. Creo que hago falta en otra parte.

Yo también dije que no, y les pedí que no nos mencionaran. Se mostraron de acuerdo y luego partieron hacia las luces.

Una vez solos, Charlene y yo nos miramos. Recordé el sentimiento fuerte que había experimentado hacia ella en la otra dimensión. Estaba dando un paso hacia mí, a punto de hablar, cuando los dos detectamos la luz de una linterna a unos quince metros.

Con mucho cuidado, nos adentramos más en los árboles. La luz cambió de posición y nos apuntó directamente. Permanecimos inmóviles y agachados. Cuando la luz se acercaba, empecé a oír una voz solitaria, en apariencia alguien que hablaba solo. Yo conocía a esa persona: era Joel.

Miré a Charlene.

—Sé quién es —susurré—. Creo que deberíamos hablar con él.

Asintió.

Cuando estaba a unos seis metros, grité su nombre.

Se detuvo y nos alumbró con la linterna. Me reconoció de inmediato, se acercó y se agachó donde nos hallábamos nosotros.

—¿Qué está haciendo acá? —pregunté.

—No queda mucho ahí —respondió, señalando el búnker—. El laboratorio subterráneo fue totalmente desmantelado. Se me ocurrió tratar de ir a las cascadas, pero cuando salí a la oscuridad cambié de idea.

—Creí que abandonaba la zona —dije—. Era tan escéptico...

—Lo sé, estaba por irme, pero... bueno, tuve un sueño que me inquietó. Pensé que era mejor quedarme y tratar de ayudar. Los del Servicio Forestal me creyeron loco, pero di con un asistente de la oficina de alguaciles del distrito. Alguien le había enviado un mensaje y vinimos aquí juntos. Fue entonces cuando encontramos ese laboratorio subterráneo.

Charlene y yo nos miramos y luego le contamos brevemente el enfrentamiento con Feyman y el desenlace final.

—¿Estaban causando semejante daño? —preguntó Joel—. ¿Hay alguien herido?

—No creo —respondí—. Tuvimos suerte.

—¿Y cuánto hace que se fueron sus amigos?

—Apenas unos minutos.

Nos miró a ambos.

—¿Ustedes no van?

Negué con la cabeza.

—Pensé que sería mejor observar cómo manejan esto las autoridades sin que lo sepan.

La expresión de Charlene confirmó que pensaba lo mismo.

—Buena idea —dijo Joel, y volvió a mirar en dirección al búnker—. Creo que es mejor que vuelva ahí para que sepan que la prensa está al tanto de esos tres testigos. ¿Cómo puedo ponerme en contacto con ustedes?

—Nosotros lo llamaremos —prometió Charlene.

Me entregó su tarjeta, saludó a Charlene con la cabeza y se encaminó al búnker.

Charlene me miró.

—Él era la séptima persona del grupo, ¿no?

Durante un momento guardamos silencio, ensimismados en nuestros pensamientos. Luego Charlene dijo:

—Vamos, tratemos de regresar al pueblo.

Caminamos durante casi una hora, cuando de pronto oímos el sonido de pájaros cantando, docenas de ellos, en algún lugar hacia la derecha. Amanecía y una niebla fresca se levantaba en el bosque.

—¿Y ahora qué? —preguntó Charlene.

—Mira esto —dije. A través de un blanco entre los árboles, hacia el norte, había un álamo viejo y enorme. Con la media luz del alba, la zona que lo rodeaba parecía más brillante, como si el sol, todavía bajo en el horizonte, hubiera podido asomar por ahí para irradiar su luz en ese solo lugar.

Tuve una sensación de calidez que ya se había vuelto familiar.

—¿Qué ocurre? —preguntó Charlene.

—¡Es Wil! —exclamé. —Vamos por ahí.

Cuando nos hallábamos a unos tres metros, Wil se asomó detrás del árbol, sonriendo. Había cambiado; ¿qué era? Seguí estudiando su cuerpo y me di cuenta de que su luminosidad era la misma pero ahora estaba más definida.

Nos abrazó a los dos.

—¿Pudiste ver lo que pasó? —pregunté.

—Sí —dijo—. Yo estaba con los grupos de almas; vi todo.

—Estás más en foco. ¿Qué hiciste?

—No fue lo que hice —respondió—. Fue lo que tú y tu grupo hicieron, en especial Charlene.

—¿A qué te refieres? —preguntó ella.

—Cuando los cinco aumentaron su energía y recordaron en forma consciente la mayor parte de la Visión Global, elevaron todo este valle a un esquema de vibración más alto. Se aproximó al nivel vibratorio de la Otra Vida; por eso ahora les parezco más definido y más claro, como ustedes me parecen más definidos y claros a mí. Hasta los grupos de almas van a ser más visibles ahora en este valle.

Lo miré fijo.

—Todo lo que vimos en este valle, todo lo que pasó, es la Décima Revelación, ¿no?

Asintió.

—Estas mismas experiencias están ocurriéndoles a personas de todo el planeta. Después de entender las primeras Nueve Revelaciones, todos quedamos en el mismo lugar: tratando de vivir esta realidad día a día, frente a lo que parece ser creciente pesimismo y división a nuestro alrededor. Pero al mismo tiempo seguimos adquiriendo una perspectiva y una claridad mayores respecto de nuestra situación espiritual, respecto de quiénes somos en realidad. Sabemos que estamos despertando a un proyecto mucho más grande para el planeta Tierra.

"La Décima tiene que ver con mantener nuestro optimismo y permanecer despiertos. Aprendemos a identificar mejor y creer en nuestras intuiciones, sabiendo que estas imágenes mentales son recuerdos huidizos de nuestra intención original, de cómo queríamos que evolucionaran nuestras vidas. Queríamos seguir determinado camino en la vida, para poder recordar al fin la verdad que nuestras vivencias nos preparan para decir y traer ese conocimiento al mundo.

"Ahora vemos nuestras vidas desde la perspectiva más elevada de la Otra Vida. Sabemos que nuestras aventuras individuales se producen dentro del contexto de la larga historia del despertar humano. Con esta memoria, nuestras vidas se cimientan y son puestas en contexto; podemos ver el largo proceso a través del cual hemos estado espiritualizando la dimensión física y qué nos resta por hacer.

Will hizo una pausa y luego se acercó.

—Ahora veremos si se unen y recuerdan suficientes grupos como éste, si una cantidad suficiente de gente de todo el mundo entiende la Décima. Como ya vimos, de aquí en adelante mantener la intención y asegurar el futuro es responsabilidad nuestra.

"La polarización del Miedo todavía está en ascenso y, si queremos resolverla y seguir adelante, cada uno de nosotros debe participar en forma personal. Debemos vigilar nuestros pensamientos y nuestras expectativas con mucha atención y contenernos cada vez que tratamos a otro ser humano como a un enemigo. Podemos defendernos y restringir a determinadas personas, pero si las deshumanizamos aumentamos el Miedo.

"Todos somos almas en crecimiento; todos tenemos una intención original que es positiva; y todos podemos recordar. Nuestra responsabilidad consiste en sostener esa idea para todos los que encontramos. Ésa es la verdadera ética interpersonal; es así como nos elevamos, ése es el contagio de la nueva conciencia que está envolviendo el planeta. O tememos que la cultura humana está destruyéndose o podemos Sostener la Visión de que estamos despertando. De cualquiera de las dos formas, nuestra expectativa es una oración que sale como una fuerza tendiente a provocar el fin que imaginamos. Cada uno de nosotros debe elegir conscientemente entre estos dos futuros.

De pronto Wil pareció sumirse en sus pensamientos; a lo lejos, contra el cerro lejano del sur, volví a ver los destellos de luz blanca.

—Con todo lo que pasó —dije—, no te pregunté nada sobre esos movimientos de luz blanca. ¿Sabes qué son?

Wil sonrió, levantó las manos y nos tocó los hombros.

—Son ángeles —dijo—. Responden a nuestra fe y a nuestra visión, y hacen milagros. Son un misterio hasta para los de la Otra Vida.

En ese momento me capturó la imagen mental de una comunidad en un valle muy parecido a éste. Allí estaba Charlene, y otros, entre ellos muchos niños.

—Supongo que a los ángeles los entenderemos más adelante —continuó Wil, mirando hacia el norte como si viera su propia imagen—. Sí, estoy seguro. ¿Vienen?

Miré a Charlene, cuya mirada me confirmó que había tenido la misma visión que yo.

—Creo que no —respondió.

—Ahora no —agregué.

Sin decir una palabra, Wil nos dio un breve abrazo, dio media vuelta y se alejó. Por un instante sentí el impulso de llamarlo, pero lo dejé ir. Comprendí que este viaje todavía no había terminado, y tuve la certeza de que, muy pronto, lo volveríamos a ver.